妖説忠臣蔵

山田風太郎

書店

目次

行燈浮世之介

一

貞享《じょうきょう》三年といえば、元禄に入る二年前、徳川綱吉が将軍になってから六年目、江戸を彩る花にソヨ風もふかぬ、その春のおぼろ夜のこと。

呉服橋内にある高家《こうけ》吉良《きら》上野介義央《こうずけのすけよしなか》の邸に、世にも奇怪な事件が起った。――そのことに気がついたのは、お慶という娘ひとりである。

それまで彼女は、奥方の富子の絵双六《すごろく》のお相手をしていたのだが、それがこのごろ新発明の道中双六、奥方がひどく興にいって、殿さまもお呼びしておいで、と仰せつかったのだ。笑顔をまだのこしながら、長い廊下をあるいていったお慶は、ふっと立ちどまった。奥の書院のまえに、だれかが立っている。

ひとりではない。見上げるような黒頭巾《くろずきん》の影三つ。

はっとして、

「――曲者《くせもの》！」

さけぼうとしたとき、書院から、当の上野介が出てきた。

それをまた、四つ五つの頭巾の武士がとりかこんでいる。そのまま、みな黙々として、縁先の方へあるいてゆくのだ。

お慶はそのとき、はじめて縁の戸が一枚ひらかれたままなのに気づいた。

「ど、どこへつれてゆこうと申すのじゃ？」

ふるえる上野介の声がきこえた。これだけの人数がいつ入ってきたのか、それもふしぎなら、この場におよぶまで、彼がひと声もあげなかったのは奇怪だった。

これに対して、べつにはばかっているともみえぬ野ぶとい返事がきこえた。

「だまって、参られい」

凍りついたように立ちすくんでいたお慶は、このときはじめてすすみ出た。

「もし、殿さま」

懐剣のつかに手をかけて、梨の花のような顔いろだったが、さすがに家老の娘、気丈なものだった。

このお慶という娘、実は吉良家の腰元ではない。上杉家の江戸家老、千坂兵部《ちさかひょうぶ》の娘である。――というのは、いまの米沢十五万石の主、上杉弾正大弼綱憲《だんじょうだいひつつなのり》は、この上野介の実子であるのみならず、上野介の奥方富子は、まえの米沢藩主綱勝の妹という縁にあたる。そういう関係から、この日、お慶が吉良家に御機嫌うかがいにきて、はからずもこの怪事に遭逢した。

「何奴？」

と、ふりむいたのは黒頭巾。――夜中ひとの邸におし入って、出てきた人間に、何奴もないだろう。が、それよりもいぶかしいのは、当の上野介で、

「慶か」

沈んだ声でいった。

「仔細《しさい》あって、いずれかへ参る」

子供じゃあるまいし、じぶんのゆくさきもわからない。これが四十五歳、しかも高家筆頭の人のことばともみえないが、書院からながれ出すあかりに浮かんだ上野介の顔――若いとき上杉家の息女富子姫が、その美男ぶりにほれてみずからすすんで輿入《こしい》れしてきたとつたえられるその気品ある顔が名状しがたい苦悩と恐怖にひきゆがんでいる。

卑屈におびえた表情で、同意をもとめるようにまわりを見まわし、

「すぐに、帰邸いたすであろう。……な……暫時《ざんじ》の用じゃ」

といったが、頭巾の武士たちは知らあん顔、そのまま上野介をつつんで、音もなく庭

へおりてゆく。

「……殿さま！」

「ついてくるでない！」

ちらとむけた上野介の顔は、狼狽《ろうばい》と哀願にねじくれて、

「家人には申すなよ。ざ、暫時の用じゃ。奥にも、な、なにも申すでないぞ。――」

信じられないことだった。お慶は夢にうなされているのではないかと思った。

が、これは悪夢ではない。十人ちかい頭巾の群にかこまれて、上野介は、庭を通り、西どなり、松平丹波殿と小路《こうじ》をへだてる塀の方へつれられてゆくのだ。みていると――塀には縄梯子《なわばしご》がかけてあって、曲者たちはそれをつかって入ってきたものらしく、また塀の上の春の月を背に、つぎつぎに夜がらすのようにとびあがってゆく。

あろうことか！　枝も鳴らさぬ江戸城の松がすぐそこにみえる大名小路のまんなかで、高家筆頭がさらわれてゆくのだ。

あまりの意外さ、不敵さに、ほとんど気死したようにたちすくんでいたお慶は、このときはじめてわれにかえった。

「――奥方さま！」

呼びたてようとして、はっと口をおさえる。

奥方には申すでないと、殿さまは仰せられた。あるべきことではないが、あのただごとでないお顔のいろからみて、そのおことばが、実に容易ならぬものをふくんでいるとは察しられる。

したが、この怪異をみて、みすみす見のがしておれようか？

「そうじゃ」

お慶は、けなげにも決心した。

「わたくしひとり、曲者のあとを追って！」

二

どこからか白い貝のように花びらがちってくる。夜がふけて、月のみが明るい。月はおぼろだが、そのためかえって、蒼《あお》いひかりが、空中いっぱいに霧のようにたちこめていた。

――右は神田川、左は大名屋敷らしい練塀がつづく。

そのなかを寛々とあるいている二つの影。まえは、深編笠に、夜目にも華麗な牡丹《ぼたん》模様の蝙蝠羽織《こうもりばおり》をきた武士で、

「粋な黒塀、見越しの松に、仇《あだ》な姿の洗い髪。……八助、そのつぎの文句は、どうであったな」

と、きいた。――というのはうそだ。ほんとうは、今宵廓《こよいくるわ》でおぼえてきた、ちかごろはやりの浄瑠璃《じようるり》節を口ずさんでいたのだ。天才竹本義太夫《ぎだゆう》が、大坂道頓堀《どうとんぼり》に櫓《やぐら》をあげたのはつい先年のことである。

「どうじゃ、八助、義太夫にもまけぬ声とは思わぬか?」

「ねい、そういうのをねぶか節と申します」

「ねぶか節?」

「されば、節がござりませぬ」

手ひどくやられて、呵々大笑《かかたいしよう》した声もあかるく、この武士、ひどく暢気《のんき》なたちらしい。もっとも、いささか酔っているようだ。

この痛烈な音楽批評家は、とみると、まるでこのおぼろ月夜に浮かれて、大狸が化けて出たかとさえ思われる大兵肥満のひげ奴《やっこ》。ニコリともせず、主人の堕弱な浄瑠璃を、

ニガ虫かみつぶしたようにきいていたが、なにかまだ口をとンがらせていいかけて、そのとき、きっと前の方をみた。

「旦那さま」

向うから、どやどやとやってくる一団があるのだ。急にそのなかから、どっと笑い声がおこると、春の夜のしずけさをやぶる傍若無人《ぼうじゃくぶじん》の大コーラス。

「夜ふけて通るは何者ぞ、

加賀《かが》甲斐か、泥棒か、

さては、坂部の三十か」

こちらの二人が、路ばたの柳のかげに身をさけて見まもっていると、ちかづいてきたのは、十人あまりの黒頭巾の群。それがひしとまんなかに一梃の駕籠《かご》をとりかこんでいる。

——と、頭巾のひとりが、ふと立ちどまった。

うしろの方をすかして、

「うぬ、まだついて来おる」

と、舌打ちしたかと思うと、その手にぼうと青いひかりがはしった。刀をひッこぬいたのだ。

「ぶッた斬ってくれる」

「そうじゃ、ききわけのない女め、斬っていただいてよい」

これは駕籠のなかからきこえた、しゃがれた声であった。

黒頭巾たちは、ちょっと眼を見合わせたが、すぐに、刀をぬいたひとりがうなずき、あごをふった。

「さきにゆけ」

駕籠をとりかこんだ一団は、そのまま、月明りにかるい砂ほこりをまわせて、タッタッといそぎ足になる。

あとにひとりのこった黒頭巾のみ、抜身をぶらさげてもどっていった。

「うるさい奴め、ふびんながら」

「おまえさまがたは、どちらさまでございます？」

女の声だった。月光のなかに、蠟《ろう》のように青く、石のようにかたく、武家風の娘が立っている。——お慶である。

頭巾はせせら笑った。

「それ知りたくば、明日にも主人はかえす。その主人からきくがよい。――と思っていたが」

肘《ひじ》があがった。

「強情な女め、その主人が斬ってくれてさしつかえない、と申したぞ。それ、念仏をとなえろ」

声と同時に、娘の頭上にながれる刀身、ぱっと青白い閃光《せんこう》がちったのは、あやうく懐剣でうけとめたのだ。――さすがは、上杉に千坂ありといわれたほどの家老の娘、受けは受けたが、相手は武士、そのまま裾《すそ》をもつらせて、ヨロリとよろめく。

「小癪《こしゃく》な!」

わめいて、息もつかせず振りおろそうとした刀が、ピタととまった。何者か、ヤンワリとその肘をつかまえたのだ。

「女を相手にいけませんな」

おだやかな声に、頭巾の眼が、おどろきと怒りに物凄《ものすご》いひかりを放って、ぱっとふりはらおうとしたが、とらえられた腕はうごかばこそ。

いうまでもなく、これはさっきの編笠の侍だ。かるくポンとつきはなすと、一回クル

りとまわって尻もちをついた黒頭巾、声も逆上して、

「うぬ、邪魔だてするかっ」

おどりあがって、横なぐりに斬りつける刀を、ひょいとかわして、つかつかと手もとにつけいると、拳が頭巾のわき腹へ。

「むっ」

くずおれる相手を見下ろして、

「まるで、狂犬《やまいぬ》のような奴じゃの、八助、川へ放りこんで、眼をひらかせてやれ」

「ねい！」

とこたえてひげ奴、かるがると頭巾のからだをつかみあげると、ドボウン！と水けぶりもしろく神田川へなげこんだ。

「御女中、怪我はなかったか？」

「……あ、危きところをおたすけ下され、かたじけのう存じまする」

お慶は、ピタと地面に手をついてお辞儀をしたが、そのまま気がせくか、駕籠のきえていった行方にのびあがって、よろめき立とうとする。

「御免あそばして下さいまし。……去る御身分たかいおん方の大事でございまする。

せっかく命、お救い下されて、お礼申しあげるいとまございませぬ。――」

「どこへ参られる?」

「いま、さきへゆきました駕籠に、そのお方……があやしき者どもにつれてゆかれました。わたくしはその家来すじのもの、どうあってもそのゆくえをつきとめねばなりませぬ」

「ほう、さっきの駕籠に。……御身分たかいおん方とは、どなた?」

お慶はだまった。

心もあせるが、それより殿さまが、なぜか家人にすら今夜のことを知らすでないぞといったことを思い出したのだ。それほどふかい仔細のあることを、この何者ともしれぬ武士にうちあけていいものか、どうか。――

「いまの頭巾どもは、何者です?」

「それが相わかりませぬ。夜中邸におしこんで、むりにそのお方をかどわかしていったのでございます」

「なぜ?」

「それも、わたくしには」

「それも、わからぬ？　はははは、で、そなたの名は？」

「…………」

相手の武士は首をかしげてお慶の苦しげな顔を見まもっていたが、しずかに編笠をぬいだ。月光に浮かびあがった顔は、まだ若い、年は二十七八だろう。が、色白で、ユッタリふとった頬《ほお》は、いまの手練が信じられないほど、明るくて鷹揚《おうよう》な気品がある。——一眼みて、お慶は、あやうくこちらの素性をあかしたい気持になるところだった。

が、その武士は、ひげ奴をふりむいて、

「八助、江戸にはやはり面白いことがあるものよ喃《のう》」

「ねい」

「お女中、仔細はまったく相わからぬが、このままそなたがあの駕籠を追われても、いまのような憂き目にあわれるは必定《ひつじょう》、それを知っていて、このままお見過しするわけにも参るまい。出過ぎたまねだが、幸か不幸か、こっちもたいくつなところでござった。そなたに代って、拙者どもが追って進ぜよう」

「え、それは」

「いや、御案じ下さるな。なにやらふかい仔細があるらしい様子、それを承る気もなければ、そのいとまもない。駕籠を追ってみて、相わかったことで、さしつかえあることは口外はいたさぬ。……ただ、駕籠のゆくえをつきとめればよろしいのですな?」

「さ、左様でございますが、けれど」

「されば、明朝にでももういちどここへおいで下さい。何か御報告いたすでござろう」

そういったかと思うと、悠揚《ゆうよう》せまらぬ身のこなしながら意外にかるがると、足をはやめて立ち去りかける。

なぜかお慶は、頬に血ののぼるのを感じながら、あわてて呼んだ。

「もし、あなたさまの御名前をおきかせ下さいまし」

「名か」

といって、武士はひげ奴の顔をみて笑った。

「八助、上方では、このごろ西鶴《さいかく》とやらのかいた、浮かれ男、世之介という名の男が評判じゃのう」

「ねい。……いや、わたくしは存じませぬ」

「ははははは、御女中、そちらも名なし、こちらもいまのところ……世之介、浮世之介、そうだ、行燈浮世之介《あんどんうきよのすけ》と知りおかれい」

笑い声は、もう十間も遠くのけぶる月光のなかだった。

「八助、いそげ！」

「ねい！」

三

「知らぬ、知らぬ」

両腕をとらえられたまま、吉良上野介はしぼり出すようにさけんだ。

向島《むこうじま》の、或る屋敷の、庭に面した一室である。いったいだれが住んでいる家か、それとも、もしかすると、ふだんは無人屋敷かもしれない。唐紙はやぶれ、壁はおち、人がうごくたびに、たたみから、うすい塵《ちり》ほこりが、けむりのように暗い油火をにごらせる。――それほど荒れはてた家なのだ。

「わしの旧悪について、ただしたいことがある、などと申して、左様なことか？たっ、たわいもない、たわけた申し分を……」

だいぶ、いためつけられたとみえ、鬢髪《びんぱつ》はみだれているが、唇をゆがめて笑った顔は、長袖《ちょうしゅう》の高家《こうけ》ともみえぬくらい、老獪《ろうかい》で、ふてぶてしい。

「いいや、こっちで証拠はつかんである。武士らしくもない卑怯《ひきょう》ないいのがれはならずと、サッサとここへ罪状をしたためられえ」

ぐるりととりかこんだ頭巾のなかから、仁王立ちになったひとりが、紙と筆をおしつけた。

上野介は必死に身をひいて、

「証拠？　二十二年もまえの話、わしさえも茫々《ほうぼう》夢のごときむかしのことじゃ。おぬしたちに、どんな証拠？」

「たぬきめ！」

と、叱咤《しった》する声があがった。

「おまえさまのことじゃ。容易にらちはあくまいと思っておったが、よいわ！　どこまでも知らぬ存ぜぬとあれば、それ！」

声と同時に、向うの唐紙がサッとひらく。

「あれ、見られい！」

あけられたとなりの座敷をひとめみて、上野介は、はっとする。

だれだって、これはおどろかずにはいられないだろう。この塵とほこりと蜘蛛《くも》の巣と、五彩剥落《ごさいはくらく》の座敷のむこうに、忽然《こつぜん》と、青だたみ、銀燭まばゆい一室があらわれたのだ。

金張付《きんばりつけ》の襖《ふすま》をみてもわかるように、これはどうしても大名の座敷だ。そのとおり、座敷には、羽二重の白無垢、みるからに身分のたかいふたりの人が対座して、食事をとっている。そのむこうに寂然《じゃくねん》と侍している能面のような老女。

ひとりは、年二十七八、色白で、病身らしいが、どことなく剛毅《ごうき》の風がある。もうひとりは、やや若く、二十二三歳。いかにも才子らしい面長の貴公子。

「…………」

と、年上の貴人がなにやら話しかけたらしく、唇がうごいたが、声はきこえない。が、何か話のつづきとみえて、ふとたちあがって、背をみせて、床の間からひとつの茶壺《ちゃつぼ》をとりあげた。

「…………」

「…………」

年若の貴公子が、老女と顔を見合わせてうなずきあう。と、みるまに、その貴公子の手ににぎられた紙づつみのなかから、相手が床の方にむいているあいだに、その汁椀のなかへ、サラサラと白い粉がこぼれおちた。

貴人は、壺をとって、もとの姿勢にかえる。笑顔で、壺を若いほうにわたす。いままで茶壺かなにかの話をしていたとみえる。

——これが、まったくの沈黙劇、恐ろしい静寂《しじま》。

そのしずけさをやぶったのは、だれかのあえぎ声で——それはこの劇中の人ではなく、見物の方の——オイ、どうしたんだ。吉良上野介、土気いろのひたいにふつふつとうかんでいるあぶら汗。ぱっくりひらいた口からもれるふいごのようなのどの音。

劇はつづく。

さも感にたえるように、もったいらしく壺をひねくりまわしていた若い貴公子が、急に身をひいて、上眼づかいにじっと相手をみた。相手の貴人は、このとき懐紙《かいし》で口をおさえた。とみるまに、懐紙がヒラと下におちる。その真ッ白な紙にえがかれたのは、真紅の血だ！

「うっ！」

ついにうめいたのは、その貴人ではなく、吉良上野介。

とたんに、へだての唐紙がピシャリとしまって、いまみた光景は幻のよう。ただこちらに、上野介がくずおれて、平蜘蛛《ひらぐも》みたいにつッ伏しているばかり。

頭巾のひとりが、すッくとたちあがった。

「のませた薬は、南蛮渡来の妖《あや》しの毒。そのむかし長崎奉行の水野河内守どのが切支丹《キリシタン》から召しあげられたもの。それが一族の水野十郎左の手に入り、水野家断絶のさい、いとまをとった老女が、その薬をもったままおまえさまの家に奉公し、また数年後、御存知の屋敷に奉公した――」

「……おお！」

「われらはそこまで証拠をつかんでおるのだ。とんと胆《きも》におちたら、ササ書かれい。おぬしの罪状をひとふでしたためられい！」

「……おお！」

「御心配は無用。おまえさまの家をつぶすようなことはせぬ。……書かぬとあれば、もういちどいまの光景をみせようか？」

「かく、かく、書く。……」

なんともいえない、上野介の恐怖のうめき声だった。

——ところで、この光景を、さらによそでながめていた人間がふたりある。蓬々《ほうほう》と小暗いまでにおいしげった庭の草のなか。すなわち、行燈浮世之介と名のる武士とひげ奴《やっこ》。

「はて？」

と、ひげ奴をふりむいて、

「見たか？　八助」

「ねい」

「いま、毒殺された……とみえた貴人の紋を」

「紋？」

「されば、竹に飛雀」

おっとりした顔をかしげて、月を仰いだ。

「竹に飛雀。もし大名ならば……それは米沢の上杉家じゃが……」

四

「草の枕の霜夜にぬれて
　ひとり寝を鳴くきりぎりす
　おぼしめすやらその恋風の
　きては枕にそよそよと。……」
花の廓《くるわ》は揚屋町、その揚屋桐屋の奥座敷で、三味線をひざに、いっしょけんめい、加賀ぶしを練習しているのは、行燈浮世之介という武士である。
声質はいいのだが、先夜供の八助にわらわれたように、どことなく調子にまのびしたところがある。呼ばれてきた大黒屋の太夫《たゆう》和泉《いずみ》をはじめ、禿《かむろ》や太鼓たちもおなかをかかえてしのび笑いをしている。雪洞《ぼんぼり》にまだ灯の入らない、のどかな春の宵《よい》の口だった。
しかし、いい客だ。みんなが、そういう。金ばなれのいいことはむろんだが、まだそれほどの年輩でもなく、江戸の侍ともみえないのに、実にあかぬけした、明るい鷹揚な遊びである。手れん手くだの本尊の遊女の方が、かえって教えられる。
さっきも、和泉が、ふと、
「客のなかで、こちらの心をみるために、今夜は帰る、とか、泊ってゆこうか、と気をひいてみるお方がある。ほんとに泊ってもらいたいお客もあれば、ぜひ帰っていただきたいお客もある。それでそのとおり正直にいうと、たいていの場合、泊ってもらいたいお客は帰るし、帰ってもらいたいお客は泊る。いったいどういえばいいのだろう」

というようなことをつぶやいたら、カラカラと笑って、

「鸚鵡《おうむ》じゃ、鸚鵡じゃ」

と、いった。

「主さん、鸚鵡とはえ?」

「されば、泊ろうといった客には、ほんに今夜は夜もすがら酒をのみあかしましょうといってやるのじゃ。そうすれば、そのお客はかえるわさ。また、帰るといったお客には、どうぞお帰りといってやるのじゃ。そうすれば、奇妙にその客は泊ってゆくものよ。これを鸚鵡どめといって、山鹿《やまが》流の兵法に、ちゃんとあるぞ」

「うそをつきなんし」

といったが、和泉は、なるほどと思った。これは大した心理学だ。

幇間《たいこ》の伊太夫が面白がって、

「これは恐れ入ったる御軍学。それでは、このごろ銭もないくせに、すこぶる結構な小袖をきてくるお客があれば、またたいした身上持でありながら、そそうな小袖をきてく

るお客さまもござる。なんとそれを見わける工夫はげせんか」

「脇差《わきざし》を見ればよかろう」

答は簡単で、そのものズバリだ。しかも本人はにこにこして意に介する風もない。

禿《かむろ》のりん弥が膝で出てきて、

「いくらわびてもきかぬお客さまには、どうすればいいのじゃえ？」

「ただ、泣け。女はひたすらに泣いてみせるがいちばんじゃ」

「それでも、涙が出ぬときはえ？」

「眼に、みょうばんをさせば、涙は出るぞ」

「代議士さんなどがきて、いばりちらしたらえ？」

「となりに、売春処罰法案の女史どもがきてござると申すがよい」

どっとあがる笑いのうず。当人はけろりとして、それより加賀ぶしに熱中している。

「閨《ねや》のそらだき、うきねの床に
　きては枕にそよそよと
　阿波の鳴門に身はしずむとも
　君の仰せはそむくまい

とは思えども世のなかの
人のこころは飛鳥川《あすかがわ》、……」

そのときひげ奴《やっこ》が屋敷に入ってきた。

「いって参じました」

「苦労をかけた。それで？」

「それが、旦那さま。あの屋敷はずっと無住とのこと。それで、わたくしめ入ってみましたら、なんとあのような金張付の襖も青だたみもござりません。とんと狐か狸に化かされたようでござります」

このあいだの向島の屋敷のことだ。

あの翌朝、約束どおりこの主従は、左衛門河岸にいってみた、ところがどうしたわけか、あの娘はやってこない。念のため、次の日もいってみたが、やはり娘はあらわれない。それで、三日目のきょう、もういちど、ひげ奴を向島へやって、あらためてあの屋敷のことをさぐらせてみたわけだ。

「左様か。それはいよいよ面白いな」

と、浮世之介はちょいと小首をかしげたが、べつに失望した様子もない。

そのとき、中庭の向うで、わっとさけぶ声、器物のこわれる音がした。あけはなした障子越しにながめると、そちらの座敷にみだれうごく影、影、影。

「ならぬ、ならぬ、薄雲《うすぐも》を呼べ」

「亭主っ、われわれ直参をなんと心得ておる」

「薄雲を呼べっ」

酒乱の声だ。狂人の声だ。野獣の声だ。

それにまじって、この揚屋の亭主桐屋市左衛門のたたみにあたまをこすりつけつつ哀願する声がきこえる。

「花魁《おいらん》の気色わるきため、お歴々さまにおいとまごいもつかまつらず店へかえりましたる段、重々、不都合ながら、わたくしめに免じて、なにとぞおゆるし下されまするよう」

「ならぬっ、薄雲をまいちど呼んでまいれ。まいちど酌《しゃく》をさせねば、かんべん相ならぬぞ」

「いえいえ、あれは三浦屋秘蔵の花魁、まちがいがあっては相なりませぬゆえ。……」

「まちがいとはなんじゃ？　女子大生を呼ぶのではないぞ。売女ではないか。売女の相手に、われわれごときおとなしい上客がまたとあるか」

といって、このおとなしい上客は、刀をひッこぬいた。おそらく、呼んだ花魁にあくどいいたずらをしたために、花魁が挨拶せずにかえっていったのにからんでいるのだろう。

「薄雲を呼ばねば、五丁内撫《な》で斬《ぎ》りにしてくれるぞ！」

こちらの行燈浮世之介、このときニコッと笑った。

「八助」

「ねい」

「あれ見よ。先夜のふたりの貴人が、あそこでゲップを吐き吐き、刀をひねりまわしておるわ」

ひげ奴は、のぞいてみて、はっとした。いかにも、その座敷で、或いは仁王立ちになり、足ぶみしてわめいているあばれ侍のなかに、あのだんまり芝居の貴公子ふたりの顔がみえるではないか？　してみると、ほかの連中もきっとあの頭巾どもなのにちがいない。

「天網《てんもう》恢々《かいかい》疎《そ》にしてもらさず。……といいたいが、あの連中、べつに世を恐れているともみえんな」

「ほんに、あれは廓のきらわれもの、いえ、江戸じゅうのもてあましものでありんすにえ」

と、和泉が美しい眉をひそめて、吐き出すように、

「主さんえ、あれが大小神祇組《じんぎぐみ》でありんすよ」

「ほ、江戸にはまだ左様な化けものが生き残っておったのか?」

と、つぶやいて、浮世之介、そのまま三味線を爪びきして、

「あすか川とは夢にも知らで」

とうたいかけたが、ふとひげ奴をふりかえって、

「そのことを、あの娘、知っておるか喃《のう》」

五

「大小神祇組に御用心。御存じ浮世之介より」

外桜田にある上杉家の上屋敷、その鉄金具もいかめしい表門の扉に、こんな紙きれを貼って立ち去った奴がある。門番が気がついたとき、その影はふかい靄《もや》につつまれた暁闇《ぎょうあん》のなかへきえ去った。

大小神祇組。

人も知るよう、それは旗本奴のなかのひとつである。ほかに、せきれい組、白柄組《しらつかぐみ》などがあり、明暦、寛文のころは、その猛威をもっともたくましくした時代で、無反《むぞり》の長刀をかんぬきにさし、手をふり、足をあげ、天地四方ところせましと横行したから、世人これを六方《ろっぽう》ものと呼んでおそれた。辻斬《つじぎり》、喧嘩《けんか》、無銭遊興、およそ町人泣かせの乱暴としてやらざることなく、あまりにも眼にあまる所業のため、大小神祇組の首領水野十郎左衛門が切腹申しつけられたのは、二十二年前、寛文四年のこと。

それ以来、たびたびのとりしまりにもかかわらず、まだその一党が余毒をながしているものとみえる。

が、そもそも旗本がこうあばれるのは――。

彼らは徳川に天下をとらしたのは、譜代《ふだい》中の譜代、われわれ八万騎の血汗だと思っている。それにもかかわらず、天下をとったそのあとは、他国者の、なかには敵ですらあった大名のみ優遇されて、コチトラはやっぱり、課長級の貧乏ぐらし。その大不満、大不平は依然として解消していないのだから、とうていその自棄的乱行はやみそうにない。

むしろ、いくどかの弾圧で、その悪行はいっそう陰惨味をふかめている。

「よい、よい」

靄の濃いさいかち河岸のほとりで、そううなずく声がきこえた。朦朧《もうろう》たるその影は編笠に面をつつんでいるが、たしかに行燈浮世之介である。

「あれでよいのじゃ。あの娘は上杉家に関係のあるものに相違ない。敵の正体を知らせてやれば、また何かと策のたてかたもあろう」

そのとき、靄のかなたから、あわただしい跫音《あしおと》がみだれて、

「いた、いた、いたぞーっ」

と、絶叫する声がきこえた。

たちまち主従は、三つの影にぐるりととりかこまれた。まんなかの、ひときわ、長身の影が、声を張っていう。

「ただいま、当家の門に、異様なる貼紙をした、行燈浮世之介とはその方か」

「当家? しからば、各々がたは、上杉家家中の方々じゃな」

「…………」

「ならば重畳《ちょうじょう》、敵は大小神祇組のならずものども。せいぜい用心堅固になされい」

といったとき、右はしの影が、ぱっとうごいて、水光のごとき一閃《いっせん》が霧をきった。浮世之介の上半身がかすかにかたむいてこれをかわすと、

「これは慮外」

と、叫んだ。

「わたしは、少くとも敵ではないぞ」

返事はなく、さっと左の影が跳躍する。

「旦那さま!」

ぬき合わせたひげ奴《やっこ》、かっと刀身がかみ合った。

腕はともかく、ひげ奴、おそるべき怪力だ。鍔《つば》ぜりあいにダダダダと相手をおしていったが、相手も容易ならぬ使い手とみえる。なかばのけぞりながら、からくもひッぱずした。空におよぐひげ奴の背にひらめく剣光、横から浮世之介の救いの一刀がこれを

はねあげなければ、ひげ奴はきっとひと太刀受けていたにちがいない。

ひげ奴に襲いかかった影を、そのままみごとに地に這《は》わせた浮世之介の一刀は、間髪《かんぱつ》をいれず斬りこんできた右の影をお濠のなかへもんどり打たせた。

靄にさしてくる微光をうけて、寂《せき》とひかる刀身。

おや、その刃の肌に血あぶらがない。なんたること、このとっさのあいだに、みね打ちをくわせたとみる。そういえば、その剣法に、春光にも似たおおらかな穏和さがみえる。

「ほう、東軍流とみたが、なかなかいけるな」

ひとつのこったまんなかの影がうめいた。味方をふたりかたづけられて、しかもかすかに会心の笑みをふくんだような声である。

「惜しい。惜しいが、主命じゃ。一命申し受ける」

はじめてその男の刀身が鞘《さや》をすべり出た。声は若く、精悍《せいかん》の気にあふれ、なんとも恐るべき自信。

「主命？　主命と申すは、弾正大弼どのか？」

「いや、おれの主人は御家老、千坂兵部さま。どうせ一命もらい受けるうえは、冥土《めいど》のみやげにきいてゆけ。おれの名は小林平七」

「千坂？　千坂が、なぜ、さまでわしの命をほしがる？　わしは、親切でしてやったことだぞ」

「その親切があだだ。しかし、仔細《しさい》は知らぬ。おれは主命にしたがうまでだ。それ、ゆくぞ！」

三尺の剣が、白虹《びやっこう》となってのびた。実に、これは魔剣だ。鉄壁も裂けんばかりの豪刀、からくも胸をそらせた浮世之介の深編笠のまえをぱっとふたつに割った。あやういところ。——

いままで、ぬぐいともなかった編笠だ。ありがたいといいたいが、乱離と斬られた藁《わら》のゴミが眼をふさぐ。息もつがせず襲う第二の烈剣。

「たあっ」

必死の血声をあげたのはひげ奴、黒つむじのごとく横からおどりかかったが、その刃は、小林平七の刃にうたれて、戞《か》っとふたつにおれた。

「死ね！」

うずまく靄の底にあがった苦鳴は浮世之介か、ひげ奴か？

六

ちがう。

ひげ奴を見むきもせずに、きえーっとうなりをたてて三たび旋転する殺人剣。春風のようにとびさがる浮世之介、そのあいだにとび出したもうひとつの影を、袈裟《けさ》がけに斬ってしまった。

夜はあけつつあった。

霽はあがりつつあった。この影に気がつかなかったのは、行燈浮世之介も小林平七も、おちついているようで、さすがにふりむく余裕はなかったからだろうが、いま、ふたりのあいだに、大輪の花のようにくずおれた姿をみると、はじめて愕然《がくぜん》とせざるを得ない。

「あっ、お慶さまっ」

絶叫したのは小林平七。浮世之介を眼前に、われをわすれて刀をなげ出しとりすがったのは、どれほど彼が驚愕《きょうがく》したかがわかる。

「平七、平七。……そのお方を斬ってはいけない」

斬られたのは、お慶だったのだ。蠟《ろう》のような顔をふりあげて、

「そのお方は……わたしの命の恩人……恩を仇《あだ》でかえすとは父上らしくもない理不尽のなされ方。……」

「父上？　そなたの父上とは」

茫然としていた行燈浮世之介は、このとき刀を鞘《さや》におさめてひざまずいた。

「はじめて御意を得る」

靄のかなたから、沈痛な声がして、あゆみよってきた影がある。四十をちょっとすぎたくらい、痩《や》せているが、みるからに一個の人物とみえる武士だった。

「上杉家家老、千坂兵部でござる」

そういって、兵部はうずくまって、娘を抱きあげた。

「父がわるかった。まことに天魔に魅入られた罰かもしれぬ。お慶、ゆるしてくれよ。……」

お慶はかぶりをふった。そして、死相の浮かんできた顔を浮世之介にむけて、

「浮世之介さま、父をどうぞゆるしてやって下さりませ。父を……父を」

声もなく、浮世之介はうなずく。が、急にその耳に口をよせて、

「千坂殿の御息女、拙者は、播州赤穂《あこう》、浅野内匠頭《たくみのかみ》の家老をうけたまわる大石内蔵助《おおいしくらのすけ》と申すものでござる。命たすけられた礼は、こちらから申しますぞ」

と、いった。

お慶の大きくなった眸《ひとみ》に、明るい笑みがひろがった。その頭が、がくとおち、身体はしだいに冷たくなってゆく。

それをゆすぶるのもわすれて、千坂兵部は愕然としていた。消えつつある朝靄のなかに、四つの影は、凝然と立ったままである。

「御変名とは思ったが、これは」

ようやく、千坂兵部がつぶやく。

「出府中、たいくつまぎれの御節介が、思わぬ大事となりました。ふかく、おわび申しあげる」

と、大石内蔵助も頭をたれる。千坂兵部は決然と顔をあげて、

「いや、娘の一命など、いまはさしたることでない。上杉家にふってわいた大災難。

……われらが敵を貴公がさぐって下すったのも、なにかの御縁でござろう。もはやすべてを打ちあけ申す」

兵部は、苦悩の翳《かげ》を頬にしずめて語り出した。

「もはや二十二年前のことでござるが、上杉家の先君綱勝さまは、この外桜田のお屋敷で、急死あそばされた。寛文四年閏《うるう》五月七日、おん年わずかに二十七歳」

「…………」

「御同席の方は、綱勝さまおん妹婿にあたられる吉良上野介様だけでござった。……」

「おお、さては」

「御存知寄りのことでもござるか？」

「いや、それで？」

「綱勝さまには御子がない。さればによって、やむなく吉良さまの御子三之介さまを御養子にむかえられ、その三之介さまが、いまわれらの主君弾正大弼綱憲さまでござるが。……このたび」

「相わかった。悪者どもが、その綱勝さまの御死去に疑いありと申してきたのでしょう。……したが、それは、まことでござるか？」

「まことか、うそか、それはわかり申さぬ。というよりは、臣下の分として拙者の口にできぬところでござる。ただ、昨日、吉良家より千両の金がいずれへかわたされたということはたしかなことです。しかも、上野介さまは、そのものどもになにやら、わるい証文のごときものをわたされた御様子、このぶんにては、吉良家は骨のずいまでしゃぶられるは必定《ひつじよう》。……」

「いかにも、きゃつらでは」

「しかも、上野介さまは、あの夜のことを、われらに何も打ちあけようとはなさらぬ。敵が大小神祇組とは、貴殿のおかげではじめて判明いたした。そうとわかれば、いよいよ以て容易ならぬ相手。彼らが強請するは、とうてい上野介さまにとどまるまい。かならず上杉十五万石にもその魔手がおよんでくるに相違ない。……」

「…………」

「ここにこまったことには、その秘密を、外にはおろか、主君綱憲さまにもお知らせいたしたくないことです。いやいや、むしろ綱憲さまにお知らせ致したくないために、左様な噂《うわさ》のひろがるのをふせぎたいのでござる。かの秘密が、真実であれ、よし根も葉もないことであれ、そのような疑いが上野介さまにかかっているとお知りあそばさば、御孝心ふかき殿のこと、そのおん苦しみはいかばかりか。殿が上杉家の御養子となられたは、おんとし二歳のころでござった。もとよりなにも御存知あるわけはない。が、いま、もし、その御縁組に左様ないまわしき秘密がからまっていたと御知りあそばさば、清廉潔白《せいれんけつぱく》の殿のこと、或いは上杉家より身をひかるるようなことの出来《しゆつたい》いたさぬともかぎらぬ」

「………」

「綱憲公はすでにもはやわれらの主君でござる。いずれへお出し申すとも恥ずかしからぬ上杉家のあるじでござる。大石どの、御推量下されい。われらは臣下として、いまは、ただただ……お家に風波たたざることを祈念するほかはない。されば、……かの大秘密をだれにも知らせてはならぬ。知るものは……その命をもらえ。このあせり、このもだえが、ただいま、理不尽に貴殿の御命をつけ狙《ねら》わせたのでござった。……」

「わかる、わかり申す」

ふかくうなずく内蔵助。兵部は苦渋《くじゆう》にみちた顔で爪をかみつつ、

「が、もとより真の敵は大小神祇組。恐るべきは彼らの手中にある上野介さまの証文。

それをうばいかえすに……右の次第でござれば、表立って上杉藩がのり出すわけにもまいらず、またのり出してみたところで、はたしてぶじに証文をうばいかえせるか、どうか。……」

「千坂どの」

内蔵助は顔をあげて、春の朝のひかりのなかに微笑した。

「承わった。その証文、たしかにとりかえせばよいのでござろう」

「なに、それができますか？」

「おそらくは。……それこそ、御息女の成仏なされるためにも」

七

大小神祇組は、実に松沢病院的人物の集団であった。

一例をあげれば、

炎天もゆるがごとき夏のまひるに、戸障子をしめきり、屛風《びょうぶ》をひきまわして、綿入れを三四枚かさねて着こみ、大火鉢に炭火をかんかんにおこして、熱燗《あつかん》に煮込うどんをくったり、また極寒の冬の夜に、庭に水をうち、障子をあけはなして、帷子《かたびら》をきて、扇子《せんす》をつかい、冷水をのんで冷しそうめんをくう。——といったたぐいである。

彼らのもっとも愛好する美食といえば、もぐら汁、がまがえるの膾《なます》、へびの蒲焼《かばやき》、みみずの塩辛、むかでの吸物——そのほか、船をくったり、肥料をくったり——いや、さすがの彼らも、現代のどちらさまかには、シャッポをぬぐかもしれないが。

ともかく、そういった大小神祇組だから、一刻千金といわれる春の一夜、そのなかの大将分阿部なにがしかの屋敷で、闇汁会としゃれた。吉良殿からまず千両、大当り祝賀会のつもりかもしれない。

月などはまったく見る気はない。雨戸をとじきり、灯をけして、座敷のまんなかに大火鉢をすえ、大鍋をかけて、汁のなかに、それぞれ持参した食い物をかってにぶちこむ。なにが入っているかわからないところが、はなはだタノシミだ。

その大鍋をとりかこんで、大小神祇組のめんめん、それぞれ一升徳利をかかえこんで、もうグビリグビリやりながら舌なめずりして、

「や、そろそろ煮えてまいったぞ。うむ、匂う、トニカク、恐ろしく匂う。——胃の腑《ふ》が鳴るわい」

「したが、この匂いは、なんじゃ。うまいような、あぶらッこいような、えがらッぽいような――」

「代議士のあたまでも煮えているのではないか」

鍋と火鉢のすきまからチロチロ隠顕する赤い火に、ときにゆらめき浮く顔の物凄《ものすご》さ、さながら、百鬼夜行、大江山の酒宴のようだ。

「それ、蓋《ふた》をとるぞ！」

「いざ！」

「うまい！　しかしこれは、なんじゃ。爪があって、毛がはえて――お、これは猫の足ではないか」

「それはよいものがあたった。こっちは、なんだかなめし皮のようにかたいものじゃが」

「あっ、ぶれい者！　ど、どいつだ、下駄をいれおったのは？」

いやはや、たいへんなさわぎ。それでも、おくめんもなく箸《はし》が出る。皿小鉢をたたく。徳利がわれる。唄が出る。――

「おとすなら

地獄の釜をつんぬいて
　阿呆
　羅刹に
　損をさすべい」

　――と、そのとき、だれかの袖に火でもついたか、闇中にめらっと炎があがったと思うと、

「火事じゃっ」

　われ鐘のような叫び声だった。

「あっ」

　これにはさすがの彼らも胆《きも》をつぶして、だだっと鍋からくずれ散る。

　一瞬に火はきえた。阿部某は、思わずちがい棚の下にあった手文庫にかけよったが、ふたたび周囲が闇にもどって、へんにしーんとすると、

「なんじゃ？　いまの火は？」

　癇癪《かんしゃく》のつよそうな声でわめいて、ぐるっとあたりを見まわした。

するとと、誰かこたえた。

「これはこれ、山鹿《やまが》流兵学、その火戦の巻に曰《いわ》く、敵国の人民を悩乱せしめんがために火を用う。……また曰く、敵ふかく守ってはたらかざるとき、わざとその左右を焼きて敵の図をみんために火を用う。また曰く、一方に火を放って敵をあつめ、その虚をうつことこれあり、かくのごときに火を用う——」

「な、なんのことじゃ？　そのねごとは——」

「これだ」

阿部の手が、だれかにおさえられた。手文庫からとり出した紙が、すっとうばいとられた。

「あっ、そ、それは、吉良の——」

「それをもらいにまいったのだ」

「うぬ、な、何者だ。きさま——」

そのとたんに雨戸が一枚、さっと外からはじけとんで、水のようにながれ入る月光、同時に阿部は、

「ううむっ」

と脾腹をおさえてつんのめり、すっくと立っている蝙蝠《こうもり》羽織の寛濶な影がうかびあがった。

歯が白くにっとして、

「名は、行燈浮世之介と申す」

「曲者《くせもの》っ」

驚愕《きようがく》しつつ、刀をもとめて雪崩をうつ大小神祇組。

たちまち凄まじい鋼のうちあうひびきと、絶叫、悲鳴のあがりはじめたのは、外から颶風《ぐふう》のようにかけ入った頭巾の武士が彼らをたおしはじめたのだ。

彼らには、なにがなにやらサッパリわからないが、これは魔剣の使い手、小林平七。

「狭い、ここでは、足場が――」

「外へ――」

発狂したようにわめきつつ、庭へのがれ出ようとした大小神祇組の侍たちは、雨戸の外に待ちかまえていた巨大なひげ奴のふるう樫《かし》の八角棒に、ひとりずつていねいになぐりたおされた。

──やがて、すべて静寂にかえった庭に、四つの影が立っていた。

「かたじけない、大石どの」

上野介の証文をおしいただく千坂兵部へ、大石内蔵助は莞爾《かんじ》と笑って、

「なんの、お家をおもう忠節は、臣として相身たがい」

しずかに編笠をかぶった。

「八助、ゆこうぞ」

「ねい！」

兵部は、涙の眼で、

「いずれ、いずれおん礼には、あらためて鉄砲洲《てっぽうず》のお屋敷の方へ参上いたすが」

「いやなに、このことは、あくまで内輪のこととしておくが、おたがいのためでしょう。拙者は浅野家の大石内蔵助としてお手伝いいたしたわけではない。ただ、花のお江戸に迷いこんで浮かれている田舎侍、行燈浮世之介として、このままお別れいたしたい。──お慶どのの御冥福を祈り申す。おさらば」

美しいおぼろ月のなかを、寛々と遠ざかってゆく深編笠とひげ奴《やっこ》の影を、兵部は二三歩追って、思わずまた呼んだ。

「大石どの。——お名は忘れませぬぞ」

明るい笑い声だけがもどってきた。

「いずれ、御縁があらば」

十五年後、元禄十四年、江戸城松の廊下の刃傷《にんじょう》ののち赤穂城をあけわたし、祇園《ぎおん》で浮大尽としてうつつをぬかしている大石内蔵助の人間を、もっとも深刻な眼で凝視していたのは、上杉家の家老千坂兵部といわれる。そしてまた、赤穂浪士討入り前後、藩をあげて父吉良上野介を救いたいともだえる弾正大弼綱憲を、

「御家安泰のために——」

とおさえぬいて、結果的には上野介を見殺しにさせたのも、千坂兵部といわれる。

そしてまた、内蔵助が山科《やましな》に閑居《かんきょ》するさい、その心事をはかりかねて、心配そうにたずねる忠僕八助に、内蔵助は、ただ一枚の紙に、編笠をかぶった若い武士と、供のひげ奴の絵をかいてわたしたということで、これは往年江戸でみせた青春内蔵助の意気を思い出させたのだろう。

「案ずるな、八助、若いころあれほどあばれた内蔵助じゃぞ」

と。——
その絵は、いまも赤穂の某旧家にあるということである。

赤穂飛脚

一

「なんだ、ばかばかしい」

海つばめのお銀は、カラリとお花独楽《ごま》を投げだして、

「いくら勝ったって、おまえたち、からっけつじゃないか」

女だてらに、大あぐらである。そばの一升徳利を口にあてて、グイとのみかけたが、

「ちくしょう、こいつもからっけつだ。何から何までしけてやがら、おい、官《かん》、酒買っておいで」

独楽よりも六枚の張札よりも、むき出しになったお銀のまっしろなひざッ小僧を、トロンとした眼でみていた、ひょっとこ官蔵はうろたえて、

「へっ、いま、からっけつだって、姐御《あねご》がいったじゃねえか」

「商売してこい」

酔って、いよいよ凄艶《せいえん》なひかりをおびた、きれながの眼で、まえの四人の男をじろっと見まわして、

「へっ、吉原《なか》じゃあ、この冬、大門打った強気《ごうき》なおひともあるという御時勢に、なんてまあしおッたれた、とんま面をしてやがるんだろ」

「なら、紀伊国屋に押入ろうか」

と、中国浪人の梵字雁兵衛《ぼんじがんべえ》がひげをなでて、

「人を斬るなら、おれがひきうけたぜ」

「それですむなら、おいらもひきうける」

と、厚い、むらさきの唇をなめまわしたのは、こがらしの丈太《じようた》である。

陰惨な、にごった油火が、このあばらやにうごめく五人の男女の影をゆらめかす。

おそろしく物騒なことをいう連中だが、事実、やっていることはその口どおりの兇賊たちだ。お銀の眼で見ただけでも、雁兵衛が大根のように斬ってすてたのが三人、丈太がしゃもみたいに絞め殺したのが二人、ぞっとするほど凄い雁兵衛の腕だったし、丈太の前身はどうやら山窩《さんか》らしい。

「おいおい、ふたりともひざをのり出して、人殺しっていうと、口もとのしまりがなくなるんだから、かなわねえ」

と、もうひとりの稲妻吉五郎があわててくびをふった。いかにも狡《ずる》そうな、はしっこ

そうな顔を、すばやく戸口の方へふりむけて、

「そりゃ、人殺しの役割は、是非ふたりにおたのみしてえもんだが、江戸はいけねえ。馴《な》れねえことは、ドジをふむものよ。いま、大六がいい知らせをもってくるだろう」

――この三四年、東海道や中仙道、甲州街道などで、頻々と旅人が殺される。たいてい大金をもっている旅人だが、なかでも公儀の方で重大視しているのはそのなかに金飛脚が数人まじっていたことだ。のみならず、金飛脚の招牌《しょうはい》をもたない飛脚で、殺された奴をしらべると、きっと行李《こうり》の中に、ひそかに大金を逓送《ていそう》していた形跡がある。

いちど木曾《きそ》街道で、未遂におわったことがある。襲われたのは、飛脚中でも、音にきこえた早足の男だったが。逃げ去る六人の盗賊の足のはやさといったら、さすがの彼もあきれるほどで、そのうえ、なおふしぎだったことは、その六人の中に、たしかに女がひとりまじっていたという。

その兇盗の一団が、これだ。

七年前、改易になった備中松山、水谷家の浪人梵字雁兵衛、あたら一刀流の使い手がどうしてこういう境涯に堕ちたのか。それはほかの四人の男にもいえることで、山窩あがりのこがらしの丈太、もと道中師の稲妻吉五郎、まえに飛脚をやっていたひょっとこ

官蔵、それからいま彼らが待っている大六という男が、どうして一味となったのか、それはべつに一篇の悪党物語に属することで、ともかくその結びつきがいまなおかたくつづいているのは、商売の必要もあろうが、それにおとらぬ重大な理由は、紅一点というにはあまりにも凄艶な女賊、海つばめのお銀にあるだろう。みんな、お銀に、惚《ほ》れているのだ。

海つばめのお銀、生まれは西国、もと侍の娘ということはたしからしいが、それ以上の素性はわからない。なによりふしぎなのは、白いスンナリしたその足で、春風のようになよやかにあるいているとみえるのに、その早さといったら、山岳を疾駆して育ったこがらしの丈太が、舌をまいて見送るくらいだ。

その彼らが、いまなぜこの江戸の片隅にひたいをあつめ自棄《やけ》酒をあおってふてくされているかというと。——ここのところ、勅使下向のため、東海道すじの警備がきびしかったのと、それから、めぼしい金飛脚の情報が途絶えたというのが原因だ。

「やっ、大六だ」

と、吉五郎が、がばと片ひざをたてた。

もともとこれは、大六という男の借りている裏店《うらだな》だ。入ってきたのは、生っ白いにやけた顔だが、眼だけは、救いがたい頽廃《たいはい》と凄《すご》みがある。

「お、ひさしぶりにちょいとした金飛脚が出るぞ」

と、大六は、息はずませていった。

「伊達の殿さまから、京は島原一文字屋の女を身請《みうけ》する金だ」

「一文字屋？」

と、お銀が顔をあげた。

「太夫《たゆう》ではないが、一文字屋の娘分で、これを身請するとなると、太夫の倍ほどふっかけられたらしいから、こいつぁ、ひきあう仕事になるぜ」

「伊達の殿さまのお女郎買いはおっかねえな。高尾の二の舞いはかなわねえ」

「いや、仙台の伊達じゃあねえ、伊予三万石の伊達だってよ」

「すると、伊達左《だてさ》京亮《きようのすけ》か。はてな、ありゃまだ二十歳になるやならずの殿さまだろう。いまからもうお女郎買いとはふざけた野郎だ」

と、梵字雁兵衛が、下唇をつき出した。

「そうじゃあねえ、吉良に進物におくるためだとよ」

「ふん、それはどういうわけだ」

「なんでも、吉良の爺さんが、去年だかおととし、高家《こうけ》の役向きで京へいったらしいな。天子さまに会った足で、島原へまわった。そして、一文字屋の娘をひと目みて、ぞッこん参ったらしいや。それから、ねてもさめても忘れられず――」

「いやな、色爺《いろじじ》いだな」

「そこへ、それ、こんどの勅使下向で、世話役を浅野と伊達がいいつかった。肝煎《きもい》りは吉良だから、両方の殿さまから、何分よろしくといろいろなつけとどけがくる。もっとも浅野の方はなかなかしぶくって、爺さん、ふくれ面だってえことだが――」

「そういう評判だの」

「あの吉良は、進物にかけちゃあ、恐ろしく厚かましいって噂《うわさ》のたけえ爺さんだ。あいさつにきた伊達家の江戸家老に、それとなく一文字屋の娘のことをもちかけたらしい。そこで伊達家じゃあ、こんどその娘を身請して、京人形にしたてて吉良におくることになったってんだ。その金が京へゆくんだよ。どうだ、わかったろう」

大六はペラペラとしゃべって汗をふく。

「おい、その金飛脚は、山城屋から出るんじゃあるめえな？」

「まさか。うちの飛脚に手は出さねえ。丸屋だよ」

と、大六がいったのは、実はこの大六は日本橋の飛脚問屋山城屋の甥だ。こいつが、天性悪の道に弱いとみえて、やはりもと山城屋の飛脚で、金をあずかったままずらかった官蔵にそそのかされ、この一味にひきずりこまれた。山城屋の方では、そこまでは知らないらしく、ときどきフラリと店にあらわれては、伯父に小金をせびってゆく道楽者が、その実飛脚仲間の情報を、ちょいと小耳にはさんではきえてゆくのが、あの飛脚殺しの大罪につながっているとは思いもよらないとみえる。――

「そうか、そんなたわけた金ならば」

と、剣鬼梵字雁兵衛、ちょうとはげちょろけの大刀のつかをたたいて、

「途中でふんだくッても、お天道さまの罰はあたるめえ」

なに、一向たわけない金だろうが、お天道さまの罰だろうが、はじめから気にかける男ではない。

「大六」

と、そのときお銀が、妙にかすれた声できいた。

「その一文字屋の娘の名は、きかなかったかえ？」

「きいたよ、なんでも、そうだ、たしか、お軽。――」

お銀はだまりこんだ、襟に白いあごをうずめた。それから、小さくつぶやいた。

「やっぱり、そうか。そんなら、あたしゃ、そんなことはさせないよ。……」

「姐御、どうしたってんだ？」

お銀は、いままで見たこともないようなかなしげな顔をあげて、

「わけあって、小さいときにわかれ……あたしゃこうぐれちまったけれど……あのお軽って娘は、一文字屋にやったあたしの妹なのさ。……」

「へっ？」

「いくらなんでも、そんないやらしい狒々爺《ひひじじ》いのおもちゃになるのは、妹が可哀そうすぎらあ。高家のおいぼれなんか、お歯にあわないよ。いやさ、天子さまのお使いをネタにつかって、大名に銭を出させて女を買おうってえうす汚ない根性が気にくわない。ようし、あたしゃ、こいつは水をさしてやるよ」

「なあるほど！　しかし、せっかくの金づるを――」

「そいつぁ、おまえたち、勝手にまきあげりゃいいじゃあないか。……けれど、たとえ一どはまきあげても、相手はお大名、二度めにゃ、きっと大名飛脚を出すだろう。これはこうしてはいられない」

「ど、どうしようってんだよ、姐御？」

「こっちで金をつくって、サッサと京へ妹の身請にゆくのさ」

「だから、どうしてその金をつくるんだよ？」

「へっ、細工はりゅうりゅう、仕上げをごらんなってんだ」

二

天稟《てんぴん》の身の軽さをもつ女賊、海つばめのお銀だ。

「馴れねえことには、ドジをふむもの」

と吉五郎がいったが、案ずるより生むが易し、黒装束に身をつつみ、風のようにその屋敷の奥へしのびこんだ。

その屋敷というのが、お銀らしく人をくったもので、なんと、呉服橋内の吉良上野《こうずけの》介《すけ》の屋敷なのである。

「へっ、これか」

と、お銀は、しのびよって、頬っぺたをなでた。

「いや、遠慮もなくもらったものさ」

書院の床の間につみあげて、座敷にまであふれている数百反の絹や、縮緬《ちりめん》や、太刀や、香炉、軸物《じくもの》、酒、菓子など。——みんなこの数日、あの伊達や浅野からとどけてきた賄賂《わいろ》なのであろう。お銀はそれらに眼もくれず、三方にのっていた黄金を何十枚か、ふところにうんとつめこんだ。

「あばよ」

すうっとすべるように廊下に出る。とたん、彼女はぎょっとした。

そのまえに、黙然と立っている影がある。

「曲者《くせもの》！」

と、叱咤《しった》した声がたかくなく、しかもこちらの腹までつらぬくような物凄さで、お銀はほとんど一瞬、金しばりになるところだった。

「ところもあろうに、高家に賊に入るとは、不敵な奴！」

影はスルスルとちかよりかけて、何思ったのか、ふと立ちどまった。鼻をピクピクさせて、なにやら不審の気を起したらしい。その刹那《せつな》、お銀は音もなく三歩さがった。とみて、相手が大きく襲いかかろうとした腕の下に、逆に身をしずめてすりぬけると、疾たしかに、はじめて大喝して、びゅーっと背すじにのびてきた銀蛇《ぎんだ》。——ありきたりの賊ならたしかに一颯《いっさつ》の血けむりをあげたろう、斬りつけた武士が、愕然《がくぜん》と眼を見張ったとき、お銀の姿はすでに廊下から庭へとんで、幻のように土塀へにげのびる。

「曲者っ」

追いすがる相手も、ただものではない身のこなしだった。満月ちかい春の夜に、きらめく白刃を縫って、二度三度もんどり打ったお銀のからだは、花吹雪のなかに、それこそ、海つばめのように土塀の上へ舞いあがった。

反対側にとびおりて、大名小路をつッ走りながら、生まれてはじめてお銀は戦慄《せんりつ》した。いちど、刀をぬいて挑んできた酒乱の梵字雁兵衛に追いかけられたことがあって、そのときも笑いながら内心ヒンヤリとしたものだったが、それでもともかく笑う余裕があったけれど、きょうの恐ろしさはその比ではない。高家といえば、お公卿《くげ》さんに毛の生えたようなものだろうと、実はなめてかかった仕事だったが、どうも大変な侍が飼われているものだ。

「ちくしょう」

小路をまがりながら、ちらっとふりむいて、お銀はきもをつぶした。その侍の、塀をおどりこえてくる姿が、夜がらすのようにみえたのだ。ふつうなら逃げおおせる自信があるが、如何《いかん》せん、ふところに抱く黄金の重さ。――

「あ！」

小路のゆくてに、提灯《ちょうちん》がみえた。四五人の人影がやってくる。万事休す！

しかし、お銀は、危機一髪に馴れた女だった。はしりながら、どこかの糸をひくと、からだをつつむ黒衣がほどけて、町娘の姿に変る。頭巾と黒衣をクルクルまるめて、横の土塀越し、何とか大名の庭へポーンとなげこむと、足袋はだしのまま、ゆくてに近づいた人影のまえに、のめるように倒れてみせた。

「お、おたすけ下さいまし！」

「何者だ？」

おどろいて立ちどまった影のなかに、提灯の灯かげを受けて浮かびあがった一梃の駕《か》籠《ご》を見つつ、

「吉良上野介《きらこうずけのすけ》さま、御無体をあそばし、そこのお屋敷よりにげだして参ったものでご

ざいます。……」

「なに、吉良どの？」

さけんだのは、駕籠かきと中間《ちゆうげん》ばかりのなかに、ひとり端麗な若侍である。が、すぐ小路をまわってかけてくる人影をみると、何思ったのか、

「よし、ここへ入れ」

と、駕籠の垂れをはねあげた。中は、空だ。だれかを送っていったかえりとみえる。お銀がころがりこむと、駕籠はあがって、十歩もゆかないうちに、追ってきた武士とすれちがった。武士は、タタタとゆきすぎてから、クルリともどってきて、

「あいや、卒爾《そつじ》ながら」

と、声をかけてきた。

「拙者は、このさきの吉良上野介に仕える清水一学と申すものでござるが、ただいまお屋敷に押入った奇怪な曲者がござる。それ追ってここまできたわけでござるが、曲者の姿、お見かけにはならなかったろうか？」

「はて、一向に」

と、若侍はそらとぼけた。

清水一学はくびをかしげて、またはしりかけたが、まえをすかしてみて、ふたたびツカツカともどってきた。じろじろと一行を見まわして、

「まことに腑《ふ》におちぬことがある。恐れ入るが……その駕籠の中を、ちょっと拝見させていただきとうござる」

単刀直入である。不敵な眼であった。

それを恐れげもなく、若侍は冷然と見返して、

「拙者は、浅野内匠頭《たくみのかみ》の家来、萱野《かやの》三平と申す」

「お……浅野どのの御家中」

一学は、なぜかちょっと狼狽《ろうばい》したようだ。

「されば、某家へ奉公しておる妹が急病にかかり、ただいまつれもどすところでござるが、それに何の不審がありますか？」

「なに、駕籠の中は、貴殿の妹御と申される？」

一学は、秀麗な三平のまじめくさった顔をみて、いよいよ戸惑いしたらしい。それ以上、押して見せろともいいかねたらしく、

「そ、それは……いや、御無礼仕った。それには及ばぬ、ひらに御容捨下されい。では

　せっかく走りかけたとき、駕籠の中で、萱野三平を、ぎょっとさせるような声が起った。

「御免」

「いたい、兄上。もうがまんなりませぬわいな」

「なに、いたむか。それは大変」

　三平、大まごつきで、駕籠の屋根をなでまわしたが、なかではげしく身もだえしたらしく、駕籠の垂れがバラリとはずれて、胸をかかえて苦悩する美しい町娘の姿がむき出しになった。

　三平は、口もきけないで立ちすくむ。

　ところが——ふしぎ千万なのは、当の清水一学で、その姿を見ながら、

「こ、これはおきのどく、は、早くゆかれい」

　と、手をふったものだ。

　からだをくねらせながら、お銀は、じぶんを戦慄させた男の、あごの青い精悍《せいかん》な風貌《ふうぼう》をちらっと眼に入れ、にっと笑った。

「いたい、兄上、胸が……胸がまるで金でひやしたようにいたみますわいなあ」

三

大名小路から鍛冶橋《かじばし》をわたり、町屋並に入るまで、萱野三平は一言も発しなかった。

何かいおうにも、いう言葉に苦しんでいるといった方が適当だろう。娘が吉良家からにげだしてきて、せっかく身をかくしてやったのに、じぶんで所在をあきらかにする奴もないが、それを眼前に見つけながら、あの武士が、馬鹿みたいな顔で去っていったのもわからない。

それにこの女、最初救いを求めてきたときのしおらしさはどうしたか、ひどく人をくった奴だ。これはいったい、どういう女なのか？

駕籠の中で、お銀もちょいと考えこんでいる。助けてもらったのはありがたいが、なぜこの若侍が救ってくれたのかわからないのだ。ちらっとみたところでは、至極まじめそうな若侍が、あろうことか、「拙者の妹」だなんて、ヌケヌケと嘘《うそ》までついて。――

「女、出い」

と、声がかかって、お銀は駕籠からポカンと出た。

「もうよかろう、はやくゆけ」

そっぽをむいていう三平の顔をみて、お銀はクックッ笑った。その謹直そのもののような清麗な武士が、さっきじぶんのために途方もない嘘をついてくれたのかと思うと、わけがわからないなりに、いたずら心が唇をほころばせる。

「お侍さん」

「なんだ」

「ホホホホ、なんかとんでもないことをしたって顔ですね」

伝法《でんぽう》な口調に、いぶかしさにたえかねたらしく、

「きさま、何者だ」

「きさま、ときたね。妹じゃあありませんか」

「ばかめ」

「とんでもない妹をもっておきのどくさま。……泥棒ですよ」

「なにっ」

「吉良さまに泥棒に入って、見つけられて、にげだした女ですよ。――あっ」

にげだすより早く、むずと襟がみをひっつかまえられて、お銀はピンピンとあばれ

た。

「来い」

「ど、どこへ？」

「もういちど、吉良どののお屋敷へだ。うぬ、きさまの嘘にだまされて、土下座しても追いつかない大失態をしてのけた。さ、もとへ戻れ、参れっ」

「ま、待って下さいよ、のみこむのも早いが、いやに泥を吐くのも気ぜわしいひとだよ。お侍さん、あなた、拙者の妹だなんて、あれほどじゃあしゃあと大嘘ついて、どの面さげて吉良さまへゆくんですか？……あっ、あなた、浅野さまの御家来だっていいましたね。そうだ、世間じゃ、吉良さま、なぜか浅野の殿さまを目の敵にして、教えることも教えてヤンない、それでこのあいだも、京都のお使いのお宿を、急に畳替えしなけりゃならない破目におちて、浅野さま、眼のいろかえて江戸じゅうの畳屋のあいだをかけまわったとかいう評判をしてますよ。そこへあなたが泥棒をかばったとわかりゃ、吉良さま、いっそうへそをまげるじゃありませんか」

うっと、萱野三平はうめいた。眼が血ばしった。

「な、なにを根もないことを申す。ようし、それでは拙者がここで成敗してくれる」

「おもしろい、斬ってもらいましょう」

なに思ったか、お銀は大あぐらをかいた。それから、ふところから盗んだ大判小判をひき出して、まえにつみあげると、ぱっと肌ぬぎになった。春の満月の下に、雪のような裸身が浮かびあがって、三平、はっとうろたえる。

「お侍さん、冥途《めいど》にゆくまえに、ちょいとおたのみしたいことがござんす」

「な、なんだ」

「実は吉良さまへ泥棒に入ったのは、わたしの妹を救いたい一心からで——これはほんとの妹ですよ——京の島原、一文字屋のお軽という娘」

「そ、それが、どうしたと申すのだ」

「こいつぁ浅野さまにきかせて、何かの足しになりましょうよ。その妹に吉良さまがぞッこん首ったけになりましてねえ、それで伊達の殿さまが、お軽を京人形にしたてて吉良の色爺いにひきでものになさるとやら、こいつが気にくわなくって、あたしゃ、そのまえに妹を身請しようと、その金つくりに吉良さまに泥棒に入りましたのさ」

「なに？　女を、京人形に？」

「ホ、ホ、どう？　おべんちゃら競争もそれくらいにしないと、吉良さまにいよいよ意地悪されますってさ。殿さまに、そう教えておあげ。……そこでおたのみというのは、この金を京の一文字屋にとどけてもらいたいってことなのさ。妹のために泥棒して、首まで斬られた姉のたのみとあれば、お侍さん、きいてくれたっていいでしょう、ねえ？」

萱野三平はたちすくんだ。眼が、じっと白い春の月をにらみつけている。

「サ、はやく、スッパリ斬りなよ」

「女。……衣服をつけい」

と、三平はうめいた。

「おや、斬らないんですか？」

「女賊を斬るなど、刀のけがれ」

「なにいってやがる。……とはいうものの、そうくるだろうと思ってましたよ」

肩をいれるお銀を、三平はじっとにらんでいたが、

「女、きけっ」

と、さけんだ。

「町人どもがいかなる噂をしておるか知らぬが、わが浅野家では、吉良どのに紙一枚も

袖の下などはつかわぬ。わが殿は、左様なけがらわしきふるまいは、断じて遊ばされぬのだ。もし殿さまが吉良どのに理不尽な難儀をお受けあそばす……とあれば、それこそこの御潔癖のまねいたお不幸せ、さればこそわれわれ家来一同も、血の涙をのんでたえておる。ただいま、きさまをたすけてやったのも、その吉良どのへのお恨みあればこそだ。が、それにしても、これは要らざるしッぺ返し。……何はともあれ命だけは助けてやる。はやくゆけっ」

思わず、ふだんの悲憤が発したのだろう。火を吐くようにさけんだが、女賊相手の慷《こう》慨《がい》が急に恥じられたか、そのまま中間をうながして、あとも見ずに、タッタと鉄砲洲《てっぽうず》のほうへはしり去った。

お銀は立ちあがって、ぼんやり見送っていたが、ふと首をふって、またニンマリと笑った。

「講釈しやがった。……けど、あのお侍、ちょいといい男だったね。萱野三平とかいったっけ。……海つばめのお銀、なんだか、胸にゾクッときやがったよ。……」

四

江戸城、白木書院、松の廊下。

豪壮な猿頬《さるぼお》天井、二間幅の大廊下の、松に千鳥の唐紙のまえに、吉良上野介を筆頭に、高家衆の面々、それに、接伴役の浅野内匠頭、伊達左京亮が、大紋烏帽子《えぼし》に身をつつんで、勅使院使の登営を待っていた。

長袴《ながばかま》のひざをつかんだりはなしたりして、何か思案にくれていた内匠頭は、ふと、

「上野介どの」

と、呼びかけた。

「勅使御着の節は、われらは御玄関式台にてお迎えいたすべきでござろうか？　それとも、御式台の下におりてお迎え申すべきでござろうか？」

上野介は、ジロと内匠頭をみて、声もなくせせら笑った。

「今ごろ何を……この期におよんで、かかるお尋ねは、イヤハヤ笑止千万」

はっと顔あからめてさしうつむく内匠頭をしりめに、上野介は何やらなれなれしげに、伊達左京亮にヒソヒソとささやいている。

そのとき、御台所の御付、梶川与惣兵衛《よそべえ》がいそぎ足でちかよってきて、

「上様御勅答の御式すませられましたならば、そのむね手前までお知らせ下さいますよう」

と、いった。内匠頭はすくわれたように顔をあげて、

「かしこまってござる」

と、こたえた。

与惣兵衛が立ち去ろうとしたとき、

「あいや」

と吉良はするどく呼びとめて、

「何のお打合せか存ぜぬが、おたずねのことおわさば、それがし承わるでござろう。内匠頭どのに何事のおわかりがおわそうぞ」

と、にくにくしげにいってから、伊達左京亮ににっと笑みかけた。

「御作法の一つも心得ぬ内匠頭どのに、な、な、何が……せめて、伊達どののほどに事わきまえておわさば、この老人も苦労いたすまいに。……」

「上野介どの」

内匠頭は、きっとむきなおった。顔色がそそけ立ち、眼もつりあがり、全身が瘧《おこり》のようにふるえていた。

「事わきまえるとは、京より遊女の進物をとりよせることでござるか？」

殿中で口にすべきことではなかったが、満座のなかで、これでもかこれでもかとばかり赤恥かかされて、内匠頭は逆上していた。それは萱野三平がきき及んだこととして、昨日、家老の安井彦右衛門から不安らしく報告をうけたことである。

吉良と伊達左京亮は、愕然とした。

他の何人も知るはずのないことを、この内匠頭が知っているとは！

とくに左京亮はわずかに二十歳で、家臣たちの吉良家への醜怪なばかりのへつらいを、にがい腹立たしい思いで黙認してきただけに、恥じと狼狽が唇をワナワナふるわせて、いまにも突拍子もないことを叫びだしそうだった。

それを見ると、吉良は驚愕と狼狽をこえて、かっと怒りに満面を染めた。

「内匠頭！　こ、高家に、な、なんたる雑言《ぞうごん》、いまいわしゃったこと、もういちど申して見られい！」

うめくと、立ちあがりつつ、手にした中啓《ちゅうけい》で、内匠頭の烏帽子をグイとこづこうとしたのが、きっと顔をふりあげた内匠頭のひたいをピシリとたたいた。

「上野っ」

内匠頭は、狂ったようにおどりあがり、腰の小刀をぱっとひきぬいて、大きくふりかぶっていた。

「度かさなる遺恨、おぼえたかっ」

幕があがった！

時に、元禄十四年三月十四日。

五

これが、午前十時前に勃発した事件である。

兇報が大手桜田の下馬先から、鞭《むち》をあげてとんできた小姓頭の片岡源五右衛門によって、鉄砲洲の上屋敷につたえられたとき。——その奥座敷では、江戸家老の安井彦右衛門と藤井又左衛門は、出入りの飛脚問屋の山城屋と内談を交していた。

当時、富裕な大名は、江戸の藩邸と藩地とのあいだの通信に、それぞれ特設の飛脚をもち、なかでも尾張藩、紀州藩などは、東海道七里ごとに脚夫を配置して連絡したもので、これを七里飛脚と呼んだが、もとより小藩の浅野家などでは、そんな大名飛脚を設ける余裕はない。たいてい、この出入りの日本橋の飛脚問屋山城屋に命じてその用を足していた。

「失礼ながら、御当家さまも、吉良さまへ、もうすこしなんとか色をおつけ遊ばさぬと、殿さまの御苦労、なかなかおいそれとは消えますまい……と、こう存じますが、いかがなものでございましょう？」

山城屋金兵衛、肉のあつい顔を、分別くさくひそめてささやく。さすがに伊達家の京人形のことなどおくびにも洩《も》らさないが、ふたりの江戸家老もわが意を得たりとばかりうなずいて、

「そのことじゃて。さればわれわれも口がすっぱくなるほど殿に申しあげるのだが、御潔癖と申そうか、恐れながら御融通がきかぬと申そうか、とんとお取りあげ下さらぬのみか、くりかえして申しあげればいたく御不興のていにおわすのだ。先日も、勅使御休息の御宿坊の畳替えの儀、上野介さまの、そのことには及ばぬとのお言葉を信じたあまりに、どたん場になって、一夜のうちに二百何十畳表替えせねばならぬ始末となり、家

中一同、にえくりかえるばかりの騒ぎをいたしたわ。……それはまずきりぬけたが、この上、またいかなる大難がふりかかってくるか、それを思うと、われわれ心《しん》の臓もいたくなるほどじゃわい。……」

「万一とりかえしのつかぬ大事でも起れば……大難は、殿の御身のみではない。こちらも扶持《ふち》ばなれの歎きを見ずばなるまい。殿さまも、御自身の御気性はひとまずお押え下されて、ちっとはわれわれ家来どもの身にもなって下さるとありがたいのじゃが」

そのときだ！　門の方に凄まじい鉄蹄《てつてい》の音がきこえると、屋敷の空をひっ裂くような絶叫がわたってきた。

「一大事っ、一大事でござる。殿、御刃傷《ごにんじょう》。――」

「なにっ」

ふたりの家老は、三尺もとびあがった。

腸《はらわた》もちぎれるような声は、片岡源五右衛門の声だ。

「わが殿は、松の御廊下にて、吉良上野介どのに御刃傷に及ばれたと申すぞ、家中の方々、出合い候えっ」

「南無三《なむさん》！」

たちまち、屋敷じゅう、どっと悲鳴にちかい叫喚がまき起った。藤井又左衛門はころがるように部屋をはしりだしながら、

「殿、御短慮なことを！」

と、歯ぎしりしてつぶやいた。全然、エゴイスチックな声だった。

つづいて、安井彦右衛門もかけだそうとしたが、山城屋が中腰になったまま、口をポカンとあけているのをみると、

「山城屋、かえれ！」

と、さけんで、座敷じゅう、夢遊病者みたいにグルグル歩きまわりはじめた。

「どうなる……どうなるのじゃ？……殿中で、御刃傷だと……ばかな！」

もう、ひとの眼もかまわず、ブツブツつぶやいている。

「殿中で、鯉口三寸くつろげれば、家は断絶、身は切腹……おおっ」

口から泡をふき、蒼白《そうはく》になって、いまにも失神しそうな眼つきだった。また向うで、片岡源五右衛門の大音声がきこえる。

「各々方、しずまれ、しずまれっ……何はともあれ、国元へ早打ちを走らせねばならぬ。おう、萱野どの、早水《はやみ》藤左衛門どの、たのむ、ただちにこれより支度して赤穂へは

せかえって下されい！」

「かしこまってござる！」

藤井又左衛門が、かけもどってきた。彦右衛門と白痴《こけ》のような顔を見合わせ、肩で息をついている。やっと、山城屋が、

「殿さま、御刃傷あそばして、ただいま如何しておいでなさるのでございます？」

「わからぬ。蘇鉄《そてつ》の間にて御謹慎中とか申したが、御様子、いまだよくわからぬ。……」

「で、相手の吉良さまは？」

「御存生らしいが、それもよくわからぬ。……」

山城屋の顔に、うすい笑いがはしった。この言語道断な家老のうろたえぶりに、おさえがたい軽蔑《けいべつ》の色がうごいたようである。

ふたりの家老は、それどころではない。

「どうなる……安井……」

「だッ、断絶じゃ！」

しゃっくりのようにつぶやいて、おたがいににらみあったふたりの顔に、ほとんど同

時に、おなじ思いが痙攣《けいれん》をうってはしった。

「山城屋」

と、安井彦右衛門がふりかえった。

「たのみがある。赤穂まで、飛脚を出してくれい！」

「御城代の大野九郎兵衛どのへだ！」

と、藤井又左衛門はガクガクと両手をふるわせて、隅の机の方へはしりながら、

「た、ただいま、拙者、一筆したためる。こ、これを――」

「山城屋、長年いろいろひいきにしてやったが、その恩報じてくれるはこのときであるぞ。よいか、あの早打ちにおくれてはならんぞ。早打ちよりさきに、大野どのへ知らせなければ相ならぬ用があるのだ」

と、安井彦右衛門は血ばしった眼で、

「もし、首尾ようしとげてくれたら、礼は望みにまかす。たのんだぞ！」

じっとふたりの家老を見上げていた山城屋金兵衛は、このとき、にやりと笑って、ひくい声でいった。

「あの早打ちの御使者よりもはやく、とおっしゃる。もし……向うにぬかれるようなお

それのある場合……なんとか細工をして御使者をおくらせてもよろしゅうございましょうか？」

ふたりの家老は、どきっとして山城屋をふりかえった。この浮薄な家老たちは、いままでこの山城屋の人間を見そこなっていたのである。山城屋のぶきみな笑みをふくんだ眼が、ふたりの胸を――ふたりの大野九郎兵衛への報告の内容を、すでに見とおしているようだった。

「……や、やむを得ぬ」

と、彦右衛門はうめいた。

「万一の際は……たとえで百日、千日たとうと、御使者が赤穂へお着きなされぬようにいたしても？」

ふたりが戦慄してたちすくんだとき、山城屋金兵衛は、その巨大なからだを、いままで見たこともないほど敏捷《びんしょう》にうしろにはねのけて、頭をさげた。

「それならば、思いあたる恰好《かっこう》の連中がございます。山城屋金兵衛、一世一代の御恩返し、かならず大野さまへ第一番目の飛脚をおとどけして御覧に入れるでございましょう」

——波うつ混乱と慟哭《どうこく》のなかに、ひとさまざまの本性が、閃光《せんこう》をちらして燃え狂う。

その中で、片岡源五右衛門は、必死の武士魂をふるいたてて、注進状一報を書いていった。


口上書を以て申し上げ候。

御勅使柳原大納言さま、高野中納言さま、清閑寺中納言さま、御道中御機嫌よく、当月十一日御到着、十二日御登城あそばされ、十三日御饗応御能相すみ、翌十四日御白書院に於て御勅答の式これあり候。御執事役人諸侯のこらず御登城相なり候ところ、松の御廊下に於て、上野介どの理不尽の過言を以て恥辱をあたえられ、これにより君御刃傷に及ばれ候。しかるところ同席梶川どのおさえなさせられ、多勢を以て白刃をうばいとり、吉良どのを討ちとめ申さず、双方とも御存命にて、上野介どのは大友近江守どのへおあずけになり、伝奏饗応司《てんそうきようおうし》は戸田能登守どのへ仰せつけられ候。あらまし右のとおりに候条、いずれにも御家御大切の時節に候ゆえ、御注進として早水藤左衛門、萱野三平両人はせのぼらせ申し候。この日とりいそぎ書中一々する能わず、両人委曲言上つかまつるべく候。なお追々御注進つかまつるべく候。

恐惶謹言

片岡源五右衛門花押

三月十四日巳之下刻《みのげこく》

大石内蔵助殿

早水藤左衛門と萱野三平は、裃《かみしも》熨斗目《のしめ》のまま、用意の早駕籠にとびのった。巳之下刻は、すなわち午前十一時である。

六

「姐御、それじゃ、ひとりで京にゆこうっていうのかい」

と、大六は、みれんたらしく口をとがらせた。

「あたりまえさ、みんな獄門面を五つもならべて、一文字屋ののれんをかきわけてごらんな。いくらあたしがつれ出そうとしたって、妹は柱にしがみついて、はなれやしないよ」

「どこから左様な大金をもってきたか知らぬが、女のひとり旅、案ぜられるのう」

と、梵字雁兵衛、ひげをなでて、ニヤリとうすきみわるい笑みをもらす。お銀はせせら笑って、

「ばかにおしでないよ。京へゆくのは、海つばめのお銀だよ。道中、この金、ふえることはあるかもしれないが、へることはないだろう」

「なら、姐さん、すこし置いてったらどうだい。こちとら、御存じのからっけつだぜ」

と、なさけない声を出したのは、ひょっとこの官蔵だ。

「だから、伊達の飛脚をとっつかまえて、そっちからもらやいいだろう！」

「いってえ、その金飛脚はいつ出るんだよ。若旦那？」

と、稲妻吉五郎は、イライラと大六をふりむいた。大六はおちつきなく、立ちあがって、

「たしか、この一日二日のことじゃあねえかと思うが、もういちど店へかえって探ってこよう」

「いや、それにゃ及ばねえ」

ふいに、野太い声がかかった。ぎょっとして一同ふりむくと、戸口を牛のように巨大

な影がうっそりとふさいでいる。眼が、針のようにほそくひかって、笑っていた。

「伊達の金飛脚は、出ねえ。みんな、おじゃんだよ」

「あっ、伯父貴！」

大六は、仰天してとびあがった。声もない一同の中から、梵字雁兵衛がやっときいた。

「それは、どういうわけだ」

「たったいま、浅野のばか大名が吉良さまに御刃傷、お城はにえくりかえるような大騒動だ」

「なにっ」

六人は、茫然《ぼうぜん》として顔を見合わせた、お銀の唇がワナワナとおののいた。

「ああ、では、やっぱり。……」

「伯父貴」

と、しばらくして、大六がかすれた声で、

「伯父貴は、おれたちのこと……知ってたのかい？」

「飛脚を狙《ねら》う大それた野郎どものことを知らねえで、飛脚問屋がつとまるかい？」

「そ、そ、それじゃ、なぜいままで知らねえふりをしていたんだ?」

「おれの店の飛脚に手を出さねえあいだは、いつまでも知らねえ顔をしていてやるよ。フ、フ、商売敵ののれんに傷のつくのは、望みこそすれ、こっちはとんとかまわねえ。だから、大六、おめえに飛脚仲間のないしょごとを、わざわざいままで知らせてやったんだ。せいぜい、これからも大いにやってくれ」

はじめてみる恐るべき伯父の姿に、眼をむき出したのは大六ばかりではない。あとの五人も、じぶんたちに輪をかけた大悪党がこの世に存在することを知って、キョトンと毒気をぬかれた風である。

「だがなあ、それよりまえに、おめえたちを見込んでたのみがある。たかが遊女ひとりの身請の金飛脚どころではない。ズンとでっかい一仕事だ」

「な、な、なんでござる?」

「そういうわけで、いまにも浅野の屋敷から、赤穂へ早駕籠が出る。もう鉄砲洲をとび出したかもしれない。あの家中はの、当世風とは向い風の、へんに武張った固物野郎《かたぶつやろう》の多いところだが、なかにゃやっぱり勘定だけえ侍もあって——なに、そんなことは、素町人のおれたちにはなんの係り合いもねえことだがね、ふたりの江戸家老が、国元の或る御仁に、その早打ちよりはやく、この知らせをもってってくれっていうんだ」

と、ふところから一通の書状をとり出して、またニヤリと笑い、

「中身はみねえが、わかってるよ。ふたりとも、藩の公金をタンマリくすねてためこんでいるとんでもねえ家老だ。そのあて名の大野九郎兵衛ってのが、これがまた国元で、それにおとらねえとりこみ屋だ。おまけに藩の暮し向きの方を一手にきりまわしてる御仁なんだ。だから、早打ちの使者がいって大騒ぎになるまえに、手早く屋敷財産の始末をして――いやいや、まだまだそんなことじゃあるめえぜ、御用金をかっさらって、どこかへ逐電してくれろくれえなことは書いてあるだろう。それを使者よりはやくとどけてくれってたのみなんだ。どうだ、ともかく五万石の屋台骨がひっくりけえるんだ。うまくゆきゃあ、一生栄耀栄華でくらすくれえの汁はしゃくい出せるだろう。やってみるかい?」

山城屋金兵衛は、そのとき、じっと耳をそば立てた。遠く、「エ、ホ、エ、ホ」という声がきこえてきた。

「あっ、あいつかもしれねえ。どうだ、ゆくか。あいつよりはやく――事と次第によっては、あいつの足をひっぱったって、水にたたッこんだっていいってことだ」

「よ、よし、やってみよう！」

と、梵字雁兵衛、大刀をつかんではねあがった。

「おれは、浅野とあまりうれしくない因縁がある。七年前、おれの藩がおとりつぶしになったとき、そっくりかえって城受け取りにきやがったのが、その浅野の大石って家老さ、因果はめぐる小車の——ときたね。ザマ見やがれってんだ」

エ、ホ、エ、ホ、と早駕籠の声が近づいてきた。彼らはいっせいに往来にとびだした。

「おお、あれだ！」

と、見迎え、見送って、山城屋金兵衛はさけんだ。

「ゆくか？」

「合点だ！」

と、賊たちがスタートラインについた姿勢になったとき、うしろから突如凄まじい鉄蹄の音がきこえてきた。あっとさけんでとびのこうとしたが、その猛烈な勢いに、ふっとった山城屋はさけるにいとまなく、蹄《ひづめ》にかけられて、もんどりうってはねとばされた。

「あっ、旦那！」

ひょっとこ官蔵と大六が仰天してかけよるのをふりかえりもせず、お銀は口をあけて

いまの騎馬を見送った。

「あれア……吉良の侍だ」

「えっ？」

「あたしゃ知っている。たしか清水一学とかいう男だよ。……」

脾腹《ひばら》をけられて、苦悶《くもん》のうめきを発しながら、山城屋金兵衛は、砂塵の中に西へ消えていった馬上の武士を見送って、

「ばか野郎、こっちは味方なのに、親の心子知らずたあ、あいつのことだ。……」

「旦那、あいつも浅野の早打ちのじゃまをしに追っかけていったのかね？」

「いや……吉良といえば、三州吉良の庄の御領主だ。そうだ、いま吉良家の御曹司左兵衛さまがそっちにいっているとかきいた。おそらくそれへ注進にいったのだろうが、途中、浅野の駕籠を見りゃあ、一騒動はおこすかもしれねえ。……おい！　おれはいいから、はやくゆけっ」

「姐御、とんだ御同行になったが、いっしょにゆくかい？」

と、稲妻吉五郎がふりかえる。

お銀は、めずらしく、ぽうっと腑ぬけのような顔でつっ立っていたが、はっとわれにかえって、

「ゆくさ。ゆくが……あたしのゆくのは、あの早駕籠たあ係り合いはないよ。……いや」

彼女はキラキラひかる眼で、五人の仲間の顔を見まわした。

「ひょっとしたら、係り合いになるかもしれないが。……そのときは」

七

三月十四日午前十一時に江戸鉄砲洲をとびだした早駕籠は、十八日の午後十時に赤穂《あこう》についている。その間、百七時間。

江戸から赤穂まで百五十五里だから、一日平均三十五里駈けたことになる。道程の計算如何によって百七十五里という説もあり、この方がたしからしいが、それだと四十里ははしったことになる。

当時、江戸から大坂までの飛脚は、九十六時間を要した。これはもちろん各宿駅で人馬をかえての継飛脚《つぎびきやく》だから、たとえ駕籠にのっているにせよ、おなじ人間がこの速力で、江戸から赤穂まで通したことは、実に超人的な猛スピードといわなければならない。

しかし、その日のうちに箱根を越えられなかったことはたしかだと思われる。なぜなら、関所は暮六ツに閉じられてしまうからである。ただ、これには、いかにもその時代らしい便法がある。早駕籠などで、門限がちかづき、とうていまにあわないと見たときは、雲助が駕籠の戸だけをかついで、関所にかけつけ、門前で、

「えっえっえっえっ」

と、かけ声かけつつ足踏みをして駕籠のくるのを待つ、これはすぐあとに通行人がつづいているということを意味するので、それまで門を閉じるのを待ってくれたそうだ。とはいえ、これにも限度があろう。

江戸から箱根の関所までは二十四五里だが、その最後の四里八丁は、名だたるいわゆる天下の嶮だ。ふつうの旅なら、ここですでに四日めの行程である。

午前十一時に江戸鉄砲洲を発し、午後六時までの七時間に、人間をのせた駕籠が、と

うていこの道程を走破できるわけがない。

それに、このころ、早打ちといえば、江戸を出るか出ないうちに、きまってからみついてくる難儀がある。というのは、早駕籠の場合、まず江戸から川崎あたりまでを仕切って借り、あとは飛脚をひとり先にとばせて、次々の宿駅へ継乗りのできる用意をして待つように頼んでおかせるのだが、その情報をききつけるや否や、たちまちたかってくる小場取りや雲助があって、どういうものか、おそらくそのカモが多いせいだろうが、とくに川崎あたりまでウヨウヨ群れていて、まずその第一波が高輪《たかなわ》ハツ山から蠅《はえ》みたいにあつまってくるのだ。これが急使のあせりにあせるのにつけこんで、駕籠にとりつき、はては前後にひきあって、

「おれにかつがせて下っせえ」

「いや、おれが」

路のまんなかに、うごけなくしてしまう。むろん、ゆすりが目的なのだ。

「これ、はなせ御家の大事じゃ、そこを通さぬか」

血声をふりしぼって身をもみしだく早水藤左衛門と萱野三平の駕籠の外を、そのとき、鉄蹄の音も颯爽《さっそう》とかけぬけていった武士がある。

それからまたしばらくたって、恐ろしく足のはやい女連れの一団が、タッタとやってきたが、

「うっふ！　やってやがる」

という男のせせら笑いと、

「お役人がやってくるよ。——」

という女のするどい声がきこえたが、それが何者であったか、ふたりの使者には見きわめる余裕もない。

「えい！　早水どの、ぶッた斬って通れ！」

と、萱野三平がさけんだとき、この昼盗人どもは、わっとにげだした。侍のだんびらくらい恐れる手合いではないが、いまの、「お役人がやってくるよ。——」という声にきもをつぶしたのだ。

こういうわけで、早駕籠が、小田原から、風祭《かざまつり》、湯本、畑《はた》、樫木茶屋《かしのきぢやや》と、「嶮しきこと道中第一の難所なり。樫木の坂を越ゆれば苦しくて、どんぐりほどの涙こぼるる」といわれた急峻険阻、ほそく、まがりくねった、石だらけの山道を、火のような息をついてかけのぼってきたのはすでに夜半。

寝しずまった元箱根の宿をとおりすぎて、関所前の千人溜りと称する広場にたどりつくと、門のまえにはチラホラと、旅人がうずくまったり、茣蓙《ござ》をかぶってころがっている。元箱根の泊りにあぶれた連中やら、さきをいそいで一刻もはやく開門を待つ人々だろう。

「ちいっ……気がせくのう」

と、駕籠からおりて地団駄ふむ三平に、早水藤左衛門は年長らしく、

「せいてもあせっても、こればっかりはのう。萱野、いまのまにトロトロとでもまどろんでおけ。明日から赤穂まで、三日かかるか四日かかるか、寝ることもかなわぬぞ」

と、たしなめた。

理はまさにそうだが、藤左衛門とて、どうして眠られよう。揺られに揺られつづけて、なお心熱の渦をまくような感覚の底から浮かびあがってくる主君の幻。

ああ、わが殿は、いかが遊ばしたろうか?

月はすでに天心にあり、山上の春は風なお寒く、小波《さざなみ》たてる湖は、氷のような月影をくだいているが、いまの二人にはそれに見とれるいとまもない。ただ血ばしった眼をすえて、宙に何者かをにらみ、ときどき発作的に身もだえする。

するとう、二梃の駕籠を、さっきから、広場の隅でじっと見つめていた六つの影のうち、おし殺したようにつぶやいた者がある。

「どうだな、さきへいって走りッくらするよりは、いっそここで片づけておいた方が、面倒がないと思わねえか？」

梵字雁兵衛の声である。

「そりゃあそうだが……えらくたかぶってる侍二人だ。あさってごろになりゃ、きっと半死半生になるこたあわかってるんだから、その方が料理はらくだろう」

と、稲妻吉五郎がいう。雁兵衛は、せせら笑った。

「何をぬかす、たかが二匹の田舎侍、手足の一本もへシ折ってやれば、もう早駕籠道中もかなうめえが、それで苦しませるのはかえって殺生だ。たたッ斬った方が、功徳《くどう》だろう」

すると、端ッこで煙管《キセル》をくわえたまま、うずくまっていた海つばめのお銀が、ふいにユラリとたちあがって、

「どうも、見たようなおひとだよ」

と、つぶやいた。

お銀が返事もせずスタスタあるきだしていった先が、その早駕籠のところだから、兇賊たちは、みんなあっけにとられてしまった。

「虫が知らせると思ったら、やっぱり萱野さまでしたね。いちどで切れる御縁じゃないような気がしていましたよ。おなつかしい。……」

そんな声がきこえたあと、むこうでひどくおどろいたような声がきこえ、二三語交わしたのち、

「うるさい、だまれ！」

と、相手はひくく叱《しか》りつけたが、お銀は平気で、さもなれなれしそうに何やら話しかけている。

こちらの五人は顔を見合わせた。

「たまげたな、お銀の知り合いか」

ややあって、

「どうする？」

しばらく、返事がない。が、やっと、雁兵衛が、きしり出すように、

「へ、だれが？」

「いや、お銀に気がねするには惜しい仕事じゃ。どうもあいつ、江戸をたつころから、何かヨソヨソしいと思っておったが、ひょっとしたら、はじめから胸に一物あったのかもしれんぞ」

「そうかもしれねえ」

と、吉五郎は不安げに向うをすかして、

「いま、おれたちの話をきいていて、知らぬ顔であそこに出かけたところがくせえ。こっちのことをばらしにゆきやがったか？」

「裏切ったか！」

と、兇暴なうめきをあげて舌なめずりしたのは、こがらしの丈太。

「あにき、呼んでこようか」

と、ひょっとこ官蔵が腰をうかせる。

「うむ、呼んでこい。もし、おれたちに刃むかうつもりなら。……」

「殺《や》るか？」

と、丈太のせりふは、いつも恐ろしくボキャブラリイが貧困だ。

「まさか、そうもゆくまいが、これ以上、邪魔をつづけられるとありゃあ、ここで何とか羽根くらい切っておかねばなるまいの」

と、梵字雁兵衛は、はげちょろけの刀をひねくりまわした。

八

獰悪《どうあく》きわまる連中だということは先刻承知のことだが、男五人の中の女王蜂として、当然、お銀は、いささか彼らをなめていた。

「姐御、ちょいと」

と、呼ばれて、むりやりにひきもどされて、

「何さ？」

ケロリとした顔である。

「おまえ、あの浅野の侍と知り合いらしいが、どういう縁だい」

「あれあ、あたしの兄さんだよ」

「なんだと！」

と、みんな眼をまるくしたが、ニヤニヤしているお銀に、

「うそをつけ」

「おまえたちにいったってわからないよ。そもなれそめは……いうにいわれぬうれしい御縁があってねえ。……」

雁兵衛もニヤリとして、

「これあ御挨拶だ。そいつをユルユルきかせてもらおうじゃねえか。関所がひらくまでには、まだちょいと間があらあ」

五人、お銀をとりかこんで、山の方へあるきだした。

「どこへゆくの？」

「なんだ。こわいのか」

「へっ、ばかにおしでない！」

「じゃあ、きてくれ、話もききたいし、事と次第によっては、こっちからとっくり談合してえこともある」

お銀は、じっと雁兵衛をみた。

「そうかえ？」

と、やがて素直にうなずいた。

うすうす予想していたことだ。この連中が狙っているのがあの萱野さまとすれば、どんなことがあっても、手をひかせなくてはならない。してみれば、これはいつかは話し合わなければならないことだ。

山の中の杉林に入ると、五人の男はいきなり威猛《いたけ》だかになった。

「やい、お銀、てめえ、あの侍に、おれたちのことをばらしゃがったろう」

悪いくせだ。そう高びしゃに出られると、もちまえのへそがまがった。まさか、そこまで三平に打ちあけてはいなかったが、お銀は傍の杉にユラリと背をもたせかけて、

「あたりまえだよ。それがどうしたえ？」

じろっと見まわされて、五人の兇賊は顔を見合わせ、その眼が爛とひかると、

「それっ」

いっせいに、どっと襲いかかってきた。

「何しやがる」

お銀は、猛烈にあばれた。清水一学の凄絶な剣すらのがれた女だが、この五人の仲間は、とりもちみたいに粘強《ねんきよう》だった。それはよく知っているが、まさかこう短兵急にかかってこようとは思っていなかったのだ。

「ちくしょう。仲間をどうしようってんだ」

と、杉の木に、立ったままグルグル巻きにしばられて、お銀は身をもみねじった。

「そいつは、こっちできいてえや」

「その白い、柔らけえくびを、いちどきゅうっと絞めてみてえもんだと、夢にまで見ていたんだ」

と、歯をむきだして笑う丈太のむこうで、梵字雁兵衛がギラリと刀をぬいたのを見て、さすがにお銀が顔いろをかえた。

「斬ってみやがれ、ここからのどのさけるほどどなってやる。東海道飛脚殺しの泥棒がここにいるって――」

「そのとおりだ！」

雁兵衛の刀が一閃すると、ぱっと散ったのは、杉の木肌だ。お銀とならんだ杉の幹に、白じらと削がれた面が浮かびあがった。

そこへ、矢立をとりだしてかく。

「これは、東海道飛脚殺しの女賊、海つばめのお銀也」

そして、ふりむいて、ゲラゲラ笑った。

「お銀、仲間のよしみで、命だけは助けてやる。ありがたいと思って、しばらくじゃまをしないでもらいたい」

「何をいってやがる。ようし！　こうなったら、海つばめのお銀、性根をすえて、おまえたちの敵にまわってやるから、そのつもりでいやがれ」

「よかろう。では、さっそく、声はりあげて、だれかを呼んでみるがよかろう。ひとが来りゃ、つかまるのはおめえ一人だ。そのまま、その木が磔柱《はりつけばしら》にならあ、あははははは！」

そして五人の兇賊は、風のようにきえてしまった。

九

さて、しかし、お銀が知らせたとあれば、容易にあの早駕籠へはかかれまい。

関所前にもどってみると、ふたりの使者は、眠るどころか、夜明けちかい風の中に出て、鉢巻などをしめなおしている。気のせいか、若い方は、ときどきこちらをじろっと見る。――

そのうち、一番越えを待って千人溜りには、もう何十人も旅人がつめかけてきていた。

やがて、

「御関所がひらくよ。——」

と、かん高い声がきこえて、群衆がどよめきはじめた。薄明の下に、大きくひらかれた門の中へ、第一番に二梃の早駕籠がかけこんでゆく。

機会は去った。

「それ、おくれるな!」

はしりだす兇賊たちのあとに、ひとり地面にまるくなってうごかない影がある。

気がついて、かけもどってきた官蔵が、

「若旦那、どうなすったんで?」

横ッ腹をかかえて、苦痛の顔をあげたのは大六だ。

「夜露で冷えたのかもしれねえ。さっきから、腹がいたくって——」

「しょうがねえな、町育ちの色男は」

と、吉五郎が舌打をした。

「すまねえ、ちょ、ちょっと待ってくれ、しばらくこうしていればなおると思うからよ」

「なにを、悠長な」

と、雁兵衛はひたいに青筋をたてて、

「もともと、街道をとぶには足手まといの旦那だ。えい、いっそ江戸にかえって土産を待っておれ」

「それじゃ、そうしてくれるかい？……が、ほんとにおれにも分け前を忘れちゃ怒るぜ。……」

ぐずぐず何やらいっている大六をあとに、四人の兇悪な韋駄天《いだてん》は、あともふりかえらずかけだした。

その姿が、門の向うへきえると、いままでウンウンうなっていた大六が、すっくと立ちあがって、うす気味わるい笑い顔になった。

「へへ、おいらの分け前は、ちゃんと関所前にとってあらあ」

そして、コソコソといたちみたいに走って、さっきの山の中へひきかえしはじめた。

林の中で、お銀はなおもがいていた。怒りと焦りに、血もにじむばかり身をねじるが、心得のある雁兵衛のしばりつけた縄は、おいそれと解けるものではない。残月と夜明けのひかりが、チラチラ蒼白《あおじろ》くこぼれる樹林の底で、身もだえる美女の姿は、乳房も足もむき出しになって、白蛇のような妖《あや》しさだった。

「姐御」

お銀は顔をあげて、すぐまえに、よだれをたらさんばかりの大六の顔をみた。

「たまらないね。さっきから、こう見物しているんだが」

「ちくしょう、いまに思い知らせてやるから」

「みんな、とんでいっちゃったよ」

「おまえもゆきゃがれ、何をマゴマゴしてやがんだ」

「相変らず、負けん気だね。おれは、思うところあって、のこったのさ」

「笑わせないでおくれ、おまえの思うところなんて、――馬のあたまが何か思うようなものだろう」

「そうばかにしたものじゃあねえ。実は、姐御をたすけてやろうと思ってね」

「そいつは感心だ。あたしもそう思ってたよ。おまえが、あのケダモノたちの中じゃあ、いちばん人間らしいってね、ふだんから眼をかけていた甲斐があったというものさ、さあ、はやく縄をといとくれ」

「おだてちゃいけねえよ、へっ、実はそうなんだ。おれがいちばん人間らしい。……そこで姐御、姐御をたすけてやるについては、こっちの言い分もきいてもらいてえ。どうだ、姐御、いちどおいらに――」

「あっ、ちかよるな、この野郎」

お銀は、足をあげて大六を蹴《け》とばした。大六は尻もちをついたが、なお木の幹でもがいているお銀の姿に、痛さと笑いのまじりあった醜怪な痙攣を頰に波うたせて、

「このまンま、放っておけば、姐御は御用となるか、飢え死するか――なんて、おどすんじゃねえよ。姐御、おれの気持にもなってくれ。あいつらといっしょに西へ飛びゃ、おれもたンまり分け前にあずかれるんだぜ。そいつをあっさり捨てて、金よりゃ姐御と、ひとり残ったおれの心をいじらしいたあ思わねえかい」

「いじらしいってガラかよ、ぷっ」

起きあがって、また近よってくる大六に、お銀はいきなり唾《つば》を吐きかけた。大六はペロリとその唾を顔になすりつけて、

「ありがてえ。もっと姐御の唾をのませてくれ。口移しに――」

お銀は歯ぎしりした。縛られた孔雀《くじゃく》と、腰ぬけ狼《おおかみ》との無言のたたかいがしばらくつづき、ようやくお銀は肩であえぎはじめたが、大六もお銀の足をもてあました。

「ようし、こうなりゃ、もう無理強いにでもいうことをきかせてやる」

いままでは、無理強いではなかったとみえる。

大六は、お銀のしばりつけられている木のうしろにまわって、いきなりその片足をつかんだ。お銀はもう一方の足で、大六の顔を蹴とばしたが、そのままの姿勢では思うにまかせず、たちまちその片足に縄をからまれてしまった。それがすむと、また一方の足に縄をかけられる。

「何しゃがるんだ」

「へへへへへへへ」

大六は、ひきつったような高笑いをあげながら、その両足の縄を、それぞれ反対の方角へひっぱって、それぞれ木の幹にくくりつけてしまった。

お銀は、大の字になった。

いかにも腕細の、生っ白い大六らしく、実に淫猥《いんわい》卑劣な方法をかんがえついたもので、これはヴァンデベルデ博士もとうてい及ばない恐るべき考案だ。

「姐御、いくらでも腰をふりなよ」

大六は、酔っぱらったように這《は》いよってきて、片手にムッチリした真っ白な乳房をつかみ、もみねじった。その血ばしった眼と、よだれにぬれた唇が、ぐうっとせまってくると、さすがのお銀も、ふらっと失神しかかった。

そのとたん、大六が、凄まじい悲鳴をあげてとびのいた。とびのいたのではない、だれかに襟がみつかんで、つるしあげられたのだ。

「あっ」

さけんだのは、お銀だ。大六を、犬ッころみたいにつるしあげて立っているのは、思いきや！　吉良家の侍、あの清水一学ではないか。

「どうも、けしからぬ虫ケラだ。……げえっぷ！」

と、酒くさいおくびをした。

おくびをしたのと、大六のからだを宙に投げたのと、その豪刀が白い虹をえがいたのがほとんど同時だ。白い虹から、暁のひかりに、暗紫色の霧がぱあっと立って、大六は二言となく身首を異にしていた。

あまりの凄絶さに、お銀は、悲鳴も出なかった。

清水一学は、じろっとお銀を見つめ、それから例の雁兵衛の書いていった矢立の文字をながめ、

「ははあ、……」

と、いった。ひどく落着きはらっていて、きみのわるい侍だ。

「どうも、おまえには見覚えがあるぞ。なるほど、あの浅野の——」

と、うなずいて、また文字を見て、

「賊？……ひょっとすると、先夜、お屋敷からにげた奴か——」

「わかったかい？　あんぽんたん」

と、お銀は、観念して、眼をとじた。

「わかったなら、斬りな」

「ふむ、そういえば、あの曲者、女くさかった。これは面妖《めんよう》なと、ちと油断したはずみについとりにがしたが、なるほど、大それた奴じゃな。……女っ、ここに書いてあることにまちがいないか。まちがいなければ、ついでにここで、街道の掃除をしておいてやる」

「だから、サッサと斬りなっていってるんだ。……あたしを斬りゃ、魂魄《こんぱく》妹にのりう

つって、おまえの殿さまをぬけがらにしてくれるだろう」

「わしの殿？……どういう意味じゃ、それは」

「おまえのところの殿さまに、伊達家から、京の廓にいるあたしの妹を進物におくるってさ。それが可哀そうだから、妹を身請する金をつくりに、泥棒に入ってやったんだよ。わかったかい？」

清水一学は、だまって、大きな眼でお銀を見まもった。その眼にかすかな動揺がはしったのは、事情がややのみこめたらしい。

「そうか。……ところで、もうひとつきくが、おまえは浅野家とほんとに何か縁があるのか」

「あるもんか。こないだは、やみくもに逃げだして、吉良家からにげだしてきたといったら、むこうで物好きに助けてくれたんだ。なんでも、あちらの殿さまが袖の下をつかわないため、おまえの殿さまにいびられる。それが家来としてくやしいから、あたしを助けてくれる気になったんだってさ」

一学はまた沈黙して、お銀の半裸の姿を見上げ、見下ろした。何をいうのかと思ったら、

「なるほど、女性のかかる姿もまた捨てがたいの。いまの虫ケラがのぼせあがったのもむりはないわ。……」

と、ニタリとしたかと思うと、つかつかと寄ってきて、その縄をバラバラにきりはなしてしまった。

「おや、殺さないの？」

「うむ、おまえが盗賊に入ったのも、一理ある。ただいまは、一応見のがしてくれる」

といって、大きな背を見せると、スタスタと林の奥へ入っていった。

お銀はあっけにとられて、そこに立ちすくんでいる。変な侍だ。

まもなく、一学は、また林の奥から出てきた。こんどは馬をひいている。

「なんだ、おまえ、まだそこにおるのか」

「お侍さま。……」

と、お銀は眼をパチパチさせながら、

「あなたさまは……三州吉良へ御注進にいらっしゃるのでしょう」

「おや、ひどくシトヤカになりおったの。それより、どうしてそのことを知ってる？」

「浅野さまの早駕籠はもうとっくに御関所をこえてゆきましたよ。実は、赤穂が大騒動になるまえにサッサとうまい汁を吸おうと考えてる奴があって、そのいいつけで、早駕籠をじゃましようと狙ってる五人の悪い奴があるんです。そこにころがってる首も、そのひとつ。あたしゃ早駕籠でいったお侍さんに御恩があるからねえ、そいつらのまたじゃまをしてやろうと追っかけてるんですよ。……あなたは、何をこんなところでグズグズしてるんです?」

「なに、わざわざぐずぐずしていたわけではない。関所の門のしまったのは一足ちがい。しかたがないから、門のあくまで、つい酒をのんでおったら、本気でねむってしまっての、さっきおまえのキャアキャアわめく声で眼がさめたのだ」

気がつくと、馬の鞍《くら》に大きな瓢箪《ひょうたん》がくくりつけてある。チチ、チチ、と林にさえずりはじめた小鳥の声の下を、ふたりはあるきだした。奇妙な縁の同伴者だ。

「お侍さま。たしか清水さまとおっしゃいましたね。あなたはそんなお使者にたちながら……お酒が好きだとみえますね」

「好きだ」

「それから……」

「なんだ」

「女も好きですね」

「………」

「ムッツリ助平って顔だよ。ホ、ホ、ホ」

いちおう身づくろいはしたが、なおみだれた姿で、お銀はちらっと一学を色ッぽいながし眼でみて、嬌笑をもらした。

「ははあ、よくわかったの。しかし、おまえには惚れん」

「なぜ？」

「おまえはいま浅野をひいきにしておると申したな。それではわしとは敵のあいだがらではないか」

「そう、敵なのさっ」

お銀の絶叫と同時に、突如、一学のひいていた馬がさお立ちになった。その片眼から、血の噴水がふきのぼった。いきなりお銀が、その銀簪《ぎんかんざし》で馬の片眼をつき刺したのだ。

「あっ、こやつ！」

一学が驚愕しておどりあがったとき、海つばめのお銀、すういと三間もむこうへはねとんだ。

「おあとでユックリ。――おさきへ、あばよ」

棒立ちになった一学の眼に、その女賊の影は、人間とも思えない迅さで、美しい飛燕《ひえん》のように翔《か》け走っていった。

清水一学は、二本の足で走るなら、とうていあの女に及ばないことを知った。

十

三島から、沼津、原、吉原、蒲原、由井、興津《おきつ》と、春光うららかな大富士の下を、豆つぶのような早駕籠はつッ走る。

箱根で足どめをくった分をとりかえそうと、ふたりの使者は、暮六ツまでに浜名湖のむこうまで、四十四五里をかけぬけるつもりなのだ。そこにも暮六ツに閉じられる新居の関がある。三日めには伊勢の海をわたって、四日めの夜半までには京を越えたい。

それは、超人的な意志であり、いかに猛烈な攻城野戦にもおとらぬ凄愴《せいそう》な死闘だった。

「ホイ。ホイ」

その声は、早駕籠独特のもので、それがきこえてくると、次の宿場では、すでに駕籠かきが、足ぶみして待っている。疾駆してきた駕籠は地に下ろさず、肩から肩へ、なげつけるようにバトンをわたしてまた駆けだす。

レールをすべる汽車ですら、まる一日乗っていれば、結構くたびれるものだが、これは比較にならない。荒天をゆく船のロウリング、ピッチングに翻弄《ほんろう》されたときの、あの言語に絶する苦しみ、それすらもなお易いかもしれない。なぜなら、そこにはまだひろびろとしたからだの自由があるからだ。

「ホイ、ホイ」

超人的な意志力をなお超える苦しみの第一波が、二梃の早駕籠を襲っていた。

「おい、待て！……駕籠をとめろ」

つと、さきをゆく萱野三平がさけんだ。興津をすぎてまもなくだ。

うしろの駕籠がドンとぶつかりかけて、蒼白な早水藤左衛門の顔がのぞいた。

「萱野、なぜとめるっ」

「早水どの、さっきから、ひどく吐いておられるではないか。しばらく下りて、吐くだけ吐かれたらどうじゃ」

　早水藤左衛門の顔がひきゆがんだ。

「すまぬ。……では、暫時」

と、駕籠からころがりおちて、路傍にうずくまったが、ものの二三分とたたぬうちにはねあがって、

「いや、こうしてはおられぬ。はくのは、駕籠の中でも吐けるっ」

と、また駕籠によろめきこんだ。

「駕籠屋、かまわずといってくれ！」

　そして、美しい松並木のあいだを、凄まじい嘔吐《おうと》の声をひいて、また二梃の駕籠がとんでいった。

　江尻——府中——丸子《まりこ》。

　そのすこし手前。

　日はちょうど中天にかかって、ひとすじの街道の右側が古寺らしく、鬱蒼《うっそう》たる樹立ちの枝が、小暗いまでに路上に影をおとしていた。その樹立ちのなかに高く石垣をつんで

鐘楼《しょうろう》があるらしく、だいぶまえ、そこでひるの鐘をひとつ打って老僧がおりていったが、あと春日ものうく、通りかかる旅人もふと絶えた。

ところへ、一陣の魔風のようにかけてきた四つの影、そこでピタリと足をとめてふりかえった。

「ホイ、ホイ」

遠くからきこえてくる早駕籠の声。

「あっ、ちくしょう、もうきやがった」

「あの女房、えらく手数をかけやがったからの」

「金だけとればいいものを、丈太め、まるはだかに剥《は》いでおもちゃになんぞしておるからじゃ。おまけに、わざわざ時をかけてなぶり殺しになどしやがって」

「こりゃ、宇津谷《うつのや》峠で待ち伏せしようと思ったが、もうまにあわねえ。さいわい人通りもねえ。ここらでやるとするか」

「どうせ、きょうは血なまぐさついでだ」

恐ろしく物騒な会話ののち、さっと四つの影は樹立ちにかくれたが、青葉若葉の匂いにまじって、たしかに血の香りがムラムラと立つ。おそらく、人を殺してから一時間とたってはいまい。

「待てっ」

とんできた早駕籠のまえに、四人はとびだした。

「なんだ！」

かみつくように駕籠かきはわめいたが、小暗い樹蔭にもキラッとひかる四つの刀身をみると、「わっ」とさけんで、ドンと駕籠を地におとしてしまった。

「何者だ！」

ヨロリと出てきた萱野三平に、さっと稲妻吉五郎の匕首《あいくち》がつッかける。からくものけぞってかわしながら、どうと蹴倒す三平の姿は、江戸をとびだしたときの裃のまま、その肩衣《かたぎぬ》をはね、これに鉢巻をし、なんとも異様な風体だ。

「盗人か。それにしても大名の早打ちを狙うとはたわけた奴」

「大名か、もうなくなった大名だろう」

と、梵字雁兵衛があざ笑った。四人、すべて黒頭巾で面をつつんでいた。

三平は愕然とした。

「さては、うぬら、ただの盗賊ではないな。早水どの、御油断あるなっ」

ふりかえるよりはやく、背後で、かっと刃のかみ合う音がした。こがらしの丈太の刀を早水藤左衛門がうちはらったのだ。

「そうれ、足がヒョロつく。江戸からわずか五十里、赤穂まで三分の一にも足りないのに、いまからそのザマでは」

と雁兵衛が罵《ののし》った。

「どうせゆきつくまでに、腰がぬけてくたばるだろう。それよりここで往生しろ。……」

徐々にあがってゆく剣尖に、三平、身うちに氷の弦が張られるような思いがした。相手が、実に恐るべき使い手であることを悟ったのだ。

うしろでは、凄まじい争闘が起っていた。早水藤左衛門は、巨大な相手のふるう小さなほそい短刀の剽悍《ひょうかん》ぶりに舌をまいた。これは山窩特有の山刃《うめがい》と呼ぶ兇器だ。それにもうひとり、めまぐるしくつけまとう奴もある。

「うぬら、吉良家のものか！」

絶叫する藤左衛門のひたいに、あぶら汗が浮かんできた。せまい駕籠にガッキと組んできた足は、とっさには敏速にうごかなかった。

「そうら！」

雁兵衛の勁烈《けいれつ》な一撃を、三平はあやうく鍔《つば》もとでうけとめると、ダダッと駕籠に弓なりにそり、その反動を利してピーンとはねかえした。

「おう！」

とびのいた雁兵衛の手もとを剣光が追い、火花のように血がとんで、雁兵衛の左手の小指が地におちた。

「野郎、くたばれっ」

狂気のごとく襲いかかる稲妻吉五郎の匕首に、はねた三平の肩衣がぱっと切り裂かれて、宙にひるがえる。

「若造、存外修業したのう」

こぶしを口にあて、みずからの血をなめて、梵字雁兵衛が笑った。笑ったが、凄まじい怒りに満面ひきつって、頭巾の下は、まるで悪鬼の形相だ。

その大刀の光芒《こうぼう》までが、一瞬、魔の虹のように変色して、

「参るぞ――っ」

そのときだ！　突如、頭上で、ぐわわわんと恐ろしい音がした。死闘の沼を這いま

わっていた六人も、これにははっとしてふり仰ぐ。

ぐわわわん。

ぐわわわん。

だれか、上の鐘楼を撞《つ》いているものがある。けだるい春昼の空をゆるがして、きちがいじみた大梵鐘の音は鳴りひびく。

「しまった！」

と、梵字雁兵衛は歯ぎしりしたが、すぐ刃をひいて、

「いずれ、この勝負のカタはつけるぞ。みんなひけっ」

素性が素性だけに、役人でもかけつけてくると分がわるい。四人、さっと逃げだしたが、いやその早いこと、三平と藤左衛門には、いまの争闘そのものが、一場の悪夢ではなかったかとさえ思われるくらい、忽然《こつぜん》とけむりのように敵の姿は消え失せてしまった。

決して長いとはいえないたたかいだったが、ふたりはみるも恐ろしい姿に変っていた。髪はみだれ、裃はズタズタになり、早水藤左衛門の額には、うすい血の糸さえひいている。

「駕籠屋。——」

と、早水藤左衛門が、かすれた声で呼んだ。駕籠かきたちは、にげてしまっていたのだ。

「よし、さがして参る。——」

と、藤左衛門がよろめきよろめき去ってゆくのを見ながら、萱野三平は、声を出そうにも、息も出来なかった。いまの魔剣とのたたかいに、死力をしぼりつくしてカラカラになったような感じである。

「不覚。——」

と、思いつつ、その眼がくらみ、三平はよりかかっていた駕籠から、ズルズルとくずれおちて、気を失ってしまった。

それよりはやく、鐘楼の上から、雁兵衛たちがにげ去るのを見すましたひとりの女が、飛鳥のようにかけおりてきて、あわててとびだしてきた老僧とかち合うと、

「お坊さん、いまのはあたしのいたずら、かんにんしてね。——これは、鐘のつき賃よ」

と、紙でくるんだものをほうり投げると、息せききって樹立ちをまわり、往来に出

て、倒れている三平をみると、顔いろかえてかけよった。

「萱野さま」

と、ゆさぶり、いそがしくからだをのぞいてみて、

「怪我はないらしい」

と、つぶやき、路の反対側をながれる小川のところへとんでいって、水を口にふくんできた。

口うつしに、水をのませる。三平の眉がかすかにうごいたが、からだはまだぐったりしていた。

お銀は、じっとその顔を見つめていたが、小さくつぶやいた。

「まあ、あんまり肩を入れすぎて……あたしなんだか、このひとにほんとに惚れちまったようだよ。……海つばめのお銀が……」

笑おうとしたが、頬がひきつり、そのまま彼女は、もういちど唇を若い武士の唇につけた。お銀は、ふしぎな忘我の境におちて、そのとき街道の向うからちかづいてきた騎馬の武士にも気がつかなかった。

馬上の侍は、駒のあゆみをゆるめつつ、奇妙な姿勢のままうごかぬ男女を横目でみて

通ろうとしたが、ふいに、

「吉良家の使者、さきに罷《まか》り通るぞっ——」

と、大音声に叱咤して、一鞭、ピシリとくれると、鉄蹄の音もたからかに駆け去った。

「なにっ、吉良？」

がばと、熱風にふかれたように三平ははねおきる。

お銀はとびのいて、口をあけて、砂塵の中にきえてゆく清水一学を見送った。遠く、一学は、馬上で瓢箪《ひょうたん》を口にあてているらしかった。

十一

雲助だの川越人足だのいう手合いは、仕事をしていないときは、ばくちばかりしている。これは公然の黙許であって、そうとわかっていても、役人は人足部屋にふみこむことはできない。もしこれをとがめると、雲助人足どもは、その異名のごとく雲散してしまうからだ。

越すに越されぬ関所川といわれた、大井川、その島田寄りの番小屋から、ボンヤリ出てきた川越人足が、呼びかけられて、ふりむいた。朱色といいたいが、さめはてて醤油いろのねじり鉢巻の下に、羅漢《らかん》のような顔、からだは金剛力士のようだが、股に横痃《よこね》のあとがある。

「おい、加州」

「おや、丈太じゃあねえか」

「久しぶりだな。へ、へ、相変らず、すッてんてんか」

こがらしの丈太、ニヤニヤ笑った。この男は、まえにここで川越人足をしていたことがあるので、顔見知りなのだ。うしろに、三人の男が立っていた。

「金をやろうか。もいちどあそんできな」

「あにい。……」

「いいってことよ」

と、丈太は、人足に紙づつみをおしつけた。紙づつみに、うす黒い斑点がある。それが血だとも思えないくらい変色しているが、これは駿府《すんぷ》のはずれで、旅の女房をひきずりこんで、犯し、殺し、盗んだ金なのだ。

人足は、その紙づつみの重さに、あわててガサガサひらいてみて、ぽかんと口をあけた。

「こ、こいつぁ……」

「四人でわけろやい」

「四人って」

「そのかわり、てめえたちの蓮台《れんだい》を貸してくれ」

「………」

「いま、お侍がふたり早駕籠でやってくる。それにちょいときてえことがあるんだが、わけあって、ほかにきかれちゃならねえ。急な用なんで、こちとらがその蓮台のせて、川のまんなかできくんだ。めいわくはかけねえからよ、ちょいと貸してくんな」

そういいながら、丈太はもうクルクルと帯をときかけている。

加州は天からふったような金の重さに眼がくらんだ。それに人足仲間当時から、この丈太という男の兇悪さは、さしも人気がわるいので名高い大井川の問屋場でも、威風あたりをはらっていたものだ。

「あ……お銀のあまだ」

まもなく、蓮台の傍に坐りこんで、眼をギラギラひからせている四人の偽人足のうち、ひょっとこ官蔵が、めざとく、川会所《かわかいしょ》のほうへ走ってゆく海つばめのお銀の姿を発見した。

手拭いで、のびた月代《さかやき》をくるんだ雁兵衛が、

「ほほ、なんか、ひどくあわてておるの」

「おれたちを追っかけてるのかな。……見つけりゃあ、きっと怒るだろうな。あの姐御だけあ、ちいっとおっかねえ」

「しかし、箱根でくりつけたときは、色ッぽかったの」

「こら、この道中にかぎり、お銀に色気を出すのは禁物じゃ」

「ちげえねえ、色より金か。あはははははは」

さすがのお銀も例の四人組が、すぐそこに、はだかん坊で大あぐらをかいて笑っているとは、気がつかなかったらしい。彼女は、藤枝の茶屋で、また酒をのんでいる清水一学を追いぬいたが、一学がすぐあと馬をとばせてくることはわかっているので、少々あわてていたのだ。

「やっ、きやがった！」

四人は、はじかれたようにたちあがった。

島田の宿の方から、「ホイ、ホイ」ととんできた二梃の早駕籠が、ドンと河原に投げだされると、早水藤左衛門と萱野三平がはい出した。しばらくそこに両腕をついたまま、藤左衛門などは何やら吐こうとはしているが、吐くものもないといった苦悶ぶりだ。

四人は、蓮台をかついで、バラバラと、かけよっていった。

「旦那。……めえりましょう」

三平は、顔をあげたが、うす白く霞のかかったような視覚には、ただギラギラとまぶしい河原に四つ、はだかん坊が仁王立ちになっているのをやっと見わけるくらいで、それが丸子の手前で、じぶんたちを襲った四人組だとは想像もし得なかった。それに、あのときこの四人は、頭巾で面をつつんでいたのである。……とはいえ、なんとも不敵な連中ではある。

「か、川札は……」

「さ、そいつぁもうそろそろ切れかかっている時刻でやんしょう。見りゃあ、お早駕籠《はや》の旦那だ。それより一刻もはやく。……」

本来なら川会所へいって正当な賃銀で川札を求めるべきであるが、そのことを知らぬ旅人、むしょうにいそぐ旅人などを狙って、人足が、キャッチに出かけることがよくあった。

「きわめの賃銭のほか酒手などねだり候か、またはこれ以後旅人と直相対《じきあいたい》いたし候わば、御仕置仰せつけられ候段、きびしく申しわたし候」

と、公儀からなんども御触留《おふれどめ》が出ているのだが、こういうことは、いつの世にも絶えない現象だ。

暴利も違法も思案などしていられない場合である。ひろい河原は人足たちとつれ立って川へ入ってゆく旅人でいっぱいだった。

「よし！　ぐずぐずしているときではない。一人でも、一刻でも早く！……か、萱野、おぬし、先ず、わたれ。……」

と、早水藤左衛門は、まだ河原の石に這いつくばったまままさけんだ。

四人の人足は、眼と眼を見合わせて、にたっと笑った。思うツボにおちた！　河のまんなかで、いちばん深いところ、瀬のはやいところをえらんで、ほうり出すつもりなのだ。それでなくてさえ、ヘトヘトになっている奴だ。ブクブク沈んだところを、水底にねじふせて、絞め殺す。……一匹残ったところで、それはあとのおたのしみ。

「しからば、たのむ。……」

と、三平が蓮台に手をかけたとき、うしろで、

「その蓮台、待てっ」

と、叫んだものがある。

ふりかえって、四人、また眼を見合わせた。のりつけてきた馬から、ヒラリととびおりた武士は、例の清水一学である。馬の鞍から瓢箪をはずして、ちかづいてきた足どりはフラフラともつれている。さすがにくたびれたのかと思うと、傍にきたら、酒の香がした。

「大事の急使じゃ。その蓮台、わしが借りるぞ」

「たわけたことを！」

と、三平は勃然とふりむいたが、これが、丸子の宿で、

「吉良家の使者、さきに罷り通る」と呼ばわってかけぬけていった人間とはまだ知らない。

「急使は、こちらこそ、一刻を争う、大名の早打ちじゃ！」

「大名とは、どこの大名」

「播州赤穂、浅野内匠頭」

「五万石か。こちらは、高家、吉良上野介」

萱野三平は、愕然として清水一学を見まもった。丸子の叱咤の主をはじめて知ったのである。

「吉良っ」

と、絶叫して、刀の柄に手をかけた。

「そうときいては、この蓮台なおゆずれぬ、早打ちの道中、吉良家のものに先をゆずったとあっては、天に顔むけならぬ。刀にかけてもとってみるか！」

清水一学は、恬然《てんぜん》として笑った。

「ははあ。大井川の刃傷か。馬鹿は、松の廊下でたくさんじゃ」

「なにっ」

「おうい、そこな会所の御役人、ちょっとここの裁きをつけて下されい」

と、ふりかえって呼んだ。

呼ばれなくても、ただならぬ口論の声に、さっきから河原にたってこちらを警戒の眼でみていた二三人の会所役人が、バラバラとかけてくるのをみて、四人の偽人足は、きもをつぶした。

「これこれ、何を喧嘩《けんか》してござるのだ」

役人は、ちらっと四人の人足をみたが、何も気づかなかったらしい。何百人もの、しかも移動はげしい人足の顔を、いちいちおぼえてはいられないのだろう。もっとも、四人とも、いかなる雲助人足にもひけはとらぬ獰猛な人相だ。

「どちらも、急使じゃ。ふた組がこの蓮台を所望いたしておる。これは赤穂藩のお方、拙者は高家、吉良上野介の家中」

と、清水一学はそッくりかえった。

「蓮台は、まだあちらにござるが」

「いや、どうあってもこの蓮台が欲しいのじゃ」

「さ、左様なれば、高家の――」

川越には、厳重な身分による優先権がきまっていた。まず、いうまでもなく、公儀の使者、それから御三家、ついで諸侯の飛脚、そしてむろんこの諸侯にも、営中の序列による順序がある。

「あははは、まず、こんなものだ」

と、清水一学はいよいよそりかえって、瓢箪を背になげかけると、

「人足、ゆけっ」

と、青いあごをしゃくって、命令した。

萱野三平は、ほとんど悩乱した。

「吉良の使者、待てっ」

とさけんで追いすがろうとしたとき、一学はふりむいて、ニヤリとした。

「萱野三平どの。いつぞやは大名小路で」

「なにっ」

「女賊さわぎの際、一別以来」

三平はたちすくんだ。なるほど、これがあのときの侍か！　これは三平にとって思いがけぬ急所をつかれたところで、しばらく、とみには言葉も出ない。

「はははは、こんどはわしの勝ちでござるのう」

たたかわざるに、まず三平を気死させておいて、清水一学は、悠々と、四人の人足を追いたて追いたて、川の方へあるいていった。

十二

こんなばかな話があるものではない。世にもまぬけた面《つら》で、四人の偽人足は、蓮台を肩に河へ入っていったが、蓮台に乗っかっている男は、実によく身がつまっているとみえて、いやその重いこと、元飛脚のひょっとこ官蔵や元巾着切の稲妻吉五郎などは、完全にアゴを出している。

その吉五郎が、やっと声を出したのが、中流ちかくで、

「ええ、旦那。……」

清水一学は河の瀬音できこえないのか、肉の厚い耳たぶをピクリともさせず、だまって酒をのんでいる。たったいまの火花のちるような応酬はもうケロリと忘れたような――むしろふきげんな、ムッツリした表情だった。

「旦那は、吉良さまの御家中だとききやしたが、……殿さま、江戸じゃあこのたび、たいへんでございましたねえ。……」

「旦那。……」

なんとかこの侍にわたりをつけたいが、じぶんたちの素性とのからみつきをどう説明していいのか、ちょっと考えものだ。

——ほ、きさまら、存じておるのか？

と、おどろくだろうと思ったら、一学、じろっと吉五郎を見下ろしたっきり、だまっている。うすきみがわるくなって、吉五郎、あわてて弁解した。

「いや、噂というやつぁ、どんな飛脚ホイ駕籠より早えもんでござんして」

「…………」

「どうしてまあ、あんなよく出来た殿さまが、そんな御災難にあわれたのか、よっぽど相手がわるいカンシャクもちだったにちげえねえ。……」

依然として手ごたえがないので、またあわてて弁解を追加する。

「吉良の庄っていえば、ここからそう遠いところじゃあねえ、いい殿さまだって御評判はよくきくんでさ。堤をつくったり、溝をほったり、塩の田あ開いたり、百姓たちゃあ、江戸の方に足をむけて寝ねえってね」

これはほんとうだ。江戸の悪評とは正反対だが、人間、いろいろの面があるとみえる。街道往来の吉五郎たちは、三河あたりでいつかそんな噂を耳にしたことがある。どうせ年貢をウンとまきあげる方便だろうが。

が、いくらほめたって、一学、風馬牛だ。またゴクゴク瓢箪をあおって、ちらっとうしろをふりかえり、はるかあとを渡ってくる浅野の急使をみると、なにやらひくくうなりだした。

「頃は睦月二十日のことなれば、比良の高峰、志賀の山、むかしながらの雪もきえ、谷々の氷うちとけて、水はおりふしまさりたり。白浪《はくろう》おびただしゅうみなぎりおち、瀬まくら大いに滝鳴って、さかまく水も疾かりけり。……」

平家物語、宇治川先陣の一節だ。

四人とも、ムカムカとしてきた。なにも吉良家からたのまれたわけではないが、この道中、浅野の早駕籠をうしろへ蹴ッとばしたいような思いはおなじのはずだろう。そのため、こちとらは汗をながし血をながし、あろうことか、ふんどし一つにまで身をやつして苦労しているのに、知らぬこととはいいながら、なんたるドジな唐変木野郎だ！東海道五十三次、馬を乗りつぶし乗りつぶしかけとおせるものなら誰でもかけぬける。そうはゆかねえから、たいてい走ったり駕籠にのったりするのだが、それを股ズレもしねえで、大酒くらいくらいノホホンとした顔でここまでとんでくるたあ、皮だけあ、ヤケに厚い野郎だが、そう思ってみれば、そのイヤに肉厚の、カンの鈍そうなこと。

「いかに佐々木どの、高名しようとて不覚したもうな、水の底には大綱あるらん。……」

ようやく対岸の白い河原がちかづいてきたが、瀬はまだはやく、官蔵が腰をとられそうになって、蓮台がグラリとゆれた。

「旦那！」

と、雁兵衛も、平家蟹みたいに顔をしかめて、

「そういうわけで、あっしたちゃ、先祖代々吉良さまのひいきで」

「佐々木、太刀をぬき、馬の足にかかりける大綱どもをふっと打ち切り打ち切り……」

「だから、さっき、旦那が浅野のお侍をやっつけたなあうれしいが」

「いけずきという世一《よいち》の馬には乗たりけり。……」

「実ア、こちとらあ、あの浅野のお使者をのせたら、ここらあたりでひッくりけえしてやろうと……」

清水一学は、またじろっと雁兵衛の顔を見た。眼が合った。ふいに雁兵衛は、じぶんの素性が侍だと見ぬかれたように思った。

「そいつを旦那が！」

と、わめいたものの、じっとはしておれないような感じがした。

「こ、この吉良浅野の喧嘩は――」

と息せききっていうのに、一学は一語。

「下郎」

「なに！」

「雲助風情の知ることならずっ」

四人、眼と眼が合った！　なんともいえない激怒に襲われたのだ。えい、この瓢箪侍め、かってにしろ、もうかついでやるなあねげえ下げだ、ひとりでアップアップ浮かんでゆきやがれ！

一学は、へいきな顔で、

「宇治川はやしといえども、一文字にさと渡いて」

「それっ」

と、参りかかっていた官蔵がさけぶと、どっと蓮台をひっくりかえした。一学の影は、すでに河の上にない。

「向うの岸へ打ち上る。……」

そのからだが二間も宙をとんで、むこうの河原にトンと立ったとき、蓮台とともに水中にしぶきをあげてよろめきながら、

「やっ？」

と、雁兵衛は驚愕のさけびをあげた。

水流にまろびつつ、雁兵衛、丈太、吉五郎はなお蓮台の傍にガバガバしていたが、ひとり、ひょっとこ官蔵の姿がどこにもない。いや、すでに数間もかなたへもまれてゆく、その影から、とんだ紅葉の大井川、からくれないに水くぐるとは！

「御役人っ、御役人っ」

片手に瓢箪、片手にぬきはなった刀身をぶらさげながら、

「ふとどきな川越人足、客を水中にほうりこもうとしたゆえ、ひとり無礼討ちにいたしたぞ。あとの奴ばらの身性も、いそぎお調べねがうっ」

清水一学は、大声で呼ばわりつつ、金谷の川会所のほうへあるいていった。

十三

金谷から、小夜《さよ》の中山をこえて日坂、それから浜松を疾駆して舞坂まで、十四里二十二町、浜名湖にあかあかと春の日がおちかかる。

うすッきみのわるい清水一学という侍だけはぬけなかったが、二梃の早駕籠は天竜のあたりで追いぬいた兇盗三人組、浅野の使者はたしかに一船おくれるとみて、やや胸でおろして、今切《いまぎれ》の渡し船へ、どっとばかりに身をなげこんだ。

舞坂から新居の関まで海上一里、むかし完全な湖だったものが、地震できれたもので、これを今切の渡しという。

「おい、あの瓢箪侍はいねえか？」

と、息がしずまるや否や、ぐるっと船の中を見まわした稲妻吉五郎は、ふいにドキン！とうごかなくなってしまった。つづいて、雁兵衛、丈太も息をのむ。

舳先《へさき》の方に、片手に煙管をもてあそびつつ、片手の甲に白いあごをのせた海つばめのお銀、じいっとこちらをながめている。

とっさに、あいさつの声も出ない。

ふいに、お銀の歯が、いたずらッぽく、ちらっとこぼれた。

「こ、これア……おなつかしい」

からくも、やっと口をうごかしたのは吉五郎、おなつかしいとは人をくってるが、お銀の笑顔にほっとして、図にのったのだ。

三人、ドカドカとたちあがって、ほかの客の迷惑声もかまわず、舳先の方へおしかける。

「おっと、あんまり寄っちゃ怖いよ。こんどは海につきおとすんじゃあるまいね」

お銀がまだ笑っているのに、

「いや、面目ない」

と、さしもの雁兵衛が汗をふく。

「あの節は、なんともはや……しかし、なんだ、ぶじで何よりじゃ」

いい気なものだが、ふしぎにお銀は怒っているようでもなく、

「御尊顔を拝し、恐悦しごく――とでもおいいな」

「そのとおり、いや、ひらに、ひらに……」

どうも具合がわるい。

「つい手荒なことをいたしたが、あれも大事の前、泣いて、バ……」

「浅野の早駕籠は始末したのかい?」

「それが、その、色々とくいちがい……」

「大六と官蔵がみえないようだが、それもくいちがいのせい?」

「ウム、ま、そんなものだ。……ところで、姐御、こっちより、そっちはどうした?」

「あたしゃ、例の用で、京へゆくのさ」

「例の用? というと、ああ、あれか。ひいきの浅野とは、その後——?」

「ありゃ、もう縁を切ったよ」

と、お銀、ケロリとしていった。三人とも、まじまじと見つめたが、お銀は動ずる気配もなく、

「なあに、もともと大した縁でもなかったんだからね。おまえたちにあんな目に合わされたときにゃ、のぼせあがるほど腹もたったが、よくかんがえてみると、仲間と喧嘩したってつまらないじゃないか、どうせ同じ蓮のうてなに——といいたいが、ホ、ホ、おなじ獄門台にのせられる仲だもの」

「その通り、その通り——とはいうものの、イヤなことをいうな、姐御」

「あたしゃ、それより、一日もはやく妹のところへいってやりたいよ。十何年か、すっかり忘れていた妹だけど、こんなことで思い出したら、もう矢もたてもたまらないほど、ひと目あいたくなったのさ」

切々と述懐するのに、三人、半分おていさいに、半分神妙にうなずいた。

少々ぶきみな感もないでもないが、もともとおなじ穴の、しかもぞっこん惚れている姐御である。怒りもしないでサッパリと、さもなつかしげにそんな口をきかれると、それでなくってさえ間のわるいところだから、三人、すぐにいい気になった。

「へ、へ、やっぱり、姐御はいいところがあるよ。……ま、こんどのことだけは、おれたちの仕事をとおさせてもらいてえ。そうすりゃ、きっと姐御にも一口も二口ものせてやるんだから、よ」

「ありがとうよ。是非おねがいするワ。……いつも仲間といっしょだったから、こうして一人旅をしてみると、さすがのあたしも、やっぱりちょいとさびしかったねえ。……」

と、お銀は身をひねって、梵字雁兵衛の胸に、やわやわともたれかかるようにした。

雁兵衛、ヨダレをたらさんばかりだ。

船はそのまま渡しをすべって、新居の関につく。新居の関というのは、湖のすぐ向う。船着場からあがったところが関所になっているので、箱根の関所が、主として上りの旅人を厳粛にとりしまったのに対し、これは下りの旅人の調べがきびしかったという。

「そうら、姐御」

こがらしの丈太まで、お銀をかかえるようにして上陸するというエチケットぶりを発揮した。抱きつきたかったせいかもしれない。

二十歩ほどあるいて、

「あ」

「どうしたんだ、姐御」

「煙管を船にわすれてきた」

お銀は、梵字雁兵衛の背なかをポンとたたいて、

「いいから、さきに高札場のまえで待っててておくれな」

「では、待ってるぞ」

と、丈太、吉五郎、梵字雁兵衛の順で関所に入っていった。

十一間にわたる面番所のまえまでやってきた雁兵衛、そのとき、突然、鞭のように役人たちがはねあがったのにめンくらった。

「そ、そこな、浪人待てっ」

「な、なんでござる？」

おどろいて立ちどまるのに、はっとして丈太と吉五郎もふりむいたが、呼ばれて見せた梵字雁兵衛の背をひと眼。

「――ぎおっ」

とさけんで、かっと眼をむきだした。キョトンとしている雁兵衛の背に、針でとめられた紙一枚！　墨くろぐろと、

「これは、東海道飛脚殺しの兇賊梵字雁兵衛也」

「いけねえ！」

と丈太と吉五郎、よこっとびににげかけたが、場所がわるい、檻に入ったも同様な関所の中だ。

「御用だっ」

と、おどりかかる足軽に、仰天しつつ梵字雁兵衛。ほとんど本能的にその手から魔剣

一閃、ぬきうちにたたっ斬った。

わっとあがる叫喚、面番所からとびおりる同心、槍立てにはしる足軽、こけつまろびつ逃げちる旅人、一瞬に新居の関は、名状すべからざる混乱におちいった。

いちど入った門から、また湖のほうへながれてくる群衆の彼方、関所の夕空に竜巻のごとくまきのぼる砂けぶりを、船着場の石垣に腰をかけた海つばめのお銀、ニンマリとして鑑賞している。片手の甲に白いあごをのせ、片手でクルクルと煙管をもてあそびながら。……

十四

「――やられたっ」

と、梵字雁兵衛は三尺もとびあがった。

新居の関から約三里の西、二川をすぎた街道のほとり、ここはすでに三河の国だ。一帯赤松の林が多いが、そのなかにふかい藪《やぶ》がまじっている。その奥で、人を食ってきた化猫が身づくろいするように、血にねばる髪の毛をかきあげたり、手傷をしばったりしていた三人の兇賊のうち、突然、雁兵衛が、何ともいえない叫びを発したのだ。

それにしても、関所の重囲の中をよく逃げだしてきたもの。――それは、まさか関所の中であればメチャメチャにあばれだす奴はなかろうという油断が、役人たちを狼狽させたのと、ほかの旅人が入りまじって混乱したのと、それから迫ってきた夕闇と――理由はあろうが、なんといっても、これは三人の人間ばなれのした兇暴さのおかげにちがいない。

湖に幾十艘かつながれている小舟まで、役人、旅人、見さかいもなく斬りちらしてにげのびた雁兵衛、吉五郎と、面番所の大屋根の夕空に、乱髪のまま仁王立ちになったこがらしの丈太が、

「坊主、北一里。――」

「油、西、三里八丁。――」

と、わけのわからぬことを呼びかわしたのは、落ちゆくさきの打ち合わせであったのか、ともかく御覧のごとくここに悪運つよくも無事生きのびて集ってはいるが、実になんとも、惨澹《さんたん》たる姿だ。

ところで、いま、雁兵衛が仰天したのはなんだろう。雁兵衛の背なかに縫いつけて

あったあの紙きれ、あれが海つばめのお銀の痛烈きわまるしっぺ返しだということは、すでにわかっていたから、いま「やられた！」と雁兵衛が絶叫したのはそれではない。

「な、なんだ」

「書状がない。山城屋からあずかった、大野九郎兵衛あての書状がないのだっ」

雁兵衛、半狂乱になって、ふところや腹をかきまわし、ふんどしまではたいている。

「落したのか！」

あのさんざんの逃走の中、充分あり得ることである。

しかし、その手紙がなければ、なんのために赤穂にゆくのかわからない。大野九郎兵衛といっても、この三人はまったく面識がないのだから、かけつけて、すがりついて、江戸の大変事をわめいてみても、キチガイあつかいされるのがオチだろう。第一、会ってくれるかどうかあやしいものだ。

「いや。――」

と、雁兵衛は、血ばしった眼を宙にあげた。

「うぬ、お銀め！　や、やりおったな！」

「えっ、姐御が！」

「おそらく、そうだ、そうだ！　いつのまにやら、おれの背なかにあの紙を縫いつけるほどのやつだ。そうだ、今切の渡しで、へんにおれに色っぽくしなだれかかってきやがったが、あのときに、掏《す》りやがったにちげえねえ！」

三人とも、毛をむしられた鶏みたいに、ペタンと藪の中に坐りこんでいた。

東の空がやや白みかけて、冷たい風が面を吹いてとおったとき、梵字雁兵衛が、身ぶるいして、凄まじい眼で吉五郎を見た。

「吉！」

「……おう」

「屁みてえな返事をするな。おめえ、吉良の庄へはしれ」

「吉良の庄へ？」

「ウムお銀のあまめ、浅野に加勢することはあきらめたといったが、決してそうでねえことは御覧の通りだ。あくまでおれたちに盾つく気でいるらしい。とあれば、こっちもこうなりゃ死物狂いに浅野の使者を通せんぼしてくれる。……この三河で、奇態に吉良の評判のいいこたあきいてるだろう。ここから岡崎まで七里か八里、吉良の庄はそれから十里だ。おめえかけつけて、そこの地侍や百姓を煽《あお》れ、そして街道すじにおし出して、あの早駕籠をふみつぶしてやるんだ」

「あいつら、まだゆかねえか？」

「ゆかねえはずだ。今切の渡し、あのあとの船にのったとしても、新居の関はあの騒動だ、関所は通れなかったろう」

「なるほど、が、吉良の庄へは、もうあの清水一学って野郎がいってやしねえかな」

「あの酒っくらいめ、どうだかわからねえぞ。たとえいったとしても、百姓を煽って早駕籠を通せんぼするような知恵はありそうにねえ。……おめえ、口がたっしゃだ。すぐ飛んでくれ！」

「合点だ！　ところで、あにいたちは？」

「もうかんべんならねえ。おれたちゃ、お銀のあまをさがし出して、あいつの眼ン球をくりぬき、腸《はらわた》をえぐり出してやらなけりゃ気がすまねえ」

「姐御のいるところは？」

「早駕籠がまだここより先にいってねえなら、あいつが先にとぶわけはねえ。きっと、まだそこらをウロウロしているにきまってらあ」

「よしっ！　それじゃあ、おいらはゆくぜ！」

「うまくやれっ、たのんだぞ！」

さけんだときは、稲妻吉五郎、異名さながら稲妻のごとく竹藪をかけぬけて、街道へとびだしたかと思うと、みるみる西へきえてゆく。

「丈太、それではこっちも、お銀を狩り立ててやるとしようか」

と、雁兵衛が声をかけるのもおそく、こがらしの丈太、血ぶるいして、巨大な背をみせてあるきだしたが、五六歩いって急にふりむいた。

「どうした？」

丈太、ニヤッと唇を一方の耳へつりあげて、だまって街道を指さした。

梵字雁兵衛はのぞきこんで、これもまたなんともいえない、凄い喜悦の笑顔となる。手を出したところへ、天から獲物がおちてきたようなもの。——お銀が、東からスタスタとやってきたのだ。

お銀は、ふつうの足どりであった。梵字雁兵衛の見ぬいたとおり、あの萱野三平らとつかずはなれずゆくつもりのお銀は、まだ来ぬ早駕籠を待って、むしろユックリとあるいている。

突然、耳もとで、引っ裂けるような叫びがした。はっと思ったとき、そのからだは颶《ぐ》風《ふう》にさらわれたように宙に浮いている。竹藪の中を、横抱きにかかえられてゆきながら、その野獣のような体臭から、お銀はそれが丈太であることを知った。

「わっはっはっは！」

「わっはっはっは！」

どんと藪の中に投げだされたお銀は、両側にそっくりかえって笑う梵字雁兵衛とこがらしの丈太の声に凄まじい殺気を感ずると、不敵に見あげて、

「おっほっほっほっ！」

と、これまた高笑いした。――観念したのだ。

ふたりは、ぴたと狂笑をやめて、

「なにが可笑《おか》しい？」

と、怒号した。お銀は横腹をさすりながら、

「おまえたちとおンなじことが可笑しいのさ」

「お銀、よくもわしをだましたな！」

「箱根の御礼さ。不足はないだろ」

「やい、おれから掏った手紙をかえせ」

お銀の笑った眼が、冷たくひかって、

「浜名湖の魚にもらってきやがれ」

「なに、やぶったのかっ」

お銀は、また子供のような笑い声をたてると、藪の中に大の字にひっくりかえって、

「どうだ、これでおまえたち、赤穂へいったって、一文にもならないだろ。せめてあたしの首でも吉良のじいさまに献上するがいいや。千両は請合うよ。……もっとも、関所やぶりのおたずね者だ。今切のむこうにゃ、ちょいと渡れないのがきのどくだね。……さあ殺せ」

満面朱色というよりドス黒くなった雁兵衛が、

「殺してやる」

と、うめくと、こがらしの丈太は、はや、ふしくれだった十本の指を痙攣させて、

「ただし、いっぺんには殺さねえ。その眼をくりぬき、舌をねじきり、そのまっしろな腹をかき裂いて、臓物をひきずり出してやる」

やりかねぬ男だ。いままでいくどかこの男の残虐きわまる所業をみているお銀は、さすがに、身の毛がよだった。

そのとき、街道の向うから、遠く、

「エ、ホ、エ、ホ、」

という掛声がきこえてきた。

「あ、きやがった！」

反射的にとび立って、その方へはしり出ようとする丈太のうしろ姿へ、寝ていたお銀の手が大地に輪をえがくと、流星のようなひかりがとんで、その尻に銀簪がつっ立った。わっとさけんで丈太ははねあがる。

「このあまっ」

ふりむいた悪鬼のような顔に、雁兵衛が叫んだ。

「待て、丈太、あの駕籠は、どっちにしろ、赤穂にゃあゆかねえ。それより、こいつを料理しろ」

お銀は、眼をとじて、ひっくりかえっている。

「ホイ、ホイ」

早駕籠は、矢のように藪のまえにちかづいてきた。

「お銀、そうら、きたぞ。そこでアレーとかキャーとか叫んでみろ」

雁兵衛はあざ笑ったが、お銀は白蠟《はくろう》のような顔で眼をつむったままだ。

「ほい、年をくった奴の方が通る、フ、フ、まず泥酔状態だな」

「これあ、吉五郎に世話をやかせるまでもねえ。そこいらで追いついて、片づけられらあ」

この対話をきいて、お銀の心に動揺が起ったらしい。急にはね起きて、路の方へかけだそうとした。

「やるかっ」

梵字雁兵衛の腰から、兇刀がほとばしり出て、

「うっ」

ふとももをザックリわりつけられて、お銀は、どうとまろびふす。

その絶叫に、あとからきた駕籠の萱野三平が、ちらっとこちらをみたが、かすんだ眼に何も見えなかったのか、それとも路傍の事件など眼もくれないほど、心いそぐのか、駕籠はそのままはしり去った。

十五

「へ、へ、いっちゃったぜ、姐御」

ふたりは、ソロソロと、たおれてもがいているお銀の傍へやってきた。

「せっかく、こうまでしておめえが肩を入れてやっているのに、むこうさまは薄情なもんだ」

「梵字、もう一方のあんよも斬ってやれよ、女達磨にしておいて、それからはおいらにまかせておきな」

草をつかむ白い指、苦悶にのたうつくびれた腰を、陶酔したような眼で見下ろしていたこがらしの丈太、ぐいとその黒髪をつかみあげた。雁兵衛は、いちど刀身を濡らす女の血の香をかいでから、徐々にふりかぶってゆく。

「はてな」

その手がとまった。

また東の方から、馬蹄のひびきがきこえてきたのだ。

「きゃつか！」

いかにも、街道をとばしてきたのは清水一学、大井川で別れたっきり、その姿もみえなかったが、てっきり先にいったものと思っていたのに、いまごろまだこんなところを駆けてゆくところをみると、またどこかで酔って眠っていたものでもあろうか。

それにしても、敵か、味方か、えたいのしれないこの男、ついその方に気をとられたのもむりはないが、そのわずかの隙をねらって、髪をつかまれていたお銀のからだが海老のようにまるくなると次の瞬間、うごく方の片足が、かっと丈太のおかぐら鼻を蹴りつけて、

「一学さまあっ」

と、絶叫した。

「こいつっ」

うしろなぐりに振りつける梵字雁兵衛の剣尖から、お銀はからくもはねとんで、竹を摑んで盾にしたまま、

「馬鹿野郎、てめえたちに殺されてたまるもんか。どうせ斬られるなら、もっと斬られ甲斐のある人に斬ってもらわあ」

お銀は、ほんとうにそう思っていた。ひょんなめぐり合わせで敵にまわり、文字どお

り生き馬の眼をぬくような目に合わせてやったが、なんとなく好感のもてる侍だった。殺されるなら、あのお侍に！

「女狐！」

ふたたびはしる豪刀のさきから、戛《かつ》と音して青竹がななめに削ぎおとされ、お銀はまたクルリと次の竹の向うにのがれている。

「待て！」

雨ときらめきふる露の中に、清水一学は立っていた。

ジロリと、雲助、雁兵衛と丈太を見まわして、

「ははあ、妙なところにあらわれて、また街道すじをなやませておるな」

「ち、ちがうっ、こ、こいつあ……」

「存じておる。海つばめのお銀という女賊だろう」

二人の兇賊は、口アングリだ。さまざまの記憶が、粗雑なあたまの中に火花をちらす。お銀がはじめからこの男を知っていたらしいこと、大井川でこっちのいうことにとりあわず、あまつさえ、ひょっとこ官蔵を斬りすてたこと。――

一学は横柄にあごをしゃくって、

「何にしても、女ひとりを、人相のわるい大男がふたり追いまわしてる図は、一枚めくると、こんどはわしのような豪傑が、おまえたちを斬って、女を救う絵柄になるのがふつうだ。そうならんうちに、雲助、トットと風をくらって消えたほうが無難だぞ！」

「こいつは、お銀とグルだ！」

と、こがらしの丈太が、わめきだした。その手に、さっと恐るべき山刃《うめがい》がひきぬかれた。

梵字雁兵衛も口ひきゆがめて、

「てめえ……あきれけえった不忠侍め、せっかくこちとらが浅野の駕籠をじゃましてやろうと思っているのに、どうにもてめえとはソリの合わねえ縁らしい。――やるかっ」

ぱっと前後をふさぐふたりの兇賊に首をまわして、清水一学は苦笑した。

「ばかだな。きさまら、合うも合わぬも、はじめから無縁の仲ではないか」

「これでも無縁かっ」

ななめにたばしる梵字雁兵衛の剣尖から、血がとばないで青竹が鳴る。同時に、うしろから飈風《ひょうふう》のようにおどりかかる丈太の山刃、一学は身をしずめて、

「縁か。――」

一回転しつつ、腰からふき出す白光、こがらしの丈太の胴をみごとにぬけてとおって、その巨大なからだが上下くいちがいつつ、どうと地におちた。

「つらつら案ずるに、わしも遠からぬうちに殿のおん供して冥途に参るが」

雁兵衛に切られた青竹がかたむきつつ、銀のようにふるいおとす露、露。地に爪をたてた丈太のからだから舞い立つ血の霧、霧。――清水一学、その凄愴妖麗な背光の中から、二歩、三歩、あゆみ出して、

「三途の河で、もいちどわしの蓮台をかつげ。――それが、縁だっ」

にげもかくれもせず、梵字雁兵衛は、青面鬼のごとく仁王立ちになっている。いいや、金縛りになっている。そのひたいから鼻ばしらにかけて、やがて細い血の糸がはしり、たちまちざあっと満面に散りしぶいていった。

十六

「一学さん」

「なんだ」

「すごいね」

「なにが」

「あの雁兵衛だって、ザラにない使い手だったのに」

「おだてるな。おまえがそうなれなれしく口をきくときは、恐い。馬が眼をつむって、用心しておるぞ」

「まさか、いくら泥棒だって、ここから馬の眼まで手がとどきませんよ。それに匕首は藪の中におとしちゃったし、簪は丈太のお尻に刺しっぱなしだし。……」

吉田をとおって御油《ごゆ》へ——ところどころ桜が散り、蝶が舞う春たけなわの三河路を、閑々とゆく清水一学の馬。そのうしろにお銀が横坐りになって、背につかまっている。閑々とゆくのは、この男、天性の気性のせいもあろうが、お銀が足を怪我しているからだ。お銀のまっしろな片腕は、肩までまる出しだった。袖をちぎって、雁兵衛に斬られたふとももの傷をしばったからだ。馬がすこし歩みをはやめると、

「うっ。……」

「これ、いたむか。岡崎までゆけば、ましな医者もある。それまで、がまんしろ」

「いいえ、大したことはないの。それより、一学さん、おまえさん、なぜあたしを殺さ

ないの。殺さないどころか、なぜ助けてくれるの？」

「わしは、ムッツリ助平じゃからの。女には、眼がないのだ」

と、一学は、まさにむっつりと答える。

「まあ」

「それに、きさま、なぜ浅野の使者に達引《たてひ》くのか。……そのこころ根をかんがえてみると、なかなか感心じゃて。いつぞやの晩、あの使者の侍に助けられた恩義によってだとか申したな」

「惚れたか？」

返事はない。一学はかすかに笑って、
と、ひとりごとのようにいった。お銀は、ガラにもなく、うす赤い顔をした。肩をゆすって、

「フ、フ、ばかな話さ。あっちは何も知りゃしない……知ったらおどろくだろうけれど」

けれど、蒼い空の果てをふと見あげた眼に、なんともいえないやさしい、さびしいひかりがあった。

「ともあれ、おまえは恩義のために道中をする。わしは忠義のために道中をする。……合乗りしても、馬は腹をたてんじゃろう」

「旦那。………」

お銀は、急に哀願するような眼をその背にそそいだ。

「そこまで話がわかるなら、あの浅野さまの御使者だって、やっぱり忠義のためでしょう。武士は相身互いとか。……」

「ばかめ、そんな武士の相身互いはないわ。これ以上はない敵同士じゃ。おまえのような女とはちがう。武士の敵同士に容赦はない」

「それじゃあ、あくまであちらのじゃまをする？」

「ああ、じゃまをしてやる」

大きな腰がゆれた。笑っているようにも思えたが、声は冷然頑然としている。お銀の眼がひかり、しずみ、そして彼女はため息をついた。

馬は御油に入った。ゆきあう旅人で、二三人、一学に挨拶したものがある。それはすでに吉良の領地のちかいことを思わせた。ここから岡崎まで約四里。

「旦那……旦那はたびたび御国元におゆきになったことがあるのですね？」

「吉良の庄は、わしの生まれたところだ」

「へえ。……」

「地肥え、天おだやかに、人間は情厚く、女に甘い。……加うるに、御領主は天下の御名君」

「吉良さまが？」

「これほど古い御領主は、日本中でも先ずなかろう。承久のむかしから五百年、百姓どもは、親ともしたい、神ほとけとも崇《あが》めておる。……お銀」

「なんでござんす」

「わしがここで一駈け駈けて、領民どもに一言知らせたならば、おそらく浅野の早駕籠を通すまいな」

「えっ……でも、もうあの駕籠はずっと先へ」

「なに、あんなヒョロヒョロ駕籠、追いぬくのはわけない。……お銀、しっかりつかまっておれよ、一鞭あてるぞ。——」

急に思いついたように、一学はきっと身をたてなおして馬をとばせはじめる。御油からわずか十六町の赤坂はまたたくまにうしろに。——

蒼い顔で、だまりこんで、一学の背に抱きついていたお銀は、このときひくく笑いだした。

「どうしたのだ、きみがわるいぞ」

「……なんだか、こうして抱きついて、馬にゆられていると、あたし、へんな気もちになってきた」

「なに、気分がわるいか」

「まあ、カンのわるいひと。旦那……あたし、旦那に惚れてきたんですよう」

「なんだと？」

お銀は、乳房をピッタリ一学の背にすりつけ、はだかの片腕をそのくびにまきつけて、ぼんのくぼにあつい息を吹きかけた。

「旦那、あたしゃ殺されてもいいと思ってた旦那にたすけていただいて……このお礼をどうして返していいか、こまっちまう」

「断わろう。おまえの礼はこわいよ」

「にくらしい。まだあんなことをいって……ねえ、旦那、なぜだかあたし、旦那とは気が合うわ。……」

お銀のからだが、花粉のむれのような香をはなって、耳もとに何やらささやいた。

一学はふりむいて、それからニヤリと笑った。

「お銀、その手はきかぬ。色じかけで、この馬のあゆみは遅うはならんぞ」

清爽な高笑いがお銀の面をうち、そして風がその頬をかすめはじめた。赤坂から二里九町の藤川村のひくい家並がみるみるせまってくる。

お銀のすそが風にめくれて、そのふとももがむき出しになった。一方のももは、ひきちぎった袖でかたくくくられている。

「お銀」

「なあに」

「おまえは藤川でおりろ。いつまでもおまえの相手になっておるわけにはゆかん」

「まっ、情《じょう》なし。——」

と、お銀は笑いながら、そのふとももをくくった袖をときだした。彼女は何をしようとするのか、

「こんなところで放りだされたって、足をきられた海つばめのお銀、もうあるけやしないじゃありませんか。……後生だから、ねえ旦那。……」

雁兵衛に斬られた傷が柘榴《ざくろ》みたいにはじけ出して、血があふれ、ふくらはぎをつたいはじめ、ぽつ、ぽつと白い路上へ、真紅の花を咲かせ、たちまち、つーッと長い糸をひいてゆく。

お銀の凄愴な笑顔がみるみる白蠟のような色に変っていった。

「あっ、待てっ」

藤川の宿の往来で、四五人、ボンヤリ立っていた村役人が、疾走してきた馬をよけ、ふとそこから落ちた血しおを見て、おどりあがった。

「旦那、かんべんしておくんなさい」

「え？」

「こうなりゃ、女の意地だよ。……」

と、お銀の声が耳たぶで笑ったかと思うと、蒼空までひっ裂けるように、

「助けて——っ」

と、絶叫したものだ、清水一学、はっと手綱をひきしめながら、

「どうしたのだ。お銀」

「人殺し——いっ」

血相かえて追いすがってきた役人が、一学の馬のまえに立ち、その鞍をつかんで、

「待て！　その女をなんとする？」

「いや、これは」

と、いいかけたとき、海つばめのお銀、どうと馬からおちた。ぱっとひろがった血しぶきの輪の中に、その両腕が大地をつかんだが、すぐにガックリと身を伏せる。

役人にとりかこまれた清水一学は、さすがに困惑しきった顔で茫然と馬上にすくんでいた。

「……ばかな奴だ。おれもあの駕籠はいそがせてやろうと思っていたのだが。……」

と、ひとりごとをいったが、ちょっとこの場をいいひらくのはむずかしい。

十七

「浅野というばか大名が、おらの殿さまを斬ったと。――」

「浅野の早駕籠をとおすな」

「ぶち殺してくれべえ」

水路のほとりを商人がはしる。堤の上を地侍がはしる。田や畑を百姓がはしる。

この水路は上野介のひらいたもので、領民は富川と呼んでいる。この堤は矢作《やはぎ》大平の下流の氾濫《はんらん》をふせぐために上野介のひらいたもので、農民は黄金堤と呼んでいる。——欲のふかい老人だけに、経済の念にとみ、だから一種の名君であったといえるかもしれない。

最初にその報告をだれがもらしたのか、知る者はわずかだった。その姿をみた者も、その名は知らない、それほど、その知らせを触れてまわったものは、稲妻のように迅かった。声は、鳥羽村、饗庭《あいば》村、横須賀村、乙川村、岡山村、宮崎村、小山田村の吉良七郷の野に火をおとし、飈風《ひょうふう》のように吹いてはしった。

この七カ村のみならず、岡崎の南四里の西条（いまの西尾）をはじめ、幡豆郡《はずぐん》一帯が曾《かつ》て名門吉良の故邑《こゆう》であったのだ。

「大変だっ」

「それゆけっ」

刀をとり、鋤《すき》をふり、東海道へおし出してゆく群衆は、みるみる何百人とも数もしれなかった。——その先頭にあって、声をからし、歯をむき出しているのは、いうまでもなく稲妻吉五郎だ。

「殿さまが、殺されなすったぞ。浅野のきちがい大名が、江戸城松の廊下で、殿さまをおさえつけて耳をきり、鼻をきり、なぶり殺しにしたというぞっ」

でたらめをいって、焚《た》きつけている。傍をはしっている百姓が、

「ど、どうして、おらたちの殿さまを？」

「なんの恨みがあるけ？」

「さあ、それだ、おれのきいたところじゃあ、ここの殿さまが塩田をひらいて、饗庭塩の名が高くなったものだから、売れなくなった赤穂塩の恨みだっていうが。――」

梵字雁兵衛が、とくに煽動家《アジテーター》を委嘱しただけのことはある。恐るべき奸智だ。はたして群衆は激怒し、熱狂した。

「ひ、卑怯《ひきよう》な！」

「こっちもその大名の耳をきり、鼻をきってくれべえ」

なかに、四五人、つりこまれてはしってはいるが、やや理性的な侍もいる。いま上野介の子息左兵衛が御国入りをしているので、それについてきた連中らしい。

「きさま、何者だ。左様なことをいずれからきいてきた？」

「へっ、あっしゃあ、そこらの旅の者で——東海道はその噂でいっぱいでさ。うそだと思うなら、東海道まで出てごらんなせえ。岡崎の手前あたりで待ってりゃ、きっと赤穂への早駕籠がくる。そいつをつかまえてきいてみりゃあ、この噂がうそかほんとか、すぐに分りまさあ」

——そのとおり、東海道を二梃の早駕籠が、もみにもんでかけ上ってきた。

すでに、江戸を発して三日めである。

「あ？」

岡崎の手前の街道に、何百人ともなく、雲のごとくにあつまっている百姓や侍の姿に、駕籠かきは、タタラをふんでたちどまったが、駕籠の中では、しばらくそれをとがめる声もない。

「来たぞっ」

「あれか！」

「ひきずり出して、ぶち殺せっ」

無数の鍬《くわ》、鋤、それに竹槍までが物凄いどよめきを発し、地ひびきたてておしよせてくるのに、駕籠かきは、腰をぬかしてしまった。

「あっ、どうした？」

「なにごとだっ」

地におちた二つの駕籠から、やっと泥酔《でいすい》からさめたようにはい出して早水藤左衛門と萱野三平、乱髪蒼然として、すでに生きている人間の顔いろでない。

「これは、赤穂へ早駕籠か」

ひしめく百姓を制して、ひとりの武士がきく。藤左衛門がうなずくと、

「しからば、浅野どのがわれらの殿を、殿中でお討ちなされたというはまことか！」

「われらの殿？」

と、ききかえして、はじめて二人は、このちかくに吉良領のあったことに気がついた。

「吉良のものか！」

と、たちあがろうとして、萱野三平はヨロリとなる。稲妻吉五郎がニヤリと笑ってすすみ出て、

「どうでがす？　あっしのいったこたあ、うそじゃねえでしょう？」

鼻ウゴめかすよりはやく、百姓たちは凄まじいうなりをあげた。火炎をみた瀕死《ひんし》の獣

のように闘志に身を鎧《よろ》おうとする三平を、

「待て、三平！」

と、藤左衛門は声をしぼると、

「さらば、あの大変をすでにおきき及びでござるか。お怒りはごもっともながら、御刃傷のおんふたかたとも、いまだ御生死不明ですっ。家来としてこの大事を国元に知らせにはしるわれら、なにとぞ武士の情を以てお通し下されい！」

と、両うでをついた。

「生死不明？　何をぬかしゃがる」

と、吉五郎、はねあがって、その肩をドンと蹴ったが、がばっと伏した藤左衛門はうごかない。この群衆に気死しているのか、それとも、うごきたくともうごけぬのか。

「そらとぼけようったって、そうはゆかねえ。おれは知ってるぞ。こちとらの殿さまは、ちゃあんとくたばっ——お、お死になすったんだ！」

「すりゃ、吉良どのは御落命か。あらうれしや」

と、三平が思わずさけんだからたまらない。

「あんなことをいってやがる。どうだ！　皆の衆！　おれのいったとおりだろう。こいつら、ここゆかせちゃ殿さまに申しわけがねえぞ、たたっ殺せ！」

と、吉五郎がまた足をあげて蹴とばしたのに、のけぞりながら萱野三平、のどのおくで、何かうめくと、死力をふるって抜き打った。

「ぎゃっ」

棒立ちになったまま、稲妻吉五郎、世にもへんな顔をした。

これだけの味方をうしろに、半死半生の敵をまえに、すっかりなめきっていたのと、それに第一、こんなことでじぶんが殺されては間尺に合わない。——間尺に合おうと合うまいと、その左肩から右の脇腹へ、袈裟がけにはしる血の火箭《ひや》！

どうところがった吉五郎のまえに、三平は駕籠を背にズリあがって、

「早水どの！　こうなっては、刃のつづくかぎり、斬って斬ってふみ破るより——」

「やむを得ぬか！」

と、ついに抜刀したが、その足は雲をふむごとく、たたかわざるに、すでに死人《しびと》のような凄惨な姿だった。

どっと百姓たちがどよめきわたったとき、はるかうしろから、

「待てっ——」

と、さけんだものがある。

ふりむいた領民のうち、

「あっ、あれは江戸の清水一学さま！」

と口ばしったものがあり、そうと知らないものも、思わず眼をまるくして見まもった。

見まもったのは、馬上の清水一学より、その馬の鞍にくりつけられて、ダラリと四肢と黒髪をたれた女人の姿だ。

「…………？」

「…………？」

なんとも判断を絶した眼、眼、眼の中を、べつに馬をいそがせもせず、粛々《しゆくしゆく》と清水一学は通りすぎた。

「お、一学どのが御帰国とあれば、わが殿が兇変にあわれたと申すは、いよいよまことと見えた！」

「清水どの、江戸城の刃傷の知らせでござるか！」

とさけびかける侍たちに、一学は沈痛にうなずいたが、ざわめくまわりの百姓たちを

見まわして、

「これ、うぬらはなんだ？」

「へ——おらの殿さまが、浅野にお斬られなされたとか——」

「それがきさまらに何のかかわりがある？」

百姓のひとりが血相をかえて、

「ばかこくでねえ。大恩あるおらたちの殿さまの敵でねえか？」

「だまれっ」

と、一学は獅子のごとく大喝した。

「武士のあいだの喧嘩沙汰《ざた》は、あくまで武士のあいだのこと。況《いわ》んやこれは大名衆のあいだの刃傷である。万一、事がもつれれば、そのときはわれわれ家来がおる。そのためにこそ、われわれは扶持を頂戴しておるのだ。百姓の分際で、大名の喧嘩に手出し口出ししようとは、身のほど知らぬ僭上《せんじょう》の沙汰。すぐたちかえって、土を鋤け、種を蒔《ま》けっ、それが何よりの忠節であるぞ！」

高びしゃに叱りつけられて、どどっと百姓があとずさる。

武士のひとりは、顔をひきゆがめて、

「清水、奇怪なことを申すな。……なら、われわれがぶった斬ってくれる」

「ならんっ」

「なに、なぜだっ？」

「わが殿は、内匠頭乱心のため不慮の禍いをおん受けあそばしたが、傷は浅手、しかも場所をつつしみ、おん手向いなく、この段神妙なりと、特に将軍家よりおんねぎらいの御言葉を賜わったのだ。刃傷のお裁きは、やがて御公儀より下されるであろう。それを待たず、主の御思慮をもないがしろにして、ここで浅野の使者に狼藉《ろうぜき》いたしては、君にも不忠、お上のおんおぼえも悪しかろうぞ！」

「う。……し、しかし、わが殿がおん手傷を受けられたと知りながら、その敵の家中をムザムザと見のがしては、われわれの武士が――」

「見のがす？　血まような、吉良の領を通るのを見のがすわけではないぞ。ここは、天下の大道」

清水一学は、からからと笑った。笑った眼で浅野の使者の方を見て、

「あいや、当家のうろたえ者ども、いこう御無礼仕った。御遠慮なく、お通りあれ」

と、手をふったが、

「お……しばらく」

　と、馬をひいたまま傍らへよっていって、

「萱野どの、いささかたのみがある」

「なんでござる？」

「この女を御存じであろう」

　萱野三平は、馬から垂れている女の死顔をのぞきこんで、夢に夢みるような顔をした。

「こ、これは！」

「おぬしに救われた一夜の恩義に感じ、東海道、影のごとく早駕籠につきまとって、おぬしらを狙う兇賊どもにさからい、また吉良家の使者たる拙者の足を一歩でもおくれさせようとして、ついに命をおとした女です」

「……存ぜなんだ！」

「まして、御存じあるまい。この女がおぬしに――」

　と、いいかけて、くびふって笑い、

「さて、願いと申すは、この女が落命のきわに、拙者にたのんだ一事がござる。この女の妹が、京の島原、一文字屋と申す妓楼《ぎろう》にくらしておるとか。その妹を、ここにある金《きん》子《す》で身請してくれとのこと。名はお軽と申す」

「島原、一文字屋、お軽」

と、萱野三平はくりかえした。そういえば、その名はいつかこの女からきいたことがある。

「おぬしのために死んだ女のいまわの願い、貴殿、ききとってやっては下さるまいか。それが何よりの供養。――もとより、このたびの騒動しずまった上でようござるが」

「かしこまった！」

と、三平は、もういちど女の死顔をじっと見つめ、片手で拝んでから、すぐ決然と身を起した。

「さらば」

やがて、二梃の早駕籠があがる。

「清水一学どのと申されるか。いずれ、あらためて御礼は申すが――」

と、眼で礼をする三平と藤左衛門に、清水一学は、にっとこれまた眼でこたえて、

「おおさ。いずれ、これで喃《のう》」

と、刀の柄をたたいたが、それはもうふたりの使者には見えなかったであろう。

おくれた時の一刻をもおしんで、早駕籠は大地を蹴る。はしる。きえてゆく。――赤穂へ。赤穂へ――。

「では、参ろうか、海つばめのお銀」

茫然たる無数の土民の眼のなかを、お銀の屍をつけたまま、馬のくつわをとって、清水一学はノッシノッシとあるきだした。

「おまえ、おもしろい女であったな。お銀、不本意かもしれんが、おれの墓の傍に埋めてやるぞ」

一学は、遠い春の雲を仰ぎながら、顔に似合わぬやさしい声でつぶやいていた。

「やがて、遠からずおれも骸となってかえるわさ。おかしな縁で、この世では敵同士であったが、さすがのおれに一泡も二泡もくわせた酬いだ。あの世では水にながして、おもしろい話相手となってくれるだろうの。……なあ、海つばめ。……」

殺人蔵

一

——古い話だ。私がまだなんのお役にもつかない、ぶらぶらしていたころのことだから。たしか、二十五のとしの秋の或る夜だった。

そのころから、私の家に出入りしていた上阪と、私は麹町《こうじまち》の裏通りをあるいていたが、或る土塀をまがったとき、ふとまえの方に、チラと赤い火を見つけた。ほそい新月のかかっている夜で、私にはとっさにわからなかったが、上阪には、職掌柄、さすがにそれがなにか見わけられたらしい。

「鉄砲ですな」

「なに、鉄砲」

「鉄砲で、狙《ねら》っています」

そのとたんに、あたりの静寂をやぶって、轟然《ごうぜん》と銃声がひびきわたった。とっさに上阪の手があがる。平生自慢の手裏剣をなげたのだ。塀のむこうで、黒い影がつんのめるように、ふっと左へうごいたかと思うと、みえなくなった。

むろん、私たちは、宙をとんでかけつけていた。銃声のあがった場所にくると、上阪は、いま逃げ去った怪しの影を追って左へきれる。私は右の方をみると、むこうの大通りに提灯《ちょうちん》のひかりが三つ四つみだれうごいている。とみると、その提灯が二つばかり、恐ろしい勢いではしってきた。

「待て」

と、私にさけぶ。むりもないが、いま鉄砲を射ったのは私だと思っているらしい。私は少なからず狼狽《ろうばい》した。

「ちがう、ちがう。鉄砲を射ったのは、私ではない。そいつはあっちへ逃げて、私のつれが追っていったぞ」

提灯に浮かんだ三つの顔は、どれも精悍《せいかん》な男ざかりの顔だった。そのなかの、ひときわ眼のするどい男が、一瞬、じろっと私をみたが、すぐ夜気をかきみだしてむこうへ逃げてゆく跫音《あしおと》へあごをしゃくって、

「灰方、井口、はやく追え！」

というと、私の腕をつかんで、もときた方へひきたてていった。実に恐ろしくつよい腕の力だった。ふたりの男は、すぐ跫音を追ってとんでゆく。

ひきたてられて、私がいってみると、大通りに二挺の駕籠《かご》がおろされて、もうひとりの屈強な男が、うしろの駕籠のたれをあけているところだった。

「お頭に、別条ないか」

おかしらとは、妙なことをいうと思ってふりかえると、まえの駕籠からひとりの老人が出てきたところだ。もう七八十歳か、真っ白な頭で、腰も少々まがり気味だが、くぼんだ眼が、不安にとび出すようだった。

「いや、大丈夫」

という声がして、うしろの駕籠から出てきたのは、四十をすこし出たくらいの、小柄だが、小ぶとりにふとって、ひどく愛嬌のいい顔をした人物だ。

「うつらうつら、舟をこいでいたものだから、弾がくびのうしろを通りぬけてくれたようだ」

と、ニコニコしながら、駕籠の垂れをみると、そこにみごとに弾のやき焦がした穴がある。それをみて、べつにおどろいた様子もなく、

「堀部、それは?」

と、こちらをむいた。

「いや、この男が、いまの鉄砲のところに立っていたものですから」

私はやむなく、いまの事情を説明し、大岡市十郎という名と身分を名乗って、

「私のつれの男が、いま追ってゆきましたから、大丈夫つかまえてくるでしょう。曲者《くせもの》は手傷をうけてもいる様子ですし」

といった。相手はいんぎんに無礼を謝して、

「曲者が傷をうけている、とおっしゃると？」

「いや、つれの男が、ちょうど、そういう悪い奴をつかまえるのがお役目の役人でしてね、鉄砲でこちらを狙っている影をみつけたものですから、とっさに手裏剣をなげたのです」

そのとき、ずっと遠くから、私を大声でよぶ上阪の声がきこえた。私がそっちへゆきかかると、さっき堀部とよばれた力のつよい男が、

「大久保、その方といっしょにゆけ。おれはお頭をまもっている」

という。まだ私に対する疑念をといてはいないらしい。ひどく用心ぶかい男だ。

それで私は、その大久保という、顔のながい、眼のつりあがった、凄味《すごみ》のあるもうひとりの若い男とつれ立って、上阪の声の方へはしっていった。

いってみると、或る屋敷の塀の外の槐《えんじゅ》の樹のあたりで、さきにはしっていったひとりの男のふりかざす提灯に、上阪がウロウロしている。

「どうした?」

「いや、このあたりで、曲者のゆくえが不明になってしまったのです。さっき打った手裏剣は、たしかに手ごたえがありました。わたしの眼と腕にくるいはない、たしかにあいつのふとももに突き刺さったはずです。その証拠に、ごらんなさい、その血を!」

そういわれて、地面を見下ろすと、提灯の灯の輪のなかに、なるほどギラリとたまっている赤いしずくがみえる。

「それが、一間おきにここまでつづいているところをみると、相当深傷のはずです。その血が、ここでふっときれている」

すると、そのとき、また遠くからバタバタとかけもどってきた提灯があった。

「あるぞ、血がこっちへつづいているぞ!」

みると、さっき、灰方、井口と呼ばれたうちのひとりだ。あとでわかったのだが、この男が井口忠兵衛、上阪といっしょに槐の下をさがしていたのが灰方藤兵衛という男だった。

「なに、あるか」

血が、そこでとぎれて、十間もはなれたところからまたはじまっているからわからなかったらしい。私たちは、その血のあとをふたたび追いはじめた。

ゆきついたところは、そこからほどちかい新麹町六丁目の路地のおくの或る家だった。表の戸がなかばひらき、家のなかはまっくらだ。血のあとはだんだんおびただしくなり、戸の外には、大きな椿の花のようにちっている。

「ごめん」

「だれかいないか」

大声でよびたてるわれわれの声をきいて、まえの家から、亭主とおかみさんがねぼけ面を出す。そして、この家は田口という学者の老人の借家だが、その人は一ト月もまえに大坂の方へ旅立っていって、いま留守のはずだ。しかし、ほんのさっき、数人の男の声がしていたようだから、或いはかえってきたのだろうか？　よくは知らないといった。

が、家のなかは、依然として暗く、しーんとしている。

「空家らしい。入れ」

決然として、上阪がいった。井口と灰方が、ちょっと顔を見合わせたとき、大久保がまずズイと入りこんだ。

さして、大きな家ではない。ふつうの町家だ。土間から座敷のあがり口に、はたしてまた大きな血のあとがあった。たッたいましたたったばかり、なまぐさい匂いをはなって。——しかし、まことに不思議千万なことに、それっきり曲者の影はいずこかへ消滅していたのだ。

二階、押入、階段の下、そんなところをさがしまわっている私と上阪を、三人の男は、座敷のまんなかにつっ立って、提灯をもったまま、いつのまにか鼎《かなえ》のようにうごかなくなって、見まもっていた。

急に、大久保という男がうなるようにいった。

「おふたかたとも、どうぞこのままひきとっていただきたい」

なぜか、イライラと血ばしった眼だった。

「少々わけがあって、お手をおひきねがいます」

すると、これも突然に、灰方がひどくきびしい調子でいい出した。

「そうだ。わたしには、曲者について思いあたることがある。おい、井口、大久保、もういいから、おふたかたを送ってかえれ。おれだけ、ここでしばらく見張りをしている」

二

二三日たった或る午後のことだ。偶然、私はまたその夜の三人に、妙な場所であうことになった。よほど、この事件に縁があったとみえる。

その場所ときかれると、どうも閉口のいたりだが、実は――吉原だ。土手で、向うをゆく三人の男が、どうやら彼等らしいと気がついて、急にあとをつける気になったのだが、それというのも、先夜のことはよほど面妖《めんよう》だ。

曲者があの空家で消失したのも奇怪だが、それより、私たちの探索ぶりに、やはり追跡者のはずの三人が、急になにやら狼狽しはじめて、強いてわれわれを追いかえしたのも、なお奇怪だ、実際、あれから、大久保と井口という男は、私と上阪の手をとらんばかりにして、外へつれ出したのだから。

それにしても、あの駕籠のふたりは何者だろう? 上阪は役所でなにやら調べの手をまわしていたらしいが、私にはまだわからなかった。べつに強いて知ろうとも思わなかったのも、たいくつのせいなら、そのとき三人のあとをつけてみる気になったのも、たいくつの虫のせいだったといえる。どうしたのか、井口は右手を布でくびに吊っていた。

やがて三人の男は、揚屋《あげや》町の桐屋に上る。私は女中頭にたのんで、その隣室に通してもらった。

盃をかたむけながら、耳をすましていると、となりでも酒が出る。血気にみちみちた連中のこととて、声もそれほどひくくはない。

「井口、酒をのんでも、傷はいたまないか」

「なに、大丈夫だ」

こたえた声はみじかく、にがにがしい。つづいて灰方の声が、

「それにしても、あの新麹町の家から、なお井口を尾《つ》けていたとは、敵ながらしぶとい、大胆きわまる奴」

「うむ、曲者は灰方にまかせてあるから大丈夫と、気をゆるしていたのが不覚だった。芝通町の家に入ろうと、戸に手をかけたとたん、軒下の暗闇からいきなりピカリだ。声におどろいて矢田がとび出してこなかったら、やられていたかもしれぬ」

「しかし、まさかお頭を狙撃《そげき》した奴ではあるまい？」

「と思う。あいつは、ともかくあれほどの手傷を負うていたのだから」

「その手傷を負うた奴が、あのとき、どこへ逃げたのだろう？」

と、これは疑惑にみちた大久保の声だった。

「まことに奇怪だ」

と、灰方がながいため息をついていった。

「おれは、てっきり曲者はあそこへにげこんだと思った。そいつを追い出すのに、あのふたりの風来坊にいてもらってはこまる。それで君たちにあのふたりをつれ出してもらって、決死の覚悟であそこへふみこんでみたのだが……なかには、猫の子一匹もいな

かったのだ」

しばらく沈黙がおちる。——あそこ？　あそこへふみこむ？　私は心のなかに反問した。あそことは、どこだろう？　二階も押入も、たしかにさがした。壁にドンデン返しがあって、別室があるような余裕のある家ではない。だいいち、あの家を、この三人がまえから知っていたのだろうか？

「しかし、あの血しおのあとが、あそこで消えていたのもふしぎだが、それより、そもそも曲者があの家を知っていて逃げこんだと考えるのが……考えられないほどふしぎ千万な話だ」

「そうだ。同志のうち、最硬派、最急進派のわれわれでさえ、あの家のことは、はじめてあの夜お頭に知らされたくらいなのに」

「われわれの知らないうち、京都にいられたお頭がこっちにあんな準備をさせていられたとはさすがだが……それをもう敵はかぎつけている！」

「そうだ、そのうえ、お頭までも狙うとは！」

「油断はできぬ。いや、油断どころか、こうなっては、もうのんべんだらりと待ってはいられぬ。お頭は、来年の春まで待てといわれるが、あのゆるゆるした御様子では、それがどこまであてになることか？　堀部などは、あそこを見せられて、ひどく感心したらしいが、おれはあれを見、またそれを敵にかぎつけられたかと思うと、かえって、いてもたってもいられないような気がする」

「それに、あのおいぼれめ、いよいよ隠居するという噂《うわさ》ではないか。もし、隠居して、米沢の方へでもかくれてしまうと、もうわれわれの手はつけられぬ」

「おい、灰方、井口、こうなっては、まえに血盟したとおり、いよいよわれわれだけでも事を断行しようではないか」

息づかいもたかまって、こんな問答をかわす大久保と灰方の声を、このとき重々しくおさえつけるように井口がいった。

「そのことについてだ。きょう君たちに話があるのは」

「おお、そうだ。その話、その話、井口、話とはなんだね？」

「実は、けさ、堀部から、おかしらのお考えをつたえられたのだが。……」

沈痛きわまる声音だった。

「おかしらは、われわれのなかに、裏切者がいるといわれたそうな」

「なに」

「そういう不純分子が清掃されるまでは、大事の決行など思いもよらぬと笑われたそうな。堀部も、実に蒼然《そうぜん》とした顔色だった」

「われわれのなかに、裏切者、そんなばかな？　われわれこそ、純中の純、同志のなかの最精鋭ではないか！」

「そう思っていた。そうきかされたとき、おれも耳をうたがった。腹をたてた。が、その理由をきいてみると……なるほどといわざるを得ないふしがないでもない。あの家のことを敵が知っているらしいこと。この疑いはしばらくおく。お頭のいわれるのは、あの夜の狙撃のことだ」

「あの狙撃が、どうしてわれわれと」

「まあ、きけ、あの夜、あの辻で駕籠にのったとき、お頭はまえの駕籠に入りかけて、ふとたちどまって堀部と用談なされた。それでまえの駕籠には、堀部老人がのることになった。提灯があるとはいえ、夜のことだし、またお頭も老人も頭巾《ずきん》をかぶっていられた。どっちにお頭がのっていられたか、刺客にわかるはずがない。——それを、闇夜に鉄砲、しかもまさしくうしろの駕籠を狙撃したのは、つきそいの堀部、灰方、大久保、おれの四人のうち、だれかが裏切者で、提灯で合図したとしかかんがえられぬ。……とこういわれたそうな」

「………」

「そのなかで、提灯をもっていなかったのは、堀部ひとりだ。われわれ三人は、みんな提灯をさげていた」

「だれだ、裏切者は？」

狂ったようなさけびをあげたのは、大久保十蔵だ。カタカタと鍔《つば》の鳴る音がした。

「おれではないぞ」

「おれではない」

異口同音にそううめく声がきこえて、それっきり、部屋はしーんとする。

私は盃を宙にとめてしまった。

となりの空気の息もつまるような緊迫感がヒシと胸をしぼってきたからだ。すべての仔細《しさい》はわからないが、彼らのおかれた立場はわかる。この三人は親友だ。いや、血盟の同志だ。そのなかに、たったひとり裏切者がいる！　にらみあっている三人の男の眼は、想像しただけでも、これはたまらないことだった。

「それがわかれば。……」

ほとんど同時に、三人の憤怒にみちた声がした。

「たたッ斬ってくれる！」

――そも、この連中は、なにをたくらんでいるのだろう？

そのとたんに、ふっと私の頭に浮かんできたことがあった。これら三人の素性についてである。うむ、これは、ひょっとすると、あの連中ではあるまいか？

三

さてまた、それから二三日たった夕ぐれのことだ。

私が、八丁堀の上阪の屋敷で待っていると、上阪が、いつものように羽織に着流し、しかし眼を異様にひからせて入ってきた。

「これから、すぐに出かけてみませんか」

という。

「どこへ？」

「新麹町六丁目のあの空家に」

「なにか、起ったのかね？」

「あの空家で、ひとりの男が殺されて、その傍に、ふたりの男がボンヤリ坐っているのが発見されたそうです。……それが、おかしいことがある。発見したのは、私の部下ではなく、近所の子供たちだ。あの家へ入る路地に、ひとすじの蟻の行列があって、それを面白がって辿《たど》っていった子供たちが、偶然、その惨劇を見つけ出したということで」

「蟻の行列？　わからないね。しかし殺されたのはだれで、そばに坐っていたのは、だれとだれ？」

「報告による人相から判断すると、どうやら、殺されたのは灰方藤兵衛で、そばに坐っていたのは大久保と井口らしいのですが」

「さては、やったか？」

私は胸に釘《くぎ》のさされる思いでたちあがっていた。

「やはり、裏切者は灰方藤兵衛か？　そういえば、あの夜、われわれを、井口、大久保がつれ出して、空家にのころうといったのは灰方だからね。もし曲者がどこかにひそんでいたとすれば、それをにがすことのできたのは、灰方だけのはずだ。……しかし、この破局は当然予想されたことで、だからこそ君に彼ら一味の動静の看視をたのんでいたのだが……同情すべきひとたちなのだ。なんとか穏便《おんびん》にとりはからってやってもらえまいかね」

「まことにこまったことです。みすみす一人殺されて、傍に二人が坐っているのがわれわれの眼にとまった以上はね」

上阪も沈痛な顔いろだった。

「役目の手前。——」

ふたりは、馬をとばして、新麹町の方へいそぎながら、なおいそがしく話しあった。

上阪がいう。

「みなの動静は、見張ってあったのです。堀部はまったくうごいてはいません。井口は昨夜おそく、あの空家にゆきました。なんの用があったのか、すぐに出てきてかえってゆきました」

「はてな」

「問題は、きょうのことです。午後まず灰方が出かけて、あの家に入りました。それからすぐに大久保がやってきたらしい。それからだいぶたって、井口が入ったということで」

われわれは、六丁目のれいの空家に入る路地の入口で、馬をおりた。

明るい夕焼けの鰯雲《いわしぐも》の下に、近所の人々や子供たちがひとかたまりになって、恐ろしそうにヒソヒソ話し合っている。

「なるほど、蟻の行列」

私は地面にかがんだ。蟻は黒いほそい糸をひいたように、向うの空家につながっていた。上阪ものぞきこんで、指でぐいと土をしゃくいあげてみて、

「飴《あめ》ですな。誰か飴をずっとたらしていった奴がある」

「ふむ。しかし、だれが、なんのためにこんなことをしたものだろう？　まるで、このさきに怪しいものがあると、そこへ案内するように」

すると、傍にたっていたはなたれ小僧が、急にしゃべりかけた。

「ほんとだよ。おじちゃん、あのむこうの家に、すごい顔して死んでるひとがあるんだよ。おいらたち、この蟻の行列についていったら、あの家の戸のすきまからのぞきこんだら、死人の枕もとにふたり、腕ぐみして、じっと坐ってるだろ？　わっといって、逃

げてきちゃった」

「ふむ。小僧、それでおまえたち、いつこの蟻に気がついたのだ？」

「きょうのおひるからだよ。あの枕もとに坐ってるひとのうち、さきに入ってったおじさんが通ったあとで」

「どっちかな。大久保か、井口か。……」

「顔のながい、眼のつりあがったひと」

「ああ、それなら大久保だ。いちばんさきにきたのは、あの灰方——殺されてるおじさんだね？」

「ううん、それよりまえ、もうひとり頭巾をかぶったひとが、すうっと風みたいに入っていったよ」

「なに」

「四番めが、あの布で腕をつったひとさ」

私は、思わず上阪の顔を見あげていた。頭巾をかむった男？　それは誰だろう？　上阪もちょっとあわてている。

「そうだ」

と、私はたちあがった。

「本所の方も偵察をたのんでいたはずだが、そっちはどうだったかね？」

「ああ、先夜の狙撃者はわかりましたよ。米沢からきた笠原七次郎という男で、あれ以来、毎日医者を屋敷に呼んでいる。右のふとももに深い傷をうけているとのことで、私の手裏剣の傷だと思われます。まちがいなく、そうです。しかし、その男は、いまもウンウンうなっているということで、うごけるはずはありません」

「べつの奴かもわからないじゃないか。その頭巾の男は」

「そうですね、それはそうかもしれない」

「で、その一番めの男はどこへいったのだ？」

「おい、小僧、その頭巾の男はこっちへ出てきたか？」

「いいや、みなかったよ」

「はてな。……とにかくはやくいってみますか」

ふたりはいそぎ足で、その空家へいった。

空家のなかには、もう上阪の部下たちがむらがって、殺気にみちた顔で、上役の到着するのを待っている。しかし上阪自身が出馬してきたのには、ちょっとめんくらったとみえて、あわてていっせいにお辞儀をした。

座敷のまんなかに、朱にそまって仰向けにころがっているのは、はたして灰方藤兵衛だった。その傍に凝然と坐っているのは、大久保と井口だ。

「これは、先夜の」

と、ふたりは私たちをみてぎょっとしたらしく、蒼《あお》い顔がいっそう蠟《ろう》みたいに硬直した。

こういう現場にのぞむと、上阪はにくらしいくらい冷静だ。先祖代々からの刑吏としての血が、本能的にそういう態度をとらせるものらしい。だまって、うずくまって、屍骸《しがい》をみる。灰方は、左の肩先から、みごとな袈裟《けさ》斬りに斬りすてられていた。眼が、そのときの驚愕《きょうがく》をまざまざとあらわして、かっとむき出されている。下手人の凄《すさ》まじいまでの手並がひとめでわかった。

「手を下したのは、どっちだ」

といって、上阪は、じろっとふたりの男を見上げた。

急に大久保が、きしるように叫び出した。

「殺したのは、私ではないぞ。――これは、斬りきざんでもあきたりない裏切者だ。実際私は、斬ろうと思って、ここへやってきた。しかし、きてみると、こいつはもうだれかに殺されていたのだ。……」

「それでは、もうひとりの方か」

「いや、私がきたときは、この男は、屍骸の傍にばかのように坐っていたが。……だいいち、私は、人を斬るにも、かんじんの手がこのしまつだ」

と、井口は、にがい、沈んだ笑顔で、くびに吊った腕をみる。

「ただし、この男と私は盟友だ。おとがめはいっしょに受ける」

「手。ははあ、怪我をしておられるようだが、念のため、ちょっとその布をとってみせてもらえまいか」

さすがに、鬼与力といわれる上阪安左衛門だ。意地わるいくらいによく頭がまわる。

井口はちょっと妙な顔をしてこちらをみたが、すぐに苦笑して、布をときはじめた。

血と薬の黒くこびりついた布をひきはがすと、これはまちがいなく、たしかに数日まえにうけた深い斬り傷だった。

「なるほど」

と、上阪は恐縮のいろもみせずにうなずいて、

「しかし、御弁解は、きくところできこう。いずれにせよ、おふたかたにはきていただかねばならぬが、それよりまえに、いまこの死人を裏切者とおっしゃったようだが、それはどういう意味でいわれた？」

急にふたりは、はっとして、牡蠣《かき》のように沈黙した。それはいえまい。知っているくせに、上阪はなさけを知らぬ問いをする。

「先夜もこの家で妙なことがあった。あのころから、おふたりとも、この家を御存知であったのか？」

突然、大久保の顔が苦しげにわななくと、その眼に涙が浮かんだ。無情な上阪の追求はつづく。じろじろ、家のなかを見まわして、

「いろいろと、不審がある。あなたたちにも、この家にも」

さっと、このとき大久保の手がうごいた。こちらがはっと腰をうかせたとき、彼は傍

にあった刀をつかみ、ぬくと同時に、じぶんの腹につきたてた。

「この男を殺したのは、まさに私だ！　そのわけは……女、痴情の沙汰《さた》だ！」

そう絶叫すると、キリキリと腹に刀をひきまわして、もえたぎるような眼で私たちをにらんだ。その憤怒にみちた眼が、急に涙と哀願にくもって、

「武士の情」

ひと声うめくと、刀をのどぶえに、ガックリとまえにつッ伏した。

騒然とみだれたったまわりの影のなかに、われをわすれて私はさけんでいた。

「このまま、このまま」

そうだ。この男は、同志のうちの裏切者を制裁した。不運にもそれが役人の眼にとまって、盟約のもれるのをふせぐために自決したのだ。大望をまえに、本人にとって、なんという無念さだろう。悲劇は、これ以上、断じてひろがらせてはならぬ。……

「上阪、死なせてやれ。何もいうな、これでよい、これでよい！」

苦渋にみちた上阪の表情のおくに、ふっと微笑の影がよぎった。

「私もそのつもりでした。これでお上の面目はたちます」

四

二つの屍骸は、荒むしろにつつまれて運び出された。あとには、ふたりの盟友をうしなった井口忠兵衛だけが、孤影悄然《しようぜん》と坐っている。

井口を、もはや不問にふして、その場にのこしたのは、私のせめてもの思いやりだった。すくなくとも、彼は灰方藤兵衛に手を下してはいない。それだけは明白だ。彼がきたとき、すでに灰方が殺されていたというのはおそらく事実であろうし、また手がうごかぬという彼のことばにまちがいはない。……これ以上、彼をなにかととりしらべれば、またもやかならずあわれむべき第三の犠牲者として、舌でもかみきるにきまっている。……

「役人の方には、これ以上、おせっかいはさせぬよう、私からも努力してみます。……いや、何もおいい下さるな。御安心下さい」

私は笑顔をのこして、戸口から出かかって、ふとふりかえった。

「世のなかには、あなた方へ、かげながらの同情者がうんといるのだと、どうぞお頭へもおつたえ下さい」

そういいすてると、私は微笑しながら路地を出ていった。往来へ出ようとして、私はふと地面をみた。たそがれの沈みはじめた土のうえに、はたらきものの蟻は、なおせッせとうごいている。……

はて、この蟻の行列の意味はなんだろう？

その意味は、まだ私にはとけなかった。そういえば、一番めの風のような頭巾の男の謎も、あのままだ。その男は、どこへ消えてしまったのか？　また先夜の曲者はどこにひそんでいたのだろうか？

この事件を、それ以上追求する意志は毫《ごう》もなかったが、そのふたりの人間の消失の謎だけには、好奇心を禁じ得なかった。路地を出かかって、私はもういちどけげんな眼で、夕やけのきえた空の蒼みの下の、その小さな空家をふりあおいだ。そのとたんに、私はヒョイと或ることに気がついた。

「おお、もしかすると……」

私は腕をこまぬいたまま、ながいあいだそこにつっ立っていた。――そうだ、桐屋できいた、彼らの話のなかの「あそこ」とはあれではあるまいか？

「あそこ」にはなにがあるか、考えいたって、私は微笑した。わかった。私にはわかったのだ。

わかったけれど、私はそこにふみこんではいけないのだ。「あそこ」は他人がそっとしておいてやるところなのだった。

そのまま、スタスタと立ち去りかけた私の足を、急にはたと釘づけにしたのは、そのとき空家におこったひと声である。たった一声であったが、それは実になんともいえない恐怖の悲鳴だった。

「しまった」

疾風のごとくはせかえる。空家の戸口からかけこんで、私は部屋のまんなかに棒立ちになった。

たったいま、そこにひとりのこしてきた井口忠兵衛のいかつい姿が、忽然《こつぜん》ときえているのだ。

そうだ、彼にはまだ恐るべき敵があったのだ。その敵は、灰方藤兵衛の内通によって、あの秘密を知っているのだ。頭巾の男というのが、その敵ではなかったのか？

いまの声は、悲鳴というより、断末魔の苦鳴だった。

私はもうみのがすわけにはゆかなかった。

私は足ぶみして叫んだ。

「これ、出てこい」

どこから、敵が出てくるか、私は知っている。

――いま考えると、ばかばかしいようなことだが、ものの本に「近年町屋の人居しげく、空地すくなきにより、または火をふせぐに堅固なりとて、穴ぐらというもの多く出来たりといえば、明暦二年はじめにはあらねど、宝永のはじめごろまでも、いまだ少なかりしとみゆ」とあるように、ましてその当時には、まだそれはめずらしかったのだ。

穴蔵《あなぐら》。

たびたびの大火にこりて、いつとはなく町家の床下につくられはじめた穴蔵。それはいまのように檜《ひのき》やヒバ、漆をつかい、舟釘をうってつくったものではなく、そのころはまだ切石でつくられたものであったが、敵はその床下の穴蔵にひそんでいるにきまっている。

「出てこなければ、火をかけるか、役人を呼んできて、家をうちこわすぞ」

すると、傍のたたみが、クルリと一枚ひっくりかえって、その穴から、朦朧《もうろう》と頭巾の影が浮かび出た。片手にグッタリとなった井口忠兵衛を抱き、片手に蒼白い光芒《こうぼう》をさげている。

入口からさす夕ぐれのひかりに、その頭巾のあいだからのぞいた眼をみて、私は思わず、あっとさけんだ。その眼に、記憶がある。思いきや、それはあの夜狙撃された駕籠から悠々とあらわれた、あのお頭、そのひとではなかったか？

五

「そのお声は、さっき床下で承った、われわれにお情けある方のお声ときいて、まかり出ました」

といって、頭巾のかげから妖《あや》しくひかる眼が、ふっとなごんだが、その刀から、ポトリ、ポトリとしたたるのは、黒血のしずくだ。

しずかに井口の屍骸をたたみのうえにおくのをみながら、私はようやくうめいた。

「あなたか！」

「左様、私みずから、ふびんですが、裏切者を成敗いたしました」

「えっ、裏切者？　それでは、裏切者がふたりあったのですか？」

「いいや、裏切者は、この井口忠兵衛ひとりです」

私は驚愕せざるを得ない。なんのことやら、わけがわからない。そうとみて、頭巾のひとは、ひくくかたりはじめる。

「同志のなかに、裏切者がいるらしいことは、まえまえから、うすうすわかっていましたが、さてそれがだれやら知ることができない。先夜狙撃をうけて、はじめて、この井口、大久保、灰方の三人のなかにあることが推察されたのです」

「それは、わかります。しかし……」

「おおそうだ。あなたは、先夜の鉄砲騒動にお手助け下すった方でしたね。それでは、あの夜の曲者がきえ去った謎がおわかりか」

「この穴蔵へにげこんだのでしょう」

「ちがう。この穴蔵は、私と、いま上方へいっているこの家の借主田口一真――実は吉田という同志のほかはだれも知らないはずです。もはや御推察のことと思いますが、ここにはひそかに武器が用意してある。一挙の実行にはやりにはやる者たちをなだめるために、それをはじめてあの連中にみせたのがあの夜のことですから、敵がそれを知っているわけはありません」

「それでは、曲者はどこへにげたのです？」

「ここへくる途中、大きな槐の樹があったでしょう。そこへ逃げのぼったのです。そのあたりで、血のあとがきれて、役人の方がウロウロしはじめられたものだから、井口はあわてて、じぶんの腕をみずから傷つけて、この家に案内したのです。そのあいだに槐の曲者はまんまと逃げ去ったのでしょう」

「おお、すると、あの腕の傷は」

「あとで、家にかえったとき曲者に斬りつけられたなどといったのは、むろんうそです。なぜこの家に案内したかというと、なにも知らない大久保と灰方が、あなた方といっしょに躍起《やっき》となって曲者を探索しているものだから、彼らにも、じぶんのたくらみに協力させる必要があったからです。もちろん、彼らは井口のたくらみは知らない。知らないが、この家にあなた方が入ってきてジロジロ見まわされれば、当然あわて出して、あなた方を追っぱらうのに必死になるにきまっていますから」

私は、あの夜の大久保と灰方の血ばしった眼を思い出した。

「しかし、私が堀部に、はっきりと裏切者は三人のなかにある、といったというのをきいて、井口は狼狽した。そこで、まことに卑怯《ひきよう》むざんな計画をしたのです。いまになれば、私にはよくわかる。おそらく井口は大久保に、ひそかにこう告げたのでしょう。曲者を穴蔵から逃がしたのは灰方だ。灰方藤兵衛が裏切者なのだ。……そうきけば、だれしも血がにえくりかえるでしょう。まして大久保十蔵は、恐ろしく気のみじかい男です。それにあれは、堀部にまけないほどの使い手だ」

「…………」

「そして井口は、なんらかの口実をもうけて、まず灰方をこの家におびきよせ、つぎに大久保をおびきよせた。大久保に灰方を討ち果たさせ、死人に口なし、灰方を永遠の裏切者にしてしまう。そして、まんいちあとで大久保が、おかしいな、などと疑いを起すことのないように、これまた相殺させるため、そのあとでじぶんが出かけ、なにかと問答して、大久保のしらぬまに、この現場を近所のひとに発見させる。――」

「あっ、では、あの蟻は」

「左様。あれは井口が、昨夜のうちに飴の糸を路地にひいておいたものです。それに人が気づくほど蟻がたかるのは、夜があけて、きょうの午後になってからのことでしょう。ふびんや、灰方も大久保も、そんなこととは知らなかった。現場を発見されれば、大久保ももはやのっぴきならぬ。お白洲にひかれてお調べをうけ、いろいろ同志に迷惑がかかるよりと、腹をきってしまうのは、あの男の気性として自明のことです。――井口は、腕の傷を盾に、嫌疑の外にのがれ得る。あのときじぶんでつけた刀傷を、うまくも利用したのは、実におどろくべき奸智《かんち》です」

「しかし、なぜ井口は、いっそ訴人しなかったものでしょう?」

「ばかな。訴人したとて一文にもならぬ。敵に通じていれば金になります。……われわれの同志のなかから、かかるけがらわしい不埒者《ふらちもの》を出したのは、まことに汗顔慚愧《かんがんざんき》のいたり」

私ははきけのするような思いで、足もとに蜘蛛《くも》のように手足をちぢめて死んでいる井口忠兵衛を見つめた。同時に、灰方藤兵衛、大久保十蔵の無念の形相を思い出して、顔いろをかえてさけんだ。

「待って下さい。では、灰方氏と大久保氏は裏切者ではないのですね？」

「もちろん、忠魂義胆、実にあっぱれ、たのもしい若者たちでした」

「なんと。そうおっしゃる？　すると、あなたは、これほど事情を御推察になりながら、なぜ、なぜ、なぜ？――」

「事を未然にふせがなかったかといわれるか。……私のおそろしいのは裏切者ではない」

　と、相手は厳粛な声音でつぶやいた。

「あなたは、われわれの企図を御存知の御様子だ。しかし、私の心を御承知ではないらしい。……私のねらっているのは、敵のしわ首ひとつではない。それは、亡き主人のうらみの魂魄《こんぱく》はその首にとどまっていようから、是非とももらわなければならぬ。が、私はもっと大それたことをかんがえているのだ。それは、かつてのお上の片手おちの裁きに対する抗議です」

「なに」

「そのためには、同志の二人や三人がぬけがけに敵を討ってもなんにもならぬ。いや、断じてそんなことをさせてはならぬ。あくまでも、なるべく多数の同志をひきつれて、堂々と正面から敵へおしかける必要があるのです。そのためにこそ、私は心血をそそいで、苦心しているのだ。恐ろしいのは、屑《くず》のような裏切者より、その私の意志にそむいてあせりにあせり、猪突猛進しようとする血気純真の若者たちなのです。……おわかりか」

ふっと、頭巾のかげにひかるものが浮かんだ。しかし私はこの刹那《せつな》、全身の血がひくのをおぼえた。

「統制をみだす荒武者は、いまにして始末しなければならぬ！」

きくがいい、私は後年、村井長庵とか、山内伊賀亮《やまのうちいがのすけ》とか雲霧仁左衛門《くもきりにざえもん》とか恐ろしい人間は数かぎりなくみてきたが、このとき、この春風のようにおだやかな福相をした人物の唇からもれた凄絶のつぶやきをきいたときほど、寒気だった戦慄《せんりつ》におそわれたことはない。五内震撼《ごだいしんかん》するとはこのときのようなきもちをいうのだろう。

「そのために、私は大久保十蔵を見殺しにした。いいや、灰方藤兵衛もみずから斬りすてたのだ！」

たたみがクルリとまたかえると、裏切者井口忠兵衛の屍骸は穴蔵の底へきえ去った。

この世にも恐ろしい人は、しずかに頭巾のひもをむすびなおして、ゆるゆると秋の銀河の下へあゆみ出しながら、もういちど鄭重におじぎするのだった。

「武士の情、おみのがし下さい。赤穂浪人大石内蔵助、生々世々まで御恩に着申す」

変化城

上杉様の居城にては、御家督さだまるごとに、国君手ずから配膳を天主に供したまうことあり。そのときはかたく眼かくしして上らるるを例とすれど、天主よりかえらるるをみるに、いかに勇邁の君にても、かならず面色蒼う冷汗したたりておわすとぞ。いかなる不思議あればにや。――芥川龍之介「椒図志異」――

一

「ときに、妙なことをきくが、米沢の城に」

と、主人の柳沢吉保《やなぎさわよしやす》は、客に白い笑顔をむけた。

「天主閣に、変化《へんげ》が出ると申すではないか？」

客の老人は、まえにおかれたギヤマンの赤い酒に、りちぎらしく口もつけず、かしこまっていたが、しずかにくぼんだ眼をあげて、

「とるにたらぬ妖説《ようせつ》でござる。……出羽守《でわのかみ》さまには、いずれから左様なことをおききあそばしましたか?」

「はて、だれからきいたかの。……なんでも、天主に御先祖謙信《けんしん》公の霊が祭ってあり、以来、上杉家の大事のさい、当主がその神霊の御告げをきいて事を決するとやら。――かの関ヶ原の役のまえ、景勝《かげかつ》どのも、それによって西軍に加担なされたとかきいたぞ」

「はははは、その大ばくちで、上杉家は会津百三十万石を棒にふり、米沢三十万石にとちぢめられ申した。いくさにかけては摩利支天《まりしてん》といわれた謙信公のお告げにしては、腑《ふ》におちかねることでございます。……それに、関ヶ原当時、上杉の居城はいまだ若松城にて、米沢の城は直江山城どののものでござった。これでも左様なことが根も葉もない浮説だということがおわかりでございましょう。……」

「左様か」

と、うなずいたが、吉保の愛嬌《あいきょう》にみちた眼には、なお皮肉な笑いがきえなかった。

「が、またきいたところでは、先代綱勝《つなかつ》どのも、御在国のみぎり――たしか、万治元年のこと――米沢城の天主からかえられたとき、顔色蒼然《そうぜん》、何ものかにいたく恐怖なされた御様子であった。時あたかも、この江戸に於ては、奥方お春の方がこの世を去られた夜のことであったとか。……」

老人は、じっと吉保をながめている。

吉保のいっていることは、恐るべき事実である。それは奥羽の二雄藩会津の保科《ほしな》家と米沢の上杉家にからまるふかい秘密だった。

会津二十三万石の保科肥後守正之《ひごのかみまさゆき》は、二代将軍秀忠の末子であるうえに、寛文の七聖人のひとりといわれたほどの名君であったが、ふしぎにもその正妻のお万の方は稀代の妬婦《とふ》であった。彼女は、じぶんの腹をいためた春姫が米沢三十万石上杉綱勝のもとへ嫁したのに、側室の生んだ松姫が百万石の加賀家へ輿入《こしい》れすることになったので、嫉妬《しっと》の修羅《しゅら》地獄におちた。そこで、明日はいよいよ入輿という祝宴の日に、お万の方は、松姫の饗膳に毒をしこんだのである。しかるに――天なり、命なり、その配膳のまちがいで、この毒を、同席した実子の米沢侯夫人が喫したのだ。

保科正之は驚愕《きょうがく》して、この陰謀の関係者十余人を斬り、お万の方を幽閉した。

七年後、上杉綱勝も急死して、世子《せいし》がなかったので、この秘密を知らない公儀では、正之の三男正統《まさずみ》をして上杉家をつがせようとしたが、正之はつよく辞退して、高家吉良《こうけきら》上野介《こうずけのすけ》の長子三之介をすすめて上杉家の相続人とした。上野介の妻富子は、綱勝の妹にあたったからである。この三之介がいまの上杉弾正大弼綱憲《だんじょうだいひつつなのり》である。

当時、幕閣《ばっかく》では、この秘密をしらない――はずであった。

しかし、いま――将軍の御用人として、とぶ鳥おとす柳沢出羽守吉保の口うらでは、すでにその秘密を、知っているようである。このまるで女のように色の白い、愛嬌のよい男が、いかに周到な隠密の網をはっているかを物語るものであったろう。

が――老人は、平然として、首をかしげてみせた。

「左様なことはございますまい。なにせ、四五十年もむかしのこと。家老職をうけたまわっておる私が、耳にしたこともございませぬ。いまの弾正大弼も、天主閣の化物にあったおぼえはございますまい」

この当代の権臣柳沢吉保のかけた罠《わな》を、こうかるくはねのける人物は、いまの大名にもざらにはいないはずだが、ましてこれは、陪臣なのだ。それが――さっきから、ものごしこそ律儀で鄭重《ていちょう》だが、この部屋に入っただけでも、だれもがあっと息をのむ、豪《ごう》奢《しゃ》な支那《しな》段通《だんつう》や、ギヤマン障子や和蘭陀《オランダ》の美女をえがいた油絵や、床の間にならべられた遠眼鏡や螺鈿《らでん》細工などをみてもこの老人は、さらに感動のようすもなく実に平然と用談をきり出したのだった。

さすがは、上杉家にさるものありときこえた千坂兵部《ちさかひょうぶ》。

「では——」

と、しずかに坐をすべって、

「先刻、おうかがい申しあげましたること、弾正大弼帰国のみぎり、上野介さまをお伴いたしても、さしつかえございませぬな?」

「それア、御随意だ。高家の肝《きも》いりであった当時はしらず、無役の隠居がどこへ参られようと」

と、吉保は笑った。このとき、柔和な眼が、ピカとひかったようだった。

「ただ、江戸家老のそこもとまで、帰国いたすと?」

「いや、これは半年ばかりのことで……御公儀よりもおゆるしをたまわっております。

やはり、北国生まれの武辺者、江戸ずまいもこうながくなりましては、……まして当世の華奢《きやしゃ》な江戸の風は、老骨には毒とみえまして、近来ほとほと多病がち、なに、この三月も田舎の山風にふかれてくれば、てきめんに生きかえることと存ぜられます」

「江戸の風は毒か。……ははは、皮肉かの、兵部」

といった吉保は収賄《しゅうわい》政治の総本山、将軍の寵《ちょう》を得るために、娘はおろか、妻までもささげたといわれている人物だ。

千坂兵部は、謹直にこたえた。

「なにしに以て」

「江戸の風は、田舎者には毒かもしれぬ。去年、その毒にあてられて死んだ大名もある。浅野内匠頭《あさのたくみのかみ》と申す。――」

と、吉保はしッぺがえしをした。兵部の主人、上杉弾正大弼の実父吉良上野介が、世にも名高い収賄家だったことを皮肉ったのである。

「道中、気をつけえ」

「かたじけのう存じまする」

「浅野の国家老大石内蔵助《くにがろうおおいしくらのすけ》と申すは、なかなかの利《き》け者《もの》ときくぞ。そこもとと、よい相手じゃ。それは存じておろう？」

「いや――」

「ははは、そのためにそこもとも上野どの米沢入りに同道いたすのであろうが。……噂《うわさ》にきいた大石の人柄では、まさか御公儀の御処置にさからうような愚かなふるまいには出まいとは思うが、赤穂《あこう》の瘦《やせ》浪人のうちには、一人や二人のきちがいがいないともかぎらぬ。上野どのを討たせるなよ。吉良どのを討たせては、そこもとの恥、上杉家の恥。――またひいては、このわしの恥じゃ」

笑顔は、幕閣の重臣というより、大町人のそれのようにやわらかいものだった。

「と、いうのは、殿中の喧嘩《けんか》は両成敗。……と申す幕典にもかかわらず、あえて吉良どののために御寛大を上様にねがったのは、このわしじゃからな」

「ありがたきしあわせ。――」

「ぶじ上野どのが米沢へお入りとなれば、もはや赤穂の浪人どもも、犬の遠吠え、ごまめの歯ぎしり、先《ま》ず手が出まい。ぬかるなよ。――」

兵部は、平伏したまま、返答はなかった。

「これよ」

と、吉保は手をうって用人をよんだが、ふと夢みるような表情になった。

「上野どのが米沢へ下られるとあれば、あれもついてゆくであろうな」

「あれも、と仰せられると」

「はは、条寺扇千代と申す子供だ。いや、子供といっても、もう二十《はたち》はこしているが、兵部、ゆるせよ、熊のいる北国にやるには惜しい美少年じゃ。昨年、上野どのが隠居の挨拶にみえられたさい、あまりにしょげてござるから、まえまえより御所望の扇千代を、おなぐさみにもと引出物といたしたが、あとでかんがえると、惜しい！　惜しかったぞ。ウム、兵部、上野介どのにあったら、扇千代はこの吉保がかえしてくれいといっておったと申しつたえてくりゃれ」

「御意の趣き、申しつたえまする」

「はははははははは」

と、吉保は、屈託なさそうな、享楽的な大笑をゆすった。

——が、兵部が辞去すると、彼は急にむっとふきげんな表情になった。一代の驕児綱吉の寵臣でありながら——いや、その寵を得るくらいだから、目下のものにむかっても、それが天性のような愛想のいい柳沢吉保であったが、ひとりになると、面がおちたように、陰鬱《いんうつ》な表情になる。

彼は舌うちした。

「猫かぶりめ」

いま去った老人のことだ。彼は、あの上杉家の名家老といわれる千坂兵部が、決してじぶんを尊敬していないことを、よく見ぬいていたのである。

二

春雨ふる神田橋の柳沢出羽守の邸を出た千坂兵部の顔からも、面がおちた。

やせて、眼のくぼんだ、いかにも東北人らしい剛毅《ごうき》なその顔だちはかわらないが、無表情のなかに、膜のとれたようなはればれとして快活なものがよみがえっている。

外で、駕籠《かご》のそばに待っていた供侍が、傘をさしかけながら、微笑してきいた。

「御家老、上野介さまの米沢入りの儀、相かないましたか」

「平七」

と、兵部は駕籠に身をいれながら、ちらっと門のほうをみて、

「それより、わしは外に出てせいせいしたぞ」

「と、仰せられると？」

「この邸の風は、わしには合わぬわい。むこうさまも、そう思っておいでであろうが。フ、フ、フ」

「すりゃ、上野介さまの儀は──隠居はどこへおにげになろうと勝手だ、と仰せであった」

「いや、首尾は──？」

ふっと、辛辣《しんらつ》ともふきげんともいえる表現にもどった顔が駕籠にきえた。駕籠はあがって、雨のなかをはしり出す。

神田橋内から道三橋をわたって、大名小路へ──駕籠のなかで、千坂兵部は腕をこまぬいていた、先刻の笑いはすでにかげもない。

「隠居はどこへ逃げようと勝手か？……」

と、もういちどつぶやいた。なにかをじっと追いつめているようなまなざしである。

「じゃが……どうも、そういったときの出羽守の眼が気にかかるぞ。……」

そのとき、「や？」と供侍の小林平七のさけびがした。ぐっと駕籠の棒さきをおさえ

て、

「待て」

「平七、いかがいたした？」

「は。……かなたにて、何者か……喧嘩のていに相みえます。ほう、浪人風のもの三人、すでに白刃をかまえ、相手はひとり、これはまだ柄《つか》に手をかけただけでござるが……」

雨の中で、ひくい、おし殺されたような声がきこえた。

「これ、すりゃどうあっても、もはや意をひるがえさぬな？　故殿《ことの》のおうらみは念にないか、赤穂の血盟はわすれたか？」

兵部がはっとしたとき、つづいて凄《すさ》まじい矢声と、刃のかみ合う音と、そしてあきらかに断末魔のうめきが尾をひいた。

「みごと！」

うなったのは、小林平七だ。

「みごとでございます。一人のほうが、ほとんど瞬《まばた》きするまに、抜討ちに三人とも斬ってすてました。や……ちかくの邸から、人がはしり出てきたわ。おっ、斬った男が、こちらににげて参りますが……御家老」

「かくまってやれ」

と、兵部はいった。

「平七、おまえの笠をかぶせて、供のなかに加えて、そのままゆけ！」

はしってきたのは、恐ろしく大兵肥満の浪人だった。こちらをみて、はっとして立ちすくんだとき、小林平七が声をかけた。

「ここ、ここ、このなかへお入りなされい」

「かたじけない」

矢声と悲鳴におどろいて、ちかくの大名邸からとび出してきた小者たちが、ぬかるみのなかに伏している三つの屍骸《しがい》のまわりにあつまったとき、こちらはすでに小路をまわって、粛々《しゆくしゆく》とあるいている。

桜田の上杉の上屋敷の門外に駕籠がとまったとき、その浪人者は、口をアングリとあけてたちすくんだ。

「たすけたのが、上杉のものと知って、迷惑したかの赤穂浪人。――」

と、駕籠からたち出でた千坂兵部は、ニコリとした。

「わしは、江戸家老の千坂兵部。見知りおけ」

浪人は愕然《がくぜん》として兵部の顔を凝視したまま声もない。

「先刻……もはや故殿のおうらみは念にないか、赤穂の血盟はわすれたか、とか申す声がきこえたが、裏切者はどっちじゃ。斬ったおぬしか、斬られた三人か？——いいや、かくすことはない。斬られた三人が裏切者であっても、わしも上杉家の家老、おぬしをとらえてどうしようというほどせまい了見はもたぬぞ」

「裏切者は……拙者でござる」

と、その浪人者はいった。うす笑いが、髯《ひげ》のなかをかすめたようである。

「ほう、裏切者にしては、つよい噺《のう》」

「さすがはうわさにきいた千坂兵部どの、曾《かつ》てのわれわれの盟約は御存じのようす。……いや、浅野浪人が吉良どののお命を狙《ねら》っておるという噂は江戸にも高うござるから、こりゃだれさまでも御存じないとはいわせまい。うわはははは！　しかし、ありようは、同志、四分五裂、いまや裏切者だらけでござるわい」

髯のなかで、大笑した。自嘲《じちょう》ともみえない濶達《かったつ》な笑いである。千坂兵部は、じっと

その顔を見つめている。浪人者はそれに気がついて、

「ははあ、拙者が敵をあざむくはかりごとを弄《ろう》しておるとお考えか」

といって、またカラカラと笑った。

「かたじけない、とまたお礼を申したいが、それこそありがた迷惑な御推量で……なに、裏切者の張本は、いま山科《やましな》における大石内蔵助《おおいしくらのすけ》じゃ」

「なんと？」

「いや、大石の心事は、手前どもにはわかりません。あの御仁の腹のなかだけは、われわれにも雲をつかむようなものです。大言壮語の口舌だけはたっしゃだが……いまでは、それがかえってあやしくなり申した。おききおよびであろう、あの男の、祇園《ぎおん》、島原、伏見町の、ところかまわぬ底ぬけのだだら遊びを。あれもまた吉良、上杉の眼をくらますはかりごとと、はじめは手前どももそう思い、まだそうみてくれるお人もあるようでござるが、手前ども、いまはそう見えぬ。と申すのは、曾ては連判状をかわした同志のうち、すでに貯えもつきて、あわれ陋巷《ろうこう》に窮死せんとするものも多々あるからです」

それは、千坂がはなっている間者《かんじゃ》の調べでも事実だった。げんに、眼前にみるこの浪

人も、面魂《つらだましい》こそ豪快だが、その垢《あか》じみた衣服、はげちょろけの大小、あらそえぬ貧のかげがある。

「もし大石に、真に血盟のこころざしあれば、何とてこれを見殺しにいたしましょうや。……はやく申せば、あの遊女どもに湯水のようにつかわす金を、すこしはこちらにまわすべきです」

これには、兵部も思わず破顔した。とみて、浪人者はいよいよムキになって、

「笑いごとではござらん。さればこそ、同志はすでに四分五裂、裏切者だらけとなるは当然、さっき、裏切者にしてはつよいな、と仰せられたようだが、かく相なっては、気概あるものほど大石にそむき申す！……その大石の真意はしらず、現状かくのごとくては、あの男が連判状やぶりの張本人にひとしいと申すのは、ここのところです」

兵部の顔につばきがとんできた。裏切者にせよ、その人相からみても、この男が、実に直情径行な、にくめない男であることはたしかなようである。

「それでもなお拙者をうたがいなされるか？……まさか、お手前をあざむくために、曾て同藩同志のものを三人も斬り申さぬ」

「なるほど喃！」

と、兵部ははじめてうなずいて、それから、皮肉に笑った。

「ふむ、大石への見方は、わしはおぬしといささかちがう。あれは、容易ならぬ男だ。……が、たとえ大石が反間苦肉の策をめぐらしておるにせよ、すこしめぐらしすぎたようだな。もうおそいわ、吉良上野介さまには、近々、米沢へお下りあそばす。左様なことを、大石は念にかけたことはなかったか？」

浪人は、また口をポカンとあけたが、すぐに、

「いや……そのことは、曾て血盟の席にも出申したが大石のいうには、それこそわれらののぞむところ、同志をすぐって米沢城を襲えば、天下衝動、これほどはなばなしいことはない、たとえ同志ことごとく斬り死するとも、それだけの騒動をおこせば、上杉家がおとりつぶしになるは必然、浅野五万石とさしちがえに、上杉十五万石をつぶせば、侍の冥加《みようが》と申すもの。……と大言したことがござったが、ばかばかしい、まったく竜車にむかう蟷螂《とうろう》のたわごととはこういうことでござろう。ははははは」

浪人は笑ったが、兵部は笑わなかった。それは痴者の夢物語ではない。やりかねない連中だし、あり得ることなのである。

「ただ……道中が危のうござるな」

と、浪人はくびをかしげた。

「江戸から米沢まで……七十五里。将軍家おひざもとの江戸ならしらず、道中、お気をつけられよ。——」

はからずも、柳沢吉保とおなじ言葉をきく。浪人は頭をさげて、

「かかることを、上野介どののために、いおうとは、さきごろまではゆめにも相考えなんだが、いまや連判状を盾《たて》に責めつけるばかものどもを三人も斬ってすてた手前、もはや仇討《あだうち》どころではござらぬ。ただいまお助けたまわったお礼ごころに申す」

兵部は、突然いった。

「おぬし、いっそ、わしに抱えられぬか。——」

さすがに浪人はめんくらったようである。またあっけにとられたように兵部の顔をみたが、やがて惨とした眼でじぶんの衣服をみまわし、

「毒くわば皿までか。——」

と、つぶやいた。

「また、窮鳥は猟師のふところに入るとも申す。ふむ、この江戸をにげまわっても、やはりあのきちがい犬どもの仲間がぶじには捨ておくまい。よろしい！　上杉家に鞍替《くらが》え

いたしましょう」

「ところで、名は、なんという？」

　この陽性の裏切者はこたえた。

「近江丹兵衛貫猛《つらたけ》と申す。なにとぞよしなに願いたてまつる」

三

　千坂兵部は、待ちかねていた主人の綱憲にすぐ会った。

　上杉弾正大弼綱憲は、このとき四十歳、その蒼白《あおじろ》い面長な容貌《ようぼう》には、高家の生まれらしい気品があるが、癇癖《かんぺき》のつよそうな眉や唇には、武勇をもってきこえた名家上杉の裔《すえ》にふさわしい剛毅の性がみえる。父は吉良上野介だが、気性は母方の――祖父景勝、またひいては謙信の血をひいているといわれている大名であった。

「出羽どのの御意向はどうであった？」

　と、彼はそそくさときいた。

　綱憲は、浅野浪人の不穏なくわだてを知っていた。またそれを江戸の民衆が待望し、声援していることもきいていた。当然、父、吉良上野介の評判はわるい。おそろしく悪い。さればこそ、綱憲は、あの浅野刃傷《にんじょう》の事件後、

「上野介負傷後、とかくに健康旧に復せず、なにとぞ御役儀御免下されたし」

と、ねがい出て、父をしりぞかせ、またその屋敷ももとの呉服橋では御曲輪《くるわ》うちで、お上に対してもはばかりがあると、ことさらへんぴな本所に隠棲《いんせい》させたのだ。

それでもなおお上野介の人気はわるい。会うたびに、めっきり老衰の度をくわえて、オドオドと犬みたいに哀れッぽい眼をしているのをみるたびに、綱憲は理も非もこえて父がふびんであった。

そしてついに父を、国元の米沢城へひきとろうと決意したのだ。北国へひきとることは、命といっしょに、このうるさい江戸の悪評から父をまもることでもあった。

いうまでもなく、理窟からすれば、いま官職から身をひいた父をどうしようと自由のはずだが、なんといっても四位少将高家の筆頭だったのだし、去年のあの騒動の一方の責任者なのだから、いちおう当路の大官柳沢吉保の意向をうかがわせたものだ。

「されば――」

と、兵部が頭をさげたとき、唐紙があいて、その当の上野介が、うしろに小姓をした

がえて入ってきた。

きょう千坂が、そのことで柳沢家にゆくことを知っていたので、やはり気にかけて、上杉家を訪れて待っていたものであろう。

「兵部、大儀であった。して、出羽どのは——？」

と、せかせかという。死にかかった鴉《からす》みたいに不安げな顔つきだった。

「されば、私考えまするには……上野介さま、このまま御在府あそばしたほうが……よろしいかと存じまする」

「な、なぜだ？」

と、綱憲はせきこんだ。とび出すような声をかさねたのは上野介だ。

「出羽どのが、左様申されたか？」

「いや、出羽守さまには……お言葉そのままに申しますならば、隠居がどこへゆこうとそれは随意だと——」

「ならば、兵部が、なぜそう申す？」

「殿、このお言葉をようお考え下さい。曾て上野介さまは出羽守さまとひとかたならぬ御親交、さればこそ去年の変には、上野介さまに、片手落ちと噂のたつほどお肩入れあそばしたと承わりました。そのお方がいま……隠居はどこへゆこうと勝手だとは、すこし御冷淡すぎるお言葉とは存ぜられませぬか」

「なに」

「思うに、出羽守さまは、お変りになりました。いちじは上野介さまにお肩入れあそばしたものの、世間の評判に、これはと思いなおされて、下世話に申せば、もう御手をきりたいと秋風たてられたものと……この兵部は拝察いたしてございます」

「出羽どのが……出羽どのが……」

上野介はあえいだ。たよりきっていたものから、突然見はなされた心ぼそさが、そのままやせた顔に浮かび出た。

「あいや」

と、その上野介のうしろから、声をかけたものがある。小姓だ。

「恐れながら、兵部さま、それは御家老さまのお思い過ごしかと存ぜられます」

兵部は、眼をあげた。前髪が白い額にゆれ、ぞっとするほどの美少年だ。柳沢吉保から上野介にあたえられた粂寺扇千代だった。

「御家老が出羽守さまのお邸へ参られましたは、上野介さま米沢お入りの儀、おさしつかえなきやをおだだしに出向かれたのではござらぬか。これに対して、出羽守さまは、さしつかえない、とお答えあそばしたとのこと、それにてすべてはこちらの註文どおり。――それとも、出羽守さま、何かそれに反対のお言葉でもおもらしになったのでございましょうか？」

「いや」

と、兵部はすこし狼狽《ろうばい》した。

扇千代は微笑した。上杉家ではむろんのこと、吉良家のものまで、だれしもがはばかっている千坂兵部をこの若者は眼中にないといった風情がある。権臣柳沢吉保の寵童であった名残りであろうか。

「わたくし、出羽守さまにおつかえいたしておりましたる当時、出羽守さまの口ぐせに申されましたは、ただ上野介さまへの御同情のおことばのみでございました。もし松のお廊下で、上野介さまが御落命いたされましたならば、天下のすべて、浅野をきちがい大名、おのれの癇癪《かんしゃく》で、五万石にたよる家来の糊口《ここう》をすてさせたばか大名として嘲殺したであろう、内匠頭、腕の未熟で上野介さま御存生あったのが、上野介さまの御不運、民というものは、ふしぎにたえずにくむものを求めるもの、その悪意の餌となった上野介さまは、世にもおきのどくなお方じゃ、と、かように御述懐あそばしました。それほどの出羽守さまが、なにしに上野介さまをお見かぎりなされましょうか？」

「おお……おお……」

と、うめいたのは、上野介だ。眼やにに涙をためている。感動したのである。

扇千代の舌端は、いよいよ才気の冴えをみせる。

「また、恐れながら兵部さまには、浅野切腹の御処置を片手落ちかと仰せられたようでございますが、殿中刃傷の張本人の切腹は当然のこと、これに対し、いかに理不尽な喧嘩をしかけられた相手方とは申せ、よく時節をお弁《わきま》えあそばし、場所をおつつしみあそばした上野介さまに、それもいかなる罪を下されたら、片手落ちでないとお考えでございましょうか。また右の御成敗は、上様おんみずから下されたものと承わりますが、兵部さまには、上様の御成敗をしも御不満なのでございまするか？」

「――兵部」

と、かえって綱憲のほうが、みるにみかねてたすけ船を出した。

「そちも家老としていろいろと思慮のあることであろう。したが、このさい、どうぞわしの孝道をとげさせてくれぬか」

「殿……」

「よし、出羽守が父を見かぎったにせよ、ならばいよいよ、わしは父を見捨てることは出来ぬ。たとえ天下のにくしみを上杉一藩にあびようと、わしは父をまもってやらなければ……わしの意地がすたるのじゃ」

綱憲は、兵部にむかって、かすかに頭をさげた。

「兵部、わしをゆるしてくれい……」

千坂兵部は、畳にはいつくばった。この剛毅な老人の顔のかげから、涙がおちた。かすれたような声がきこえた。

「恐れ入りたてまつります。……殿が、それほどの御覚悟ありますなれば、兵部、もはや申しあげることも、ございませぬ。……」

彼は、頭をあげた。

「ただ……浅野浪人の棟梁《とうりょう》大石内蔵助と申すは……実に容易ならぬ人物でございますぞ。……」

「きいておる。さればこそ、父を米沢へひきとるのではないか?」

「その道中が、なかなか安心なりませぬ」

「その道中に、兵部さま、あなたさまがおつき下さるのではございませぬか？」

と、粂寺扇千代がまた口を出した。

兵部はじろっと扇千代をみて、

「おお、忘れておった。出羽守さまのおことばを。——」

「なんでございます？」

「ははははは、扇千代を、上野介さまへ、夜伽《よと》ぎのおなぐさみにもと引出物といたしたが、いま思いかえして、惜しゅうてならぬ。もいちどかえしてくれいとの仰せであった。そなたは、米沢へ参らずと、すぐさま柳沢家にかえったらよかろう」

「扇千代は、犬ころではございませぬ」

と、彼は顔いろをかえて叫んだ。その美しい眼に、涙がにじんだ。

「やったり、かえしたりは、もういやでござります。ふつつか者なれど粂寺扇千代、もはや御奉公は、命かけて上野介さまに心きめておりまする。……御味方のなかですらつれなくもお見捨ていたそうとする者もないではないお不倖せな上野介さまに」

「おお……おお！」

と、また上野介はうめいた。洟《はな》みずをすすっている。

勝負あった。さすがの千坂兵部も、完膚なきまでにやりこめられた。彼は苦笑したが、次にきっと綱憲を見あげた顔にはさすが決然として武士らしく覚悟をきめた爽《さわ》やかなものがある。

「左様なれば兵部、力およびまするかぎり。……」

彼はもういちど平伏して、スルスルとひいていった。

うしろ手に障子をあける。一尺ばかりひらいて、ふと兵部はうごかなくなった。さっと不審げな表情になる。

「兵部、いかがいたした？」

「はっ」

といって、兵部は、いま手にふれたものを前にまわして、のぞきこんで、思わず愕然とした顔になっていた。

一枚の紙片である。その紙に、こうかいてある。

「米沢にて頂戴《ちょうだい》のこと。

一つ、少将さまおん首。

一つ、十五万石」

すべるように寄ってきた条寺扇千代に、無言でその紙片をわたすと、千坂兵部は縁側に出た。

むこうの角に、男と女が端然とひかえている。男は、小林平七だ。

「平七、いまここに参ったものはないか！」

と、さすがの兵部が、息をはずませてきいた。平七はけげんな顔をした。

「いいえ、どなたさまも――何ごとか、起りましたか？」

これは、剣もたしかだが、その忠心、誠実、もっとも信頼できる男である。

兵部は爪をかんで、ふきげんな顔でたちすくんでいたが、すぐに女のほうへむいて、声をかけた。

「小冬、いつかえってきたぞ」

女は顔をあからめて、うつむいた。

「ただいまでございます。不覚おゆるし下されませ。私の素性、あやうく見破られかけて、にげかえってきたのでございます。……」

まだ若い。まるで白牡丹《しろぼたん》のようにりりしく美しい娘だが、これも兵部の間者《かんじゃ》のひとり、去年の暮から赤坂南部坂の浅野土佐守の中屋敷に、腰元として入れてあった。

そこには内匠頭の未亡人、瑶泉院《ようぜいいん》が住んでいるからである。

きょう、たしかに赤穂の旧臣と思われるものが三人瑶泉院をおとずれて、なにやら密談しているのを、襖《ふすま》ごしに立ち聞こうとして、不覚にも用人にあやしまれ、とらえられようとして、徒歩《かち》はだしで脱出してきたものだという。

「ウム、それで、その密談とは？」

「よくきこえませぬが、なんでも吉良さま米沢へお下りとやら、江戸をはなれる千載の好機とやら。……」

「な、なに？」

千坂兵部は、宙に魔でもみつめるような眼つきで、凝然とたちすくんでいた。

四

元禄十五年春、上杉弾正大弼綱憲は、封地米沢へ帰国の途についた。

千住《せんじゅ》をふり出しに、北へあゆむ花を追う奥州街道。

かつて、豊太閤の大老としての景勝時代の百三十万石にくらべれば、ほとんど十分の一ちかくはきりさげられたとはいえ、十五万石の大名といえば、決して小大名とはいえない。ましてこれは、英雄謙信のながれ、また足利以来屈指の名家の裔《すえ》だ。

「下に――っ、下に――っ」

黄塵に舞う鳥毛の槍、春光にきらめく先箱の金紋。――時は、元禄、数千の供侍の行装の美しさは例のごとくだが、そのなかに、この行列には、他の大名とは異なる厳しさがある。……なにかを恐れ、なにかを警戒し、なにかを護っているようなのだ。

「申しあげます」

馬にゆられている千坂兵部に、だれかがかけよってきて声をかけた。

「おお、丹兵衛か。大儀。――して、彼らの姓名は相わかったか?」

「はっ、かの三名の浪人者は、たしかに赤穂のもの、潮田又之丞、間《はざま》新六、倉橋伝助と申すものでござる」

髯は青あおとそってはいるが、まさしくこれは例の脱盟者近江丹兵衛。

いま彼がとくとくとして報告しているのは――この交代の行列が粕壁《かすかべ》の宿をはなれた前後から、みえかくれにつけてくる深編笠の三人の武士についてのことである。はじめそれをただの旅人と思っていたが、鋭い小林平七が気がついた。それでもしやと、元赤穂浪士の近江丹兵衛にその素性をさぐらせてみたわけだ。

「御家老。……いっそ」

と、くびをかたむけている兵部に、丹兵衛は豪快な面がまえをあげ、

「御指図あれば」

と、ふとい刀の柄をたたいて、

「小林どのと御一緒なれば、かの三人くらい物の数であるまいと存じます」

「待て」

と、兵部はおしとどめた。

「いかに浅野浪人とは申せ、なんの手出しもせぬものに、左様なことも相なるまい」

「……しかし」

「それに、この行列を追うものが、わずか三人というのも、不審じゃ。まだほかに二十匹や三十匹の送り狼《おおかみ》がいてもしかるべきであろう。しばらく、捨ておけ！」

――と、兵部はくびをふって、沈鬱《ちんうつ》な表情でそのまま馬をあゆませつづける。

この道中に吉良上野介が加わることを、それがきまるやいなやはやくも探りとったら

しい赤穂浪人ども、果然、ぶきみな刺客をつけた。……道は遠い、米沢まで七十五里。思いはおなじ上杉綱憲と吉良上野介、猩々緋《しょうじょうひ》の日覆をかけた総黒うるしに金蒔絵《まきえ》の乗物のなかで、神経質な眼をひからせている。それでも、綱憲がときどき父にみせる笑顔にはつよい意志と激励の感情がみえるが、上野介の老衰した顔にはただアリアリと、子供のようなおびえと不安がふるえているばかり。

彼の気をめいらせるものは、ただ道中の危険のみではない。高家に生まれて以来六十二年間、京以外にはほとんど江戸をはなれたことのない人間である。それもただ柳営と宮廷の御用のみで、粗野と武骨をきらう心は、第二の天性とまでなっている。これほど煩《わずら》わしい大事になるとは予想もしなかったあの浅野への意地わるい仕打ちも、内匠頭の武骨にイライラし、反撥《はんぱつ》したればこそだ。わが妻の実家ながら、またわが子の領地ながら、彼は、粗野で寒ざむとした見知らぬ奥羽の僻地《へきち》にゆくのが、ひたすらかなしかった。

むろん、じぶんでそれをのぞんでおきながら、千坂にうかがわせた柳沢の意向に、真に彼が期待したものは、

「なに、都落ちなさることはあるまい。江戸におりなされ。しかと御公儀でまもって進

ぜる」というたのもしい言葉だった。いままでただ権力に寄生し、それだけをよりたのみとして生きてきたこの老人は、将軍のひざもとを去るということだけで水をはなれた魚のように、胸までしめつけられてくるのだった。

「えーっ、下に——っ、下に——っ」

はなやかななかにも、一脈の暗雲をはらんでゆく大名行列。——そのなかに、これはまたひどく明朗に、浮き浮きと蝶のようにたわむれる一個の異分子がある。

上野介の稚児《ちご》小姓、粂寺扇千代。

部署もはなれて、しきりにたわむれている相手は、千坂兵部の侍女小冬だ。

「小冬どの、そなた日光に参られたことはおありか」

「いえ。……」

「それは残念。日光をみないうちは結構というなとも申す。陽明門、これを日暮門《ひぐらしもん》ともいうが、まったく日のくれるまでみても飽きません。まず、あれほどの門は、江戸ひろしといえどもございますまいな。……」

才人扇千代にしては、くだらないことをいっている。

それというのも、扇千代の心中に、東照宮も陽明門もないからで、ちらっちらっと小冬の横顔をながし眼にみる眼の色っぽいこと。——先《ま》ず、これほどの女は、江戸ひろしといえどもなかろうとかんがえているのだ。

雪国の女らしい肌が、華やかな江戸の水にあらわれて、こんな行列にくわわっているのが可笑《おか》しいくらいの豊艶《ほうえん》さだが、なかに、いかにも兵部が眼をかけているらしい気丈さと、それから愁《うれ》いに似た翳《かげ》が眉にある。

「どうだ、小冬どの、いっそここでしばらくおいとまをいただいて、ふたり日光へまわってみる気はないか」

「とんでもないことを」

小冬、迷惑そうだ。

「なに、拙者はべつに上杉家の家臣というわけではない。そなたとしても、兵部さまのおゆるしさえあれば仔細《しさい》なかろう。……余人はしらず、扇千代が上野介さまにねがえれば、それくらいのことは通るのだ」

と、扇千代は、驕慢《きょうまん》な眉をぐいとあげる。

うしろにつらなる供侍たち、みんなしかめッ面をしているが、このわがままな美少年の背に、御隠居、ひいては、いまをときめく柳沢の威光をみて、しいて知らん顔をしている。

もはや江戸から三十里。小江戸といわれる宇都宮はちかい。みごとな松並木をとおして、西のかた、春の残照にあかあかとぬれて、屏風《びょうぶ》をたたんだような足尾山塊、日光火山群。――

この風景をゆく大名行列は、まるで絵のようだ。なかんずく、一見喋々喃々《ちょうちょうなんなん》と肩をならべてゆく粂寺扇千代と小冬はその絵のなかの二輪の花のようだ。

――ところが、その宇都宮に、こんなのんきなことをいってはいられないようなものが待っていた。

宇都宮本陣上野新右衛門方に入った綱憲、上野介の一行。

これは実に、夜々の泊りでありながら、たいへんなさわぎで、大名とその重職は本陣に泊るが、ほかの供侍たちは、なにしろ多人数のことだから、脇本陣とその他わりつけられた旅籠屋《はたごや》になだれこむ。その本陣も、宿の家族はみんな隅ッこに追いこめられて、食事は、大名つきの膳部方がつくり、夜具、食器、屏風、風呂桶までじぶんのものをもちこむのだから、いまの天皇の行幸もこれほどではあるまい。

もっとも、むろん全部の道具食器をもちこむわけではなく従者などは本陣のものをつかうのだが、この大名がたち去ると、いつもあとで盃とか燭台とか煙草盆などだいぶ紛失していたというから、このあたりはいつの世もおなじことだとみえる。

さて、その本陣の門には、上杉家の定紋竹に飛雀をくろく染めた白麻の幕をはり、そのうえに関札というものをたてるのが定法だ。

関札とは、その大名の名を、幅一尺、ながさ四尺の分厚の札に筆太にかき、一丈ほどの柱に高だかとかかげたもの。その関札を、警護の侍のひとりが、なにげなく仰いで、眼のたまをとび出させてしまった。

「上杉弾正大弼様御泊」

とあるべき文字、いや、たしかにそうあった文字が、いつのまにか、墨痕淋漓《ぼっこんりんり》と、

「吉良どの奥羽入り御無用。

もし、御入りある節は、米沢にて頂戴のこと。
一、少将さま御首。
一、十五万石」

五

本陣は、名状すべからざる騒動におちいった。

いかに混雑していたとはいえ、大名の本陣だ。その混雑というのも、なかばは警衛のための混雑で、いわんや、この道中、最初からとくに異変のないよう、準戦備行軍であるいてきたくらい。

「いや、いや、かようなことが！……あやしき曲者など、まったく見かけませなんだ！ここを往来したは、たしかに家中のものばかりでござる！」

必死に、両うでをふって陳弁《ちんべん》する責任者のまえに、さすがの千坂兵部も、歯がみして、その関札を見あげていた。きっとふりかえって、

「平七、平七っ」

おっとり刀で、小林平七と近江丹兵衛がかけつけてきたが、兵部に関札をさし示されて、愕然とたちすくむ。

「き、きゃつらは？」

と、兵部はきいた。

「例の浅野浪人どもから、眼をはなすまいな？」

「そのことでございます。彼ら三名は、こちらの警護厳重なるにおそれをなしたか、あきらめたか、雀宮《すずめのみや》の宿で、江戸へひきかえしたようでございます」

「なに、それはたしかか？」

「はっ、ほかに別働隊があるかなきかはしらず、かの三人はたしかに――」

と、近江丹兵衛がこたえたとき、うしろでするどい嘲笑の声がきこえた。

「ふん、それがどこまであてになるものか？」

粂寺扇千代だ。前髪の下で、美しい、皮肉な眼がひかって近江丹兵衛を見ている。

きこえよがしに、

「かの三人はしらず、かようないたずらをなす虫は、存外獅子身中《しししんちゅう》におるやもしれぬ。……元浅野浪人をわざわざお供に加えるお人もお人」

くるっと振袖を舞わせて立ち去ろうとするのに、

「待てっ」

と、平七がさけんだ。重厚質実な剣客だが、それだけに怒るとこわい。そして、この男が怒るのは、なにより主人の兵部の悪口を耳にしたときだ。

「それは、この丹兵衛があの関札をかきかえたということか?」

「勝手に御推量」

「いかにも、勝手な推量だ。丹兵衛は今宵《こよい》わしと終始行をともに、この宇都宮から雀宮をはせまわっておったわ」

「ははあ、裏切侍の保証人を買って出られたか。ふふん」

「裏切侍でも、ちょっとごつい裏切侍じゃ。尻に白粉《おしろい》ぬって権家のあいだを売り買いされる女侍とはちとちがう。女侍のくせに、重代上杉家の御重役たるお方の御胸を当推量するなど、きくもかたはらいたし」

「やれ、待て、平七」

と、兵部のほうが苦笑いして、平七をおしとどめた。

「出羽守さまからの下されものじゃ。あまり雑言たたくまいぞ」

これでは、かばったのか、ケシかけたのかわからない。

怒りに蒼ざめて、きっと三人のほうをにらんでいた粂寺扇千代は、突然にやっと凄《すご》いような笑いをのこすと、バタバタと本陣へかけこんでいった。

――その扇千代に泣きつかれた吉良上野介、ふだんならその甘美な訴えに相好くずして、ウム、ウム、とうなずくところだが、きょうは茫然《ぼうぜん》としてほとんど気死せんばかり。むろん、例の関札の怪奇を注進されて、心ここにあらずといったありさま。――心中早鐘《はやがね》のようにとどろくのは、

「吉良どの奥羽入り御無用。……吉良どの奥羽入り御無用。……」

という恐ろしい警告とも脅迫ともつかぬ言葉なのだ。

――怪事はこの夜にとどまらなかった。氏家の宿で、夜、上野介の寝間の外に、何者かたしかに立って、じっとなかをうかがっていた気配がある。「だれじゃ」と彼がさけぶと、その曲者は風のように立ち去っていった。喜連川《きつれがわ》の宿では、上野介が乗物からおりると同時に、いずこよりか飛び来った矢が、その乗物につき立った。……しかも、供侍たちがいかに血まなこになって狂奔しても、浅野浪人らしい人影もないという。

上野介は、だんだんうなされたような気持になってきた。

彼は、たしかに江戸をにげたかった。……しかし、ほんとうは、江戸をにげたくはなかったのだ。江戸での悪評と、綱憲のすすめで浮足立ったものの、こうして逃げてくれば、やっぱり江戸が恋しい。江戸におれば、まさか将軍家のひざもとで、浅野浪人が無

謀をおこしはすまいと思う。柳沢の意向すらも、千坂の要らざるカングリでちょっと憂鬱になったが、実際は、扇千代のいうとおり、じぶんへの庇護《ひご》をとりやめるはずがないと思う。……はては、江戸に生まれ、江戸に育ち、江戸に老いた老人は、なかば呆《ほう》けた弱々しいあたまで、自棄的《じきてき》に、いっそ死ぬなら江戸で、とすら思いつめてくるのだった。

もうひとつ、上野介が米沢入りに気のすすまぬふかい仔細がある。それは、だれも知るはずはないが、実に深刻な、恐るべき或る秘密だ。

――いまを去ること三十八年前。

上野介の妻富子の兄、先代上杉家の当主、上杉綱勝は外桜田の藩邸で突然この世を去った。世子《せいし》がなかったので、上野介の長子三之介がそのあとをついで上杉家を相続したということはまえにかいたが、なんぞしらん、この綱勝の死は、当時まだ若かった上野介の野心から呼び起されたものだったのだ！

歩、一歩、米沢へちかづくにつれて、上野介の胸にふるえのぼってくるのは、ひさしく忘れていたこの戦慄《せんりつ》すべき回想だった。

「米沢の城には……」

乗物のなかで、あたまをかかえて上野介はワナワナとふるえる。

この恐怖は誰にも語ることはできない。わが子の綱憲にすら語ることはできない。当時二歳だった綱憲は、じぶんが父の陰謀で上杉家を乗っ取ったものとは、ゆめにも知るはずはないからだ。それは上野介が、死んでも、永劫に重荷をいだいてゆかなければならぬ秘密だった。……

「綱勝の亡霊が、わしを待っておろう。……」

綱勝の亡魂が、居城米沢ににげこんでくる上野介をよろこんで迎えようとは思われぬ。そう思えば、あの「吉良どの奥羽入り御無用」とのぶきみな警告も、はたして浅野浪人のしわざかどうかすら、うたがわしくなってくる。

――誰があの秘密を知っておるか？

悶々《もんもん》とおののく上野介の胸に綱勝の死顔が、霧のようにかたちをととのえてくるのだ。

宇都宮までは、日光への往路のせいで、街道は善美をきわめていたが、これより北は、しだいに蕭殺《しょうさつ》たる悪路の相をおびてくる。

「つぎは、なんという宿じゃ？」

ひどくゆれる乗物のなかで、あごをガクガクさせながら、上野介は傍をあるいている扇千代にきいた。

「大田原でございます」

上野介の眼には、世にも荒涼たる周囲の光景がうつる。ここには春はない。四辺、石、砂、また寒ざむとした篠原ばかり、空まで冬のような鉛いろだった。古歌にいわゆる「あられたばしる那須のしの原」とよまれたのは、ここらあたりのこと。

その荒原の涯《はて》に、一条のけぶりがたちのぼっていた。

「はて？」

と、一行がくびをかしげたとき、その方角から、先駆の騎馬が、血相をかえてひきかえしてきた。

「一大事、一大事でござる。大田原の本陣が炎上いたしました！」

「なんじゃと？」

「しかも、もえる本陣のまえの立木に、吉良どの奥羽入り御無用、とかいた貼紙が――」

ここにいたって、吉良上野介の憔悴《しょうすい》した神経と気力は、ついにポッキリ折れてしまった。

「か、かえるっ」

狂ったようにかんだかい悲鳴。

「わ、わしをかえらせてくれ、江戸へ——」

六

白河の関を二三日のうちにもこえるというどたんばで、ついに臆病風に我慢の炎をふきけされた上野介、だだッ子のように、

「綱憲どの、わしはもう米沢へゆくのはいやじゃ。——」

と、いい出したから、まわりのものは困惑しきってしまった。

綱憲にしてみれば、道中もろもろの怪事に、いよいよ父に対する不安のこころをかきたてられているところだし、力およぶかぎり上野介の身をまもるとちかった千坂兵部にいたっては、ここで上野介にかえられては面目まるつぶれだ。粂寺扇千代もまた口角泡をとばして旅の続行を力説し、いちじ上野介、また思いなおしかけたが、

「しからば、どうせ江戸へおかえりあそばすとも、ここまでおいであったからは、せめて米沢にて、連心上生院さまの御墓前にもいちどお詣りを――」

と、ふと兵部がいってから、またふるえ出した。連心上生院とは、上杉綱勝の法号だ。

「いやじゃ、いやじゃ。……どうぞ江戸で死なせてくれい。どうせ生きながらえても余生少ない身、わしの望むところで死なせてくれい。……」

足ずりし、身をおしもみ、もう手がつけられない。

綱憲は落涙しつつ、ながいあいだ苦悩の皺《しわ》をよせていたが、やがて不安げな眼で、兵部をみた。

「兵部、父上が江戸へかえられるとして……道中はいっそう危険ではないか？」

「いや、それは兵部の力およびますかぎり。――」

この一代の名家老も、この道中に関しては、どうも、「力およびますかぎり――」もあてにはならない。――と、皮肉きわまる眼でちらっとみたのは、粂寺扇千代ひとり。

そんなことをいうべく、事態はあまりにも深刻すぎるし、またこの千坂兵部を信ぜずして、家中のだれを信ずべきか？

「上野介さま御警護として百人の武士をつけ、その采配を小林平七にまかせれば、神もって大事あるまいと存じまする」

「百人で、不安はないか?」

「わたくしの探りましたるところでは、上野介さまにお恨みをいだく痩浪人どもは、多く見ても五六十人、しかも、そのなかばは未だ上方にありとみております。そのうえ、近江丹兵衛の申すところによれば、裏切者は秋の木の葉のちるごとく——」

「したが、そのなかに、油断ならぬ使い手はないか?」

「殿、兵部の眼を以てみれば、小林平七と近江丹兵衛ほどの腕のものは、そうざらにはあるまいと存じます」

「近江丹兵衛、近江丹兵衛と仰せられるが、御家老さま」

と、扇千代が口をいれた。

「あの男も、上野介さま御警護の侍のうちに加えられる御所存か。あれはもと浅野浪人、それで万一のことあれば、兵部さまお腹を召されても追いつきませせぬぞ」

兵部はこたえず、ふりかえって、

「平七っ、近江丹兵衛参れ。——」

と、呼んだ。

小林平七と、近江丹兵衛がとんできて、手をつかえた。

「仔細あって、上野介さま、ここより江戸へ御帰還あそばす」

「はっ？」

「それについて、御道中のおまもり、とくにおぬしら両人の腕をたのみとしたい。きいてくれるか」

「恐れ入りたてまつる……」

あまりにも重大な使命に、身をこわばらせて頭を伏せるふたりを、兵部はじっとみて、

「とくに、丹兵衛、おまえは素性が素性。……不安におもうむきもないではない。そこを敢《あえ》てこの兵部がたのむのだ。縁あっておまえを買ったこの兵部じゃ。他がなんと申そうと、わしはおまえを信じたい。兵部のためにも、忠心、みせるはこのときであるぞ。よいか……」

丹兵衛は顔をあげた。その大きな眼に炎のようなものが浮かんだとみるまに、それは大粒の涙となって頬にあふれおちた。

「丹兵衛、神かけて！」

と、吼《ほ》えるようにさけんだ。兵部は微笑して、

「ところで、丹兵衛、浅野浪士のうちで、おまえの手にあまる奴などおろうか？」

「はっ、先ず、堀部安兵衛《ほりべやすべえ》。……それから、不破数右衛門《ふわすうえもん》……と申すところあたりでございましょうか。が、これとて、はばかりながら近江丹兵衛、この津田助広に唾《つば》くれますれば！」

いい、ちょうと豪刀の柄をたたいて、不敵な白い歯をみせた。

運命のくるまはまわる。吉良上野介は江戸にかえる。小林平七、近江丹兵衛の両剣士にひきいられる決死の百人の武士にまもられて。――

ここにふしぎなのは、条寺扇千代。それに加わって、江戸にもどろうともせぬ。ここまできた以上、いっそ米沢という国をみたいと上野介にねがった。

上野介はあわれっぽい眼で扇千代をみたが、なにしろ柳沢からの拝領品、ことに神気おしひしがれたいま、それをとどめる気力もない。

兵部が、皮肉にからかった。

「そなた、御奉公は、命かけて上野介さまにきめたはずではなかったか？……もどられえ、もどられえ、江戸には出羽守さまもお待ちかねであるぞ」

扇千代はかっと頰をそめた。

「わたくしは、上野介さまを思えばこそ、米沢へ参るのです」

「異なことをきく。なぜの？」

「解《げ》せぬことがござる。先夜よりたびたびの奇ッ怪事、この扇千代は上杉家のなかに、かならず浅野浪人への内通者があるとにらんだ！」

「なに？」

これには、千坂兵部もはっとした風で、扇千代の顔をみる。このたぐいまれな美少年は、才ばしった眼をキラキラかがやかせて、

「扇千代は、その虫をみつけ出そう。掃除しよう。掃除してあらためて上野介さまを米沢へお迎えしようと存ずる！」

そして、金鈴のような笑い声をたてると、たちまち鳳凰《ほうおう》のように身をひるがえして、かけていってしまった。

――かけていったさきは、例の小冬のそば、その肩へ肩をならべて、うれしげに、な

れなれしそうに、

「小冬どの、上野介さまは江戸へおかえりあそばすとのことだが、拙者はやはり米沢へまいる」

小冬の眉に、愁いの翳がさした。が、自信絶大な扇千代はそれに気づいたか気づかないか、美しい舌をちらっと出して、

「実をいえば、そなたの国をいちどみたいのじゃ」

まわりの供侍たちは、春というのにくしゃみをした。

七

吉良上野介をぶじ江戸へおくりとどけた小林平七と近江丹兵衛が、その報告をかねて、米沢へいそぎかえってきたのはそれから一ト月ばかりのちのこと。

帰国以来、綱憲は病床にあった。もともと蒲柳《ほりゆう》のたちではあるが、それを覆うはげしい気性のひとが、鬱々として床についているのは、江戸へかえった父への不安が嵩《こう》じてのことだった。

「おお、つつがなく御帰邸あったか？」

と、もう深更にもかかわらず、彼は狂喜しておきあがったが、報告のなかで、笑いながら平七がいったことをきくと、またひたいにしわをよせてしまった。

上野介一行が千住から江戸に入ろうとする街道で、両側に土下座する土民のなかから、異様な気配をおぼえて左右をみると、それぞれ十人ずつくらいの虚無僧《こむそう》が、天蓋《てんがい》をふせてうずくまっている。

「……お！」

近江丹兵衛の巨体の筋肉がふくれあがったようなので、

「あれか？」

と、平七がきくと、凄まじい眼のひかりになってうなずく。

――が、殺気満々として通ってゆく百人の北国侍に、この虚無僧たちは、ついに天蓋を伏せたまま、身うごきもしなかったという話。

「左様か。――」

綱憲は、蒼白い顔をあげた。

人間というものは、つねにこうしたものだが、やはり大田原で、老父を江戸にかえすのではなかったと思う。いかに父が弱音をあげ、だだをこねても、人さらい同様にしてもこの米沢へつれてくるべきであったと悔いずにはいられない。

扇千代がなにか妙なことを口ばしったが、あの道中の怪事はむろん浅野浪人のしわざではなくてなんだろう。あれはすなわち、父をこの奥州へこさせたくないという彼らのあせりをしめしたものだ。ここにひとたび父が入れば、その身は鉄壁にまもられると、それをきゃつらは何よりおそれたのだ。

おお、いまのいまも、江戸では、父が浅野浪士に襲われているのではあるまいか？

江戸にいるのは、父ばかりではない。現在吉良家の当主になっているのは、わが子左《さ》兵衛義周《ひょうえよしちか》なのだ。

が、それだけ浅野の浪人どもが、父がこの米沢へくるのを恐れるとすれば、こんどの道中こそ、やわか彼らが腕をこまねいて見送るものと思われぬ。……

「兵部」

と、綱憲は苦悶の眼で、千坂をみた。

「笑ってくれ。わしは千々に思いみだれる。やはり父を呼ぶべきか、それとも江戸においたほうが安泰であろうか？」

「御心中、お察し申しあげまする。兵部は、ひたすら御意のまま。――」

「そうじゃ」

突然、綱憲はぎらっと眼をひからせて、

「兵部、わしは、天主で、不識院さまにきこうと思う」

「殿、それは――」

「不識院さまが何をお教え下さるか、わしは知らぬ。いまはただその仰せのままに従おうと思う」

綱憲は、なにかに憑《つ》かれたような眼つきだった。

不識院とは、いうまでもなく謙信のことだ。この松ヶ崎城の天主閣には、この軍神的藩祖《はんそ》の霊が祭ってあった。

ふるくから、上杉家には、ふしぎな伝説がある。およそ進退にまよう上杉家の大事の際、当主が眼かくしして天主閣にのぼり、この霊のまえに護摩《ごま》をたいて祈れば、いかにすべきか謙信の霊が厳かにそれを教えるというのだ。ただそれは、当主生涯のただいちどにかぎる。――

そんな怪異は世にあるはずがない、というのが、しかし若いころからの兵部の意見だった。また彼は、真に上杉家の大事のさい、主がそのような怪力乱神のさしずでうごくようなことがあっては、それこそ大事だ、ともかんがえた。

それで彼は、いまの綱憲が二歳にして吉良家からきた際、それを機会に、きっぱりとその祭壇の扉をとじ、神魔を封じこめて、綱憲にはそんなことをきかせないようにしていた。

しかし、綱憲は、やはりそのことを藩の老人のだれからかきいていたとみえる。——実際兵部も、あの柳沢にきかれたとおり、先代の綱勝が一夜この天主閣にのぼって、何やら占い、顔色蒼然としておりてきたのをみたことがあるのだ。

天主閣のなかで、何がおこるのか、代々武勇をもってきこえた上杉家の藩主たちを、かくも戦慄させるものの正体は何なのであろうか。

それこそは、千坂兵部もまだ知らない、えたいのしれぬ、ぞっとするような神秘だった。

ぎょろりとした眼で、だまってあおいでいる家老の顔をみて、綱憲はかすかに唇をふるわせて、

「ただ、父上は上杉家のおひとではない。そのひとの御一身について天主に祈ることは、さだめし兵部にも不服があろう。これが上杉家の大事じゃとは思わぬであろう。……じゃが、兵部、わしの私情をゆるしてくれい。わしの生涯に、いまほど苦しいことが、またとあろうとは思われぬのだ……」

兵部の眼はうるんだ。

「殿。……御遠慮なく、不識院さまにおききあそばしませ」

と、いった。それから、またたまって考えていて、

「ただ……お願いがござる。兵部も天主におつれ下さりますよう。兵部も、不識院さまの仰せを、とくと承わりたいと存じまする」

綱憲は、放心したようにうなずいた。

小林平七と、近江丹兵衛は、御前を下がってきた。

石垣の上に、青葉の匂いのみが濃くにおう闇の中を、このふたりの豪快な男は、ながい旅をともにしてきたあいだに生まれた、さわやかな友情をおぼえながらあるいている。

三ノ丸までおりてきたとき、どこかでひくい女のさけび声がきこえた。
「まっ、夜中お呼び下されたのは、そのような御用でございますか！ 存じませぬ！」
それにおしかぶせるような男の声が、
「存ぜぬとはいわさぬ、氏家の宿で、夜中ひそかに上野介さまの御寝所をうかがってい
たのはだれじゃ。上野介さまに声かけられて、あわててにげ去ったうしろ姿はたしかに
そなた。扇千代はしかとみたのだ」
粂寺扇千代の声である。こちらのふたりは、はっとして足をとどめた。
「存じませぬ。存じませぬ」
「もうひとつついおうか。そなたは兵部さまの密偵として、南部坂の浅野屋敷に入り、素
性みやぶられて、はだしでにげもどってきたとか申したそうな。……じゃが、わしのし
らべたところによると、浅野屋敷にそのようなさわぎはなかったようだ」
「なかったとは、どなたさまからおききなされました？」
扇千代はだまった。しばらくして、笑い声で、
「まあよい。小冬どの、左様なことを知っておるのはこのわしだけだ。そなたの出よう
によっては、だまっていてやってもよい。そなたの——出ようによってはな」

「あっ、何をなされます？」

「えい、わしほどのものに想いをかけられて、女の冥利とは思わぬか」

「だれか、だれか――」

小林平七は舌うちした。

「きゃつ、どうも肌に合わぬ」

と、つぶやくと、ふたりは地ひびきたててかけ出した。あわてて扇千代は手をはなす。小冬はヨロヨロと暗い地上にうずくまった様子だ。

「御城中をわきまえざるたわけ者め、余人はしらず、この平七は大いに手を出すぞ」

条寺扇千代は、ぱっと風鳥のようにとびずさった。こちらを闇にすかして、さすがに肩で息をしているのに、

「これ、ただいま妙なことをいっておったな。道中、上野介さまに害を加えようとしたのは、この小冬どのとか。――ばかな！　しからば、喜連川で矢を射たのもそうだというのか。小冬どのは、わしの傍におられたぞ」

「ほかに、同類がおるのだ」

「同類？　だれじゃ、それは――」

「だれでもよい。いまに面皮《めんぴ》をはいでおぬしにみせてやる。——おや、そこにいるのは、あの自称、浅野の裏ぎり侍ではないか」

「そうだ、近江丹兵衛じゃ。おぬしがひどく気をもんだ男だが、案ずるより生むがはやい。丹兵衛、みごとに上野介さまを江戸へおくりとどけたわ」

と、平七は笑った。

「それは、重畳《ちょうじょう》」

「それは重畳と、ケロリと申してすむことか。よいか、もしこの丹兵衛が上野介さまに異心あれば、大田原より江戸まで機会はいくどもあった。それにもかかわらず、こいつ手を出すどころか、終始熱誠を以て、上野介さまを御守護申しあげたぞ。それは、この小林平七がしかとみた！」

「…………」

「御当家きっての御名臣千坂兵部さまが、とくに眼をかけて使われた小冬どのや近江丹兵衛を、こともあろうに、敵に通じる曲者などと、あらぬ疑いをかける無礼者、ただいまここで土下座してわびろ」

「…………」

「それとも、小林平七の剣をみたいかっ」

この男の腕のものすごさは、藩中だれしもが素直にみとめるところだ。さすがの粂寺扇千代も、がくとひざをついた。——とみるまに、ぱっと闇に花粉のようになまめかしい伽羅《きゃら》香《こう》の匂いをちらして、バタバタとむこうへにげ去った。

遠くで、ふりかえってさけぶ声がきこえた。

「いまにみておれ、化けの皮をはいでくれるぞ」

八

ひょうふっ！

どこからともなくとび来った一本の矢、夏草のおいしげった水一門の下をあるいていた小冬、足もとにおちた矢に蝶のようにむすびつけてある白いものをみて、たちすくんだ。

——矢文だ。

あたりを見まわして、彼女はひろいあげ、それをひらいた。

「磯の貝より文参る。談合の事あり。ろの渡櫓《わたりやぐら》に参られよ。——丹」

小冬は顔いろをかえて、その文をたもとにいれた。

その奇怪な文言にどんな魔力があったのか。——彼女がいったのは、まさにそのろの渡櫓のなかだった。このなかには天主閣へはこぶための用水井戸がある。ギ、ギ……ギ……と、戸をひらくと、なかはうす暗い。ひろい、湿《しめ》っぽい土間のまんなかに、大きな井戸がある。その井戸のふちに、朦朧《もうろう》と腰うちかけている姿。——

「近江さま」

しのびやかに声をかけると、影はふくみ笑いとともにたちあがって、

「捕った！」

さけぶとどうじに、ひとはねとんで、小冬の腕をとらえた。

「あっ」

身をひるがえそうとしたが、もうおそい。ちかぢかと顔をよせて笑う粂寺扇千代から、必死にのがれようともがきながら、

「偽せ文で——卑怯《ひきょう》な！」

「偽せ文に、なぜ釣られた？　いやさ、磯の貝という名で、千坂どのの侍女の筈のおまえがなぜここまで釣り出された？」

扇千代は、ゲラゲラ笑った。小さな矢狭間からさしこむ斜陽をうけて、きゅっと口をつりあげた美少年の顔は、般若《はんにゃ》のようだ。

「よいか、わしは知っておるのだぞ。おまえはたしかに千坂どのの密偵として浅野屋敷に入った。が、そこで、屋敷に出入りする磯貝十郎左衛門という赤穂浪人といちゃつきはじめたのだ。……わしはここにおっても、江戸まで見とおしだ。あれ調べよといってやれば、たちどころに或る向きが探索して、その返事をおくってくるのだ。近江丹兵衛と申す浪人者も、はたして返り忠のものか猫ッかぶりか、きょうあすにも調べはついてくるであろう。どうだ？　小冬、白状せい！」

両肩に手をかけて、ゆすぶられて、小冬の首がグラグラゆれる。蒼白な顔にフサとまつげをとじて、花弁のような唇がふるえている。

——と、みると、扇千代、いきなりかぶりつくように、その唇を吸おうとした。

さっと小冬は首をのけぞらすとみるまに、片手がうごく。その手くびを、グイととらえられて、懐剣がおちた。

扇千代の眼に、憎悪の炎がかがやいた。彼はいままでじぶんに対して、これほど抵抗する女にあったことがない。

「もはや、容赦はせぬぞ。痛め問いにかけても口をわらしてくれる！」

と、わめいたかと思うと、左手は蔓《つる》のように小冬の胴にまきついたまま、右手で小冬の手を口にもっていってプツリとその小指をかみちぎった。

「あうっ」

小冬は、なんともいえないうめきをあげて、のけぞりかえる。扇千代ははなさない。

「どうじゃ？」

と、血のしたたる唇をひきつらせると、

「白状しろ、浅野方に寝がえったと――」

そしてまた、女のくすり指を、ねじるようにくいちぎった。

小冬は何かまた声をあげたが、ことばにはならなかった。ひらいた口に、扇千代の唇がかぶりついてきたからだ。――これではいったい、白状させようとしているのか、そんなことはどうでもいいのか、わからない。

一見、月輪のように秀麗なこの美少年の、どこにかくも淫虐《いんぎやく》な血しおが波打っているのか。――しかり、彼は女に対して、憎悪にもえている。そのあまりな美しさのために、貴人から女のように愛されたこの青年は、女にねじれたにくしみをいだいている。しかも、半面、兇暴な男の本能はおさえきれず、両者交錯して、かくも「女侍」らしい残忍な行為となってあらわれるのだ。

「それ申せ、それ申せ、それ……それ……」

日のくれてきた渡櫓の井戸のふちで、このりりしく豊艶な武家娘が、身もだえのためにいまは白い肩も胸も足もむき出しになって、あえぎ、のたうつのに、蛇のようにからみついて、その指を一本、一本、くいちぎってゆきながら、その唇と乳房のうねりの触感をたのしみぬいているかのようにみえる粂寺扇千代。

猫が鼠をいたぶるように、女をさいなみ、しゃぶり、はては快楽と血の香に酔っぱらって、えい、このまま死ねば、この井戸の中へほうりこむだけだ、ともちらっとかんがえたがそれじゃ殺人のほうの名目はともかく、衛生方面からみてあとでうるさくなりそうだし、女の指五本をくいちぎって、ようやく最初の計画どおり、ここで一応口書をとっておくべきだとわれにかえった。

――と、いうのは、いま扉のすきまから庭のむこうを、点々、三つの提灯《ちょうちん》がとおっ

てゆくのをみて、ふいと現実にかえったので、

「おういっ……そこなもの」

と呼びかけた。

「浅野の間者をとらえたぞ。すぐ千坂どのに注進してくれ！」

提灯はとまった。すぐこちらへやってきた。

扇千代は、つぎの愉しみを予想して、ニヤニヤした。あの名家老づらした千坂が、じぶんが使う侍女の返り忠を指摘されて、おどろき、狼狽し、窮地におちる顔をみることができるという満足感だ。

「……お！」

次の瞬間、眼をみひらいたのは扇千代だ。

入口に、提灯の灯に浮きあがったのは、裃《かみしも》をつけたその千坂と、小林平七と、近江丹兵衛の三つの顔。あまりに思いがけないから、しばし絶句した扇千代を千坂はじろっとみて、

「これは、乱心いたしたか？」

と、さして、おどろきの様子もなくつぶやいたが、次に、扇千代の手に抱きすくめら

れて痙攣《けいれん》する女の顔と手をみて、さすがにはっとしたようだ。

「小冬、すなわち、浅野への内通者」

と、血まみれの唇で、扇千代は哄笑《こうしょう》した。快味が背すじをはしった。

「兵部さま、御家老の御身を以て、なんたる御失態、獅子身中の虫を飼われたのは、ほかならぬあなたでございましたぞ」

「小冬が？　何を？」

「おそらく、江戸からの道中、上野介さまをおびやかし、ついに米沢入りを断念させ申しあげた陰謀の一味」

「一味、とは？」

「むろん、ひとりの仕業ではない。その証拠に、それ、さっき拙者がこの女に、磯の貝より文参る、談合の事あり、ろの渡櫓に参られよ、丹——と矢文を送ったら、はたしてウカウカとここへ釣り出されてござるわ。丹、とはすなわちそこな御家来、近江丹兵衛どののつもり」

皮肉に、また笑った。

千坂兵部は、近江丹兵衛をかえりみもせず、

「磯貝、とはなんのことじゃ？」

「おろかな！　江戸にある浅野浪人の名です。この女め、御家老の命で南部坂に密偵に入ったものの、敵方の磯貝十郎左衛門と申すものと恋におち、わざと正体見やぶられたとの偽りの口辞を以てにげもどり、上野介さま米沢入りの真偽をたしかめようと、以後むこうの手先となってうごいてきた様子」

「と、小冬が白状いたしたか？」

「強情な奴にて、ごらんのごとく、かくまで痛め問いにかけましたが、まだ申しませぬ。が、これは拙者が江戸のさる向きのお調べによって手に入れたるたしかな情報、おのぞみとあれば、おんまえでこれから白状させてもようござるが、さてそのとき、御家老さま、御自身の御失態を、なんとあそばす？」

「江戸の、さる向き？」

「柳沢出羽守さまでござる！」

扇千代は、昂然《こうぜん》と眉をあげた。

千坂の眼が灯にギラリとひかった。が、すぐに、

「相わかった」

と、沈痛につぶやき、うしろをふりかえって、

「その磯貝と申す奴も、遠からず冥途《めいど》に参るであろう。丹兵衛、その女を斬れっ」

「はっ」

小冬は、なぜか微笑した。とみるまに、ツカツカとすすみ出た近江丹兵衛、はっと扇千代が小冬をつきのけるよりはやく、

「南無《なむ》。――」

大袈裟《おおげさ》に、小冬の肩を斬りさげてしまった。

条寺扇千代はとびあがった。

「兵部さまその女の口書は要らぬのでござるか！……その丹兵衛も、なお疑いはれぬ男でございますぞ！」

「赤穂の浪人を三人斬り、いままた赤穂の密偵を成敗した丹兵衛が一味か」

扇千代の顔が動揺した。いまの丹兵衛のあまりにも無造作な一刀に、これは、と思ったのだ。が、ふっと、丹兵衛の眼にひかるものをみると、急になにかさけび出そうとした。

そのとき、兵部が厳粛《げんしゅく》にいった。

「これより、天主閣にて、殿おんみずから、不識院さまに、上野介さまを米沢へおよび申すべきか、および申さざるべきかをお問いあそばす」

「なに……」

「御儀に、おぬしもつらなりたかろう。おん供申しつける。はや不浄の血をその井戸で洗ったがよいぞ」

九

これは、米沢城、またの名を松ヶ崎城。——城のすがた、鶴のつばさをひらいたかのごとく、べつに一名舞鶴《まいづる》城と呼ぶ。

曾《かつ》て、伊達ここにあり、蒲生ここにあり、また侠勇直江山城ここにあり、関ヶ原以来、上杉代々の一城だ。東に奥羽分水嶺、西に飯豊《いいで》、三国の連山、南にそびえる吾妻の峻嶺《しゅんれい》、北に白鷹《しらたか》山をへだてて、はるかに朝日、月山《がっさん》をのぞむ壮美な景観のなか。——月、東の山脈にのぼり、数千の甍《いらか》きらめく夜の大天主閣。

ここに敬愛修法《けいあいしゅほう》の曼陀羅《まんだら》を設け、もえる護摩木《ごまぼく》のなかに粛然と坐っている上杉弾正大弼綱憲、おしえられた古法のとおり、眼を白布でおおい、ひれ伏している。妖煙のなかにみえるのは、祭壇にかかげられた軍神不識院謙信の画像。

一刻祈った。

二刻祈った。

月、天心にかかり、画像はものいいたげに、しかもなお寂と沈黙している。護摩壇のしりえに、千坂兵部と三人の家臣は、眼を凝らして、何かを待っていた。

三刻。

かすかな声があった。綱憲はビクとあたまをあげたが、画像は黙していた。

なに、この声は、粂寺扇千代があくびをしたのだ。ぎらっとした眼でふりかえってこれをにらんだ千坂兵部、やがて、沈んだ声をかけた。

「殿。……」

「…………」

「おそれながら、殿……もはや、およしなされませ」

「兵部、かんがえまするに……おそらく御画像はなにも申し給わぬでございましょう。……御画像がおん口きかせ給う道理がありませぬ。……」

「なんと申す?」

綱憲は眼の覆いをとった。

「しかし、先代は――」

「御先代さまが、いかなる妖《あや》しの声をおききあそばしたかはしらず……所詮、いまの世には、捨てさせ給うべきおん修法と存じまする……」

綱憲は、恐ろしい眼で兵部をみた。

千坂兵部は、臆せずに、が、うるんだ眼で主君を見あげた。

「しからば、どうせいと申す?」

「兵部は……やはり、上野介さま、御国入りの儀とりやめさせ給うべし、と相考えまする」

「江戸で、父は、赤穂浪人どもに討たれはせぬか?」

「上野介さま、江戸で赤穂浪人に討たれさせ給うべし、と存じまする……」

「なにっ」

綱憲は、はねあがった。

千坂はうごかぬ。大きな眼で綱憲をみている。黒い唇から血を吐くような声が、戦慄すべきことばをつたえた。

「この一言、いま申しあげるまで……兵部は夜々輾転《てんてん》つかまつりました。しかも、いま申しあげて、この口裂けずやとも思いまするが……たとえこの口裂けようと、いやさ殿に八ツ裂の御成敗受けましょうと、兵部、これを申しあげまする」

「なぜだ！　兵部っ、な、なぜだっ？」

「それが将軍綱吉さまの御意向でござれば」

綱憲は金しばりになった。兵部のなんたる恐ろしい言葉だ。そしてなんたる恐ろしい眼だ。……かすれた声でいった。

「兵部。きけ、……浅野刃傷《にんじょう》の際、もっとも激怒あそばしたは将軍家であるぞ。内匠頭に即刻切腹の御処断下されたは、将軍家であるぞ。また、手傷負うた父に、とくに神妙とのおんねぎらいあったは、将軍家御自身であるぞ。……その将軍家が、いまにいたって御変心あったと申すのか？」

「将軍家にあっては、御変心あった。と相かんがえまする」

身ぶるいするような沈痛きわまる兵部の声音だった。唖然《あぜん》たる綱憲に、兵部はいう。

「浅野刃傷のさい、もっとも御立腹あったはたしかに公方《くぼう》さまでござった。そのおん怒りのため、内匠頭は切腹、家は改易《かいえき》。……民の同情は翕然《きゆうぜん》として赤穂一藩にあつまりました。いまは心なき童ですら、赤穂の浪人、吉良さま討つべし、亡君のうらみはらすべき日あるべしと、当然のことのごとくに待ちうけておりまする。……」

「存じておる！　さればこそ――」

「殿、お待ち下され。……公方さまのお怒りは、これで冷めはてました。おそらく、公方さまは、お悔いなされ、浅野浪人どもをふびんに存ぜられ、民の口をお怖れあそばしておるものと存ぜられまする。……」

「左様な、卑怯な――得手勝手な！」

「殿。ただいまの将軍家は、犬を人より大事にあそばすほどのお方でございます。下世話に申せば、天下一のきまま者、大わがまま者でおいであそばす。……恐ろしいお方でございます」

「兵部、それはおまえの推量であろう。証拠があるか」

「されば……兵部がそれを察して、これは、と身うちに冷気をおぼえましたは、かの上野介さまお屋敷替えのことねがい出て、即座におゆるしあった際、わがねがい出たことながらおん曲輪《くるわ》うちから辺鄙《へんぴ》な本所へ上野介を移しまいらせたは……これはお公儀から、内匠頭家来に討てよと仰せられぬばかりのあそばされかたと、内々評判いたしおるむきもあるやに承わりましてございます」

綱憲は、まっさおな顔色であった。兵部はつづける。

「あきらかに、上野介さまにおん罪はございませぬ。ただ上野介さまは……お公儀のおん悔いのしりぬぐいをあそばさなければならぬお方でございます」

綱憲は、顔をあげ、絶叫するようにいった。

「柳沢はどうじゃ。出羽守にも責任はあるぞ！」

「もとより、公方さまのおん腹をみぬくには炯眼《けいがん》な出羽守さま、すでに公方さまが、御自身の御処断をおん悔いなされ、御自身に腹たて、悶々としておいであそばすのをみてとって、おそらくいちじは、しまった、とお考えあそばされたでございましょう。その公方さまの御癇癪が、やがておのれにむかってくるのをふせぐ方法はただひとつ。……」

「父を討たせることか！」

「いや、出羽守さまは、もっと恐ろしいお方でござる。その上をいって、御当家十五万石のおとりつぶし。……」

「なにっ」

「出羽守さまは、公方さまの御心中を知りつつ、あえて上野介さまをこの米沢へお落し申そうとなされてござる。公方さまの御不快を、いっそうかきたてようとなされてございます。……それで、そのはて、この十五万石が手に入れば、これは公方さまの御鬱憤ばらしと充分つりあいがとれると目計りしておいであそばすものと、兵部はみておりまする。……」

「ばかな！　左様な理不尽な！」

「理不尽と申せば、浅野をなんのお裁きにもかけず、即刻腹きらせたお上の御処置を理不尽な、と下じもで申しておりまする由。公方さまは、左様なお方でございます」

「いかに将軍家にせよ、罪もない上杉家をとりつぶせるか！」

「それは、即刻ではございますまい。が……上野介さまをおひきとりあそばさば、将軍家のおん怒りは内攻して、いずれ遠からず御当家にむけられるは必定。……いいがかりは、何とでもつけられます。殿！……御当家は、元来関ヶ原で徳川家に弓ひき、会津百三十万石から三十万石へ、いまはからくも十五万石で残喘《ざんぜん》をたもちおるおん家でございますぞ……」

「兵部……兵部」

　綱憲はあえいだ。

「それはみんなおまえの邪推じゃ。悪推量じゃ。思いすぎ、考えすぎじゃ。……」

「思いすぎではございませぬ。御当家の御運を左様におとすべく、柳沢より密偵が入っておりまする。上野介さまを米沢へお移しいたすように……その策動にのるのが、すなわち罠《わな》におちるも同然！」

　千坂兵部は、すっくと立った。

「柳沢の犬！」

　粂寺扇千代ははねあがって、美しい炎のような眼で兵部をにらんだ。

「知らぬ。わしは知らぬっ」

「とはいわさぬ。問うにおちず、かたるにおちたな、粂寺扇千代、先刻、おのれの糸ひく柳沢と申したを忘れたか！」

上り口ににげかけて、そこに小林平七が厳のように坐っているのをみると、扇千代は身をひるがえし、蝙蝠《こうもり》のごとく天主閣の窓へはばたいた。

「御免！」

月にうそぶく猛虎のごとく吼えたのは近江丹兵衛、床を鳴らして立つと同時、豪刀一閃《いっせん》して月明の窓に血の霧風がたち首と胴ふたつになった美少年はゆくえもしれず落ちていった。——むっつりしていて、どうも実によく人を斬る男だ。

綱憲は、喪神したようにつっ立っていた。突如、発狂したように叫んだ。

「いやだ、兵部、わしはいやだぞ。上杉十五万石をかけて、将軍家の御意にさからうぞ！」

妖炎がゆれた。メラメラと世にも妖しい炎のいろであった。突然、そのむこうで何やら重々しくうなるような声をきいて、四人の主従は凝然とたちすくんだ。

兵部、平七、丹兵衛にはもう何もきこえない。ただ弾正大弼綱憲だけが、冷汗をしたたらせながら、がばと祭壇の下にひれ伏した。

「恐れ入りたてまつる。……仰せのごとく、上杉家はつぶしませぬ。……綱憲、かならず不識院さまの命脈たもちまする。……」

炎のなかに、摩利支天《まりしてん》謙信の画像は、あの袈裟頭巾でつつまれた顔で、黙然としてこのあわれむべき末裔《まつえい》のすがたを見下ろしている。……

十

「御家老さま。……」

「…………」

「御家老さま！」

小林平七は、二度呼んだ。千坂兵部は、腕こまぬいて、首をたれて、黙々と大手門のほうへあるいている。老いがいちどに身にあらわれたようなかなしげな姿であった。

星が、空をながれた。

「小冬どのは、やっぱり浅野方へ寝返ったものでありましょうか？」

「そうであろう」

兵部は、放心したようにつぶやいた。しばらくして、われにかえったように、

「ふびんなやつ！……浅野浪人の忠志にうたれたものであろう。丹兵衛に斬られるとき、笑いおったな。磯貝も、遠からずあとより参ると申してやったら、ニコと笑いおったな。……」

「それでは――それでは、江戸からの道中、上野介さまをおびやかした曲者は、あの小冬でござったか？　それにしても……」

「すべてが、そうではない」

と、兵部はくびをふって、うなだれて、また黙々とあゆみつづける。小林平七は、ボンヤリした顔つきで、あとを追った。

「すべてが……そうではない。と、仰せられると？」

兵部はうめくようにいった。

「平七……わしは……お可哀そうな殿にいまのいままで、上野介さまを江戸におもどしなされ、とは、どうしてもいえなんだのじゃ」

愕然としてたちすくんだ平七のまえに、兵部はたちどまって、星を仰いだ。

「上野介さまは……上杉家代々の御霊に対しても、このお城に、足ふみいれてはなるまじきお方。さようなことがあっては、天主閣の御画像はしらず、綱勝さまのみたまがお怒りあそばされよう。……」

なぜともしれず、平七はふるえあがった。

ゆくてに、かたむく月を背に、大手門の黒い影が、みえていた。

「丹兵衛」

と、ポツリと兵部はいった。

黙然としたがってきた近江丹兵衛は、星影に顔をあげた。なにを思うかその魁偉《かいい》な頬《ほお》を涙があらっている。

「もう、用はすんだであろう。上野介、米沢お入りの儀は、これにて止んだ。安心してゆけ、江戸へかえれ――」

平七の傍に、近江丹兵衛はたちすくんだ。とみるまに、ふたりはぱっと二間もとびはなれた。

兵部は、暗い笑顔で、

「丹兵衛、江戸の――大名小路で、仲間を斬ったは、わしの駕籠を待ちうけての、反間苦肉のはかりごとであったのか？」

「――いや、あれは偶然でござる」

と、丹兵衛は、なお平七のほうを警戒しながら、それでもようやくおちついた声でこたえた。

「上杉屋敷につれてゆかれて、はじめて、吉良どの奥羽おちの風説をたしかめんとの心を起したのでござる。……したが小冬どのまで同志磯貝の志をうけたものとは、のちのちまでゆめにもしらず……ふびんなことでござった！」

「大名小路で斬ったのは？」

「あの三人が裏切者」

「江戸へ上野介さまを送りかえす道中、手出しをせなんだのは？」

「無念ながら、ぬけがけ無用、との大石内蔵助の厳命でござる」

ぱっと小林平七の肘の弦がうごきかけたのを、ピタと千坂兵部はおさえた。

「待て、平七、先刻殿に申したわしの言葉を忘れたか？……ゆけ、丹兵衛、いつか両人はれて剣をまじえる夜もあろう。ただ、きく、丹兵衛、本名は？――」

遠くはしり去る闇のなかから、あきらかにお辞儀した声がかえってきた。

「浅野浪人、不破数右衛門《ふわすうえもん》。――」

――その一夜。

「大いに働き申し候ところは不破数右衛門働きにて、勝負いたし候相手、かたのごとき手ききにて、小手着物はことごとく切り裂かれ申し候。その身の刀もささらとこそ申し候。刃は皆無のようにまかりなり、四五人も切りとめ申すつもりにて候」――大石文書《もんじょ》

――

蟲臣蔵

一

ひくたれさがった冬の夕雲が、魚のはらわたのように染まるばかり、廓《くるわ》に灯がともった。

その灯を背に、大門から衣紋坂《えもんざか》をのぼってきたふたつの影が、土手の上にたって山谷堀からふきあげる寒風に、犬みたいに身をふるわせると、急にひとりが、ケラケラと笑い出した。――声は男のようだが、たしかに女だ。

「まあ、きれいなお月さま」

この場所で、だれも上をあおぐものもいまいが、空をみてもちょっと気がつかないかもしれぬ。木母寺《もくぼじ》あたりの空の蒼味《あおみ》に、うすく、ほそく、妖怪《ようかい》の爪あとのようにひっかかっている三日月だった。

「ねえ、喜助どん、すぐにまた廓にかえってくるね」

「ああ、かえってくるともさ。だから、はやくゆこうよ」

「あたしゃ、まだまだはたらけるんだから、羅生門河岸にゆきゃ、あたしなんかよりもっとひどい女がいるよ。鼻っ欠けや瘡《かさ》ぶただらけの奴が」

「そうさ。新造なんか、切見世《きりみせ》に坐りゃ、まだ松の位の太夫だ」

「あたし、死ぬなら、廓で死にたいよ。たとえあとで道哲さまへ投げ込まれても、女の本望さ。——おや、おまえ、笑っているが」

と、女は不安そうに男の顔をのぞきこんで、

「まさか、おまえ、いまあたしを投込寺へつれてゆくんじゃあるまいね」

「ばかをいっちゃいけない。まだ生きているものを」

「だって、投込寺の穴へ、荒菰《あらごも》かけて投げ込んだ仏で、まだうなっていた女もあったっていうよ。……そんなことをしたら、喜助どん、あたしゃ化けて出るから」

三日月をあおいで、またケラケラと笑った声は、夜がらすのようにしゃがれて、その顔は、しかし生きている女ともみえなかった。ましてこれが、いままでの不夜城に媚《こび》を売っていた遊女とは思いもよらない。あさましいほど口紅を塗っているが、頭香《ずこう》でも焚《た》いたようにぬけあがった土気いろのひたいに、いくつかの赤い環が、ふくれあがっている。

「エ、ホ。エ、ホ」

矢のように土手をとんでくる四ツ手駕籠《かご》の客はもとより、遊心やたけにはやって極楽へいそぐ浮かれ男たちは、この妙な一組の妙な会話を耳にもいれなかったが、ただふたりだけ、それをきいて、たちどまって、あとを見送っていた男がある。

だいぶまえから、大門前や高札場や見返り柳のあたりをウロウロしていた深編笠の武士だ。

「半平、あれはいったいなんだ」

と、ひとりが若々しい声できく。

「ウム、おれにもよくわからぬが、病でもはやつかいものにならなくなった遊女を、廓でもてあまして、若い者が、親もとへかえすか、それともべつの岡場所へ鞍替《くらが》えさせるためにつれ出すところではないかな」

「あれでも遊女か。しゃれこうべのようだったな」

「気も少々ふれていたようだ。黴瘡《ばいそう》にかかった女らしい」

「こんなところに遊びにくる奴の気がしれぬ。――まして、あの郡兵衛が、日夜出入りしているなどとは信じられぬ。あの噂《うわさ》はうそではないか?」

「おれもそう信じたいが、それなら高田はなぜこのごろの会合に顔を出さぬ？　堀部にきいても、苦しげにくびをふって、郡兵衛は病気じゃという。病気の郡兵衛が、日夜この廓に出入りしているという噂は、これはききずてにならぬ。貞四郎、もうしばらくここに待ちかまえてみようではないか？」

ふたりとも、声にりんりんたる覇気があるが、その衣服からみて、どうやら浪人らしい。それもひどく貧乏な浪人者らしい。——三々伍々と廓へながれいそぐはなやかな嫖客《ひょうかく》の群のなかに、このふたりは、まるで不吉な鴉《からす》のように、殺気をはらんで、衣紋坂の上にたたずんでいる。

「お……郡兵衛だ」

「やっぱり、そうか！」

ふたりは、大門の方角を見下ろして、はっとたちすくんだ。

いま大門から出てきた編笠の武士四五人が、坂のふちにならんだ編笠茶屋によって、すぐに出てきた。みな廓のなかで人目をしのぶために借りていた笠をかえしたとみえて、こんどはてんでに頭巾《ずきん》をかぶりにかかっているが、そのなかで、笑いながら空をあおいだ顔が、まごうかたなく同志のはずの高田郡兵衛だったのだ。

他の武士に、見知った顔はない。はでにあかぬけしているところをみると、どうやら大身の旗本らしい。そういえば、高田郡兵衛は伯父が旗本なので、もとからその方面に知己が多いときいている。

しかし、いま何やら談笑しつつみせた笑顔は、わけもなくこちらのふたりの心をヒヤリと刺した。同志中の最硬派として、いつの会合にもめったに笑い声もたてず、まれにみせる笑顔は、慷慨《こうがい》と憤怒にいろどられた凄絶《せいぜつ》なものだったが、いまの表情にはそれがない。別人のように弛緩した底ぬけの享楽味をおびたものだった。

「高田」

土手の上で、ふたりによびかけられて、郡兵衛はドキリとしてたちどまった。じっとこちらをすかしてみていたが、

「各々方、どうぞおさきへ」

と、連れの人々をうながして立ち去らせてから、

「塩谷半平と、田中貞四郎ではないか」

と、沈んだ声でいった。

・

「そうだ」

と、ふたりは昂然として笠をとる。頬《ほお》ぼねもあごもとがって、みるからに精悍《せいかん》な半平の顔、妖《あや》しいほど秀麗な貞四郎の顔、そのどちらもが、三日月に眼を燐のようにひからせている。

「高田、いやな噂がある」

と、半平がいえば、貞四郎も息をつめて、

「このごろ、どうして会合に出てこぬ？」

高田郡兵衛は、くびをたれた。やがてあげた眼は、赤穂《あこう》はおろか江戸にまで槍にかけては無双とうたわれた男にも似げなく、ひかりのうすいものである。

「堀部から、まだ何もきいてはいないか？」

「堀部は、おぬしが病気だといった」

「それは、堀部がいいづらかったからであろう。むりもない。……実際わしは、熱病にかかったようだ。このごろ、かような場所に通いたわけておるのも、その苦しさを忘れようがためなのだ。……」

「高田、そりゃ、……裏切ったと申すことか！」

「どうせいつかは、みなに知られることなのだ。いや、かくすことはない。おれの苦《く》衷《ちゅう》をきいてもらいたい。……が、ここで凍って立ち話もできぬ。どうだ、もういちど廓《なか》の茶屋にひきかえさぬか？」

「けがらわしい！　ここでよい」

貞四郎に一喝されて、郡兵衛はまたびくっと肩をふるわせた。

「それでは、ここでいおう。実はわしの伯父に、直参で内田三郎右衛門と申す老人がある。これが過日、わしの兄を通じて、わしを養子にもらいうけたいといい出してきかぬ。恐ろしい頑固者なのだ。やむなく兄は、わしがあの盟約に心くだいておることをうちあけて、ことわったのだ。これがとりかえしのつかぬ大事となった。伯父は愕然《がくぜん》として、旧主が御公儀の法によって処分せられたのに、遺臣が徒党をむすんでさような企てをするなど、お上にむかって弓ひくものだ。御直臣として、それをききずてにはできぬ。即刻御公儀にうったえるといい出した。これを如何せん。……察してくれい、わしは実に進退きわまったのだ。……」

郡兵衛の顔は、苦悩にひきゆがんだ。

「思いあまって、堀部に相談した。いっそ腹きって、わしというものがいなくなれば、伯父も我を折ろう、ともいった。堀部はいう。いまさら腹切っても、寸分の益はあるまい。かえって藪蛇《やぶへび》となって伯父を妄動させるだけであろう、それより、同志のため、涙をのんで盟約からぬけろ、ぬけて伯父の申すとおり、養子に参れと。——」

ふたりの浪人は、きっと郡兵衛をにらみつけていた。事情は実にやむを得ないものだった。郡兵衛の苦悩もさもあらんと思われた。……いや、どうしても、それを信じきれぬものもある。さっきみたこの背盟者の、ゆるみきった享楽的な笑顔だ。

「理窟だけは、承った」

おさえきれぬ軽蔑《けいべつ》をこめて、田中貞四郎は、憤然としていった。まだ若い。……二十三の貞四郎にこういわれて、曾《かつ》て同志のうちの柱と目された郡兵衛の重々しい顔が、さっとあかくなった。

「怒れ、怒ってくれい。わしは同志の方々に対して、地に這《は》いつくばりたい、唾《つば》ひッかけられ、足蹴《あしげ》にされても異存はない。……しかし、わしは太夫には文句がある」

「なに」

「太夫は、京で何をなさっていられる？　祇園《ぎおん》、撞木町《しゆもく》で極道のかぎりをつくし……いいや、わしは太夫のお心をうたがっておるのではないぞ。が、なぜ、わしや堀部の申すとおり、早ばやと事をあげられぬ。太夫は、ああみえて、芝居気が多すぎるのだ。世間をじらしじらし……そのはてに、華々しく幕をあげようとなさる。そのかけひきをたのしみなさりすぎるのだ。その酔狂のために、待ちくたびれ、つかれはてた同志が、すでに何十人脱落したか、機会はすでにいくどもあった。それで事を決しておれば、わしもかような羽目におちいることはなかったのだ」

「えい、裏切者の説教はたくさんだ」

と、塩谷半平はさけんだ。

「ゆけ！」

郡兵衛の眼は、一瞬くらくもえたが、すぐガックリと肩をおとし、一言もなく、フラフラと土手のかなたへ消えていった。

その影を見送って、ふたりもだまっていた。なにか叫び出したいような怒りがあったが、それをさらにおさえつける悲愁の感情があった。上方にいる同志からの手紙にも、太夫の放蕩《ほうとう》をいさめてやまず、むしろ大石よりもたよりになるといわれていた奥野将《しよう》監《げん》や進藤源四郎なども、このごろふッつり姿をみせなくなったという。……どうなるのか。いったい太夫は、いつまで待たれる御所存か？

「虫め！」

塩谷半平が、うめくように絶叫すると、突然、草むらのなかから犬が吼《ほ》え出した。

「こいつ！」

足で蹴ると、犬はいっそう昂奮して、狂乱したようにほえかかった。半平は身をひねった。とみるまに、その腰から、白光がふき出して、宙におどりあがった犬の胴と咆《ほう》哮《こう》を両断して、ぱっと血の霧を草にふりまいていた。

怒りのあまりの発作だが、むろん、このとき土手に人影がないと瞬間にみての行為だった。が、やはりこの場合、よくみきわめてはいなかったのだ。日はすでにくれはて、月はくらかった。七八間むこうから、急に人がたちあがるのをみて、田中貞四郎は、はっとしていた。

その人影は、しばらくこちらをすかしていて、急にけたたましい声でさけび出した。

「待て、犬殺し。——御用だ！」

通りすがりにも、ワンといえば、身の毛のよだつばかり。くいつかれても叱《しか》ることならず、にぐるほかはなかりけり。——ましてや、犬を斬れば、たちどころに死罪遠島の御時勢だ。

二

「しまった！」

身をひるがえそうとして、ふたりはいっそう狼狽《ろうばい》した。運わるく、いまきた土手へ、廓の四郎兵衛番所のしるしの入った提灯《ちょうちん》が四つ五つ上ってきたのだ。それをみて、さっきの男も御用の声をかけたに相違ない。

「御用だ、神妙にしやがれ、犬殺し。——」

騒々しいが、このほうはひとりだ。塩谷半平は、犬を斬った刀身をふりまわしながら、その方へ突進した。声ほどでなく、わっとさけんで相手はとびのく、そのままふたりは、ころがるように孔雀《くじゃく》長屋の方角へ逃走した。うしろから、みだれる提灯と、わめき声が追ってきた。

「犬殺し——」

「犬ごろしっ」

にげながら、ふたりの浪人は歯ぎしりした。あまりの情けなさに、涙が眼に煮こぼれそうだった。……

——このばかばかしい騒ぎから、ともかくのがれ出したと思ったのは、早合点だった。それが決してばかげた騒動でもなければ、それからのがれたわけでもなかったことがわかったのは、それから三日めである。

その夜、泣き笑いの顔でわかれたあくる日に、敵が本所から外桜田の上杉藩邸にかくまわれたとかいう情報が入って、その真偽をたしかめるためにかけまわった田中貞四郎が、深川黒江町の塩谷半平をたずねたのは、三日めの夕方だった。

ゴミゴミした貧民窟の路地を入ろうとして、そこからコソコソと出てきた背のひくい男が、ちらっとこちらをふりかえったのに、貞四郎は気がついた。みたとたんに、その男の眼が、キラッとひかったようだ。が、すぐに男は、足早に去っていった。

塩谷の浪宅にちかづいて、ピクリと貞四郎は小鼻をふるわせた。線香の匂いがする。

どんと胸をつかれたような思いがしたのは、半平の父親のことだ。恐ろしく一徹で、気性がはげしくて、同志のなかで一挙をあせること、七十五歳の堀部老人と相ならぶ塩谷武右衛門であったが、この秋からひどい喘息《ぜんそく》で床についていた。

胸をワクワクさせながら、浪宅の戸をあけた。ふた部屋しかないこの家のすぐそこに、枕もとに線香をたてた死人が横たわっていた。影のようにその傍にうなだれていた娘が白い顔をあげた。

「御老人は……亡くなられましたか！」

娘は、かすかに唇をうごかせた。

「いいえ、これは兄でございます」

「なに、半平が！」

脳天をがんとうたれたようである。貞四郎はたちすくみ、白痴みたいな眼で、娘をみた。半平の妹、貞四郎のいいなずけ、十八になるお縫だった。

「半平が――半平が、そりゃまた、なんで？」

「兄は、腹をきりました。ほんの先刻のことでございます」

「腹を――」

「昨日、いちどあなたさまをおたずねしたようでございますが、御留守だったと申すことで——いまさら相談してもせんないことだと——」

貞四郎は、ころぶようにかけ上って、屍骸《しがい》の顔を覆った布をとりのけた。あの精悍な顔が、恐ろしい無念さにねじくれて、かたくなっている。

「半平！　半平！　い、いったい、どうしたのだ？　大望をまえに……」

「兄は先夜……犬を一匹斬ったそうでございます」

「それは存じておる。しかし——」

「そのとき御用の方に見つけられて、逃げは逃げましたが、お恥かしいものをとりおとしたとみえます。……」

「え、なにを？　あのとき何をおとしたのです？」

「質の札でございます」

「あっ」

「兄も、それを翌日まで気づきませなんだ。その御用の方……箕輪《みのわ》の万八というお方がそれをもってみえられて、はじめてはっとしたようなわけでございます」

「おお、すりゃ、さっき路地でみた男が、きゃつか！」

「そのお方が申されるには、犬を殺せば死罪はのがれられないところだが、お侍が犬殺しの罪で打首になるのも不本意であろう。三十両のお金を出せば、御慈悲をもってお上へ内済にしてやると、こう申すのでございます。……けれど、三十両などという大金が、どこにありましょう。……」

ひくい、かわいた、悲痛をきわめた声だ。そのとおり、家の中には何もない。壁はおち、たたみはやぶれ、貧しさの極致だった。お縫は、泣いてもいなかった。まるで、悪夢をみている人間のうわごとのように、彼女の唇はわななく。

「同志のかたがたの御苦労は、身にしみて存じております、犬を殺した罪の内済金など、どの顔さげてたのんでまわれましょう、と兄は申しておりました。それに、あの男は、犬殺しのほかに何やら小耳にはさんだこともあるらしく、さっきもおしかけてきて、浅野さまの御浪人ですね、こんなことでつまずいては、御大望のさまたげになりはしませんか、などと申します。それで兄はびっくりし、かっと例の癇癪《かんしやく》をおこして、あの男の眼のまえで、いきなり腹をきってしまったのでございます。……」

突然、貞四郎は、わけのわからぬうめきをあげていた。胸からふきあげてくるのは、かなしみの慟哭《どうこく》よりも、憤怒のさけびだった。泣くにも泣けないとはこのことだ。ばかな！　ばかな！　臥薪嘗胆《がしんしょうたん》の忠義の武士が、犬と質札で腹をきるとは！

　しかし、たちまち火のような涙が、貞四郎の頬をながれおちた。それを仰いでいるお縫の大きくみひらいた眼にも、はじめて涙がどっとあふれ出す。とみるまに、彼女はヒシと貞四郎にしがみついてきた。身もだえして泣きじゃくりながら、お縫の可憐な唇はあえいだ。

「貞四郎さま……貞四郎さま……縫はどうすればいいのでございましょう。縫はこれから、なんのために生きてゆくのでございましょう。……」

　あやうく貞四郎はさけび出すところだった。

「わしにたよれ、お縫どの、わしのために生きてゆくのだ！」

　それがいえないのだ。どうせ死ぬ身に、いまさら祝言でもあるまいと、むかしの約束は凍結させたままだった。しかし事成ったあかつき、父の武右衛門も、兄の半平も、このじぶんも死んだあと、この娘がどうするか、それこそふだんから、彼の心を重くかなしくふさぐ思いだった。その思いのなかには、しかし魂もおののくような甘美な悲壮感があった。

が、いま……半平は文字どおり「犬死」をとげ、一方壮挙はいつの日にあげるのか。

――お縫を抱きしめたまま、貞四郎は、あいまいな、棒をのんだような顔つきを硬直させている。

「泣くな、不覚者め」

と、やぶれた唐紙の向うで、しゃがれた声がきこえた。父親の武右衛門だ。

「大望をまえに、犬を斬って捕吏に追われるなど、いいようのない浅薄者《あさはかもの》、大事をなす武士の心掛けにあるまじきばか者だ。同志の方々に迷惑かけるより、腹きってケリをつけたのがせめてものことじゃ。貞四郎、笑ってくれ、笑ってやれ。……」

そして、じぶんも笑おうとした声は、たちまち耳を覆いたいような泣き声まじりの咳《せき》にかわった。

三

いちど退却した小悪魔は、また罪も恥も知らない顔をあらわした。箕輪の万八というあの御用聞が、内々女衒《ぜげん》稼業《かぎょう》をやっているとしれたのはまもなくである。

彼は、半平の自殺に胆をつぶしていったんは逃げ出したものの、あとにのこった貧しい病気の老人と美しい娘というおあつらえの条件の魅力にあきらめきれず、それからしばしば手土産などをもって、浪宅に顔を出した。追っても追っても、まるで鉄面皮である。たまたま老人が、発作に苦悶《くもん》したりすると、甲斐甲斐しく医者にかけつけたりする。

いちど、ゆきあわせた貞四郎が、激怒して彼をつまみ出そうとすると、彼は蛇のような眼で、貞四郎をにらんだ。

「御浪人、犬と御用聞を殺しゃあ、あとでおなかがいたみますぜ」

あの夜、貞四郎が半平といっしょだったことを、彼はすでに知っているのだ。その弱味があるだけに、貞四郎も塩谷父娘もこのけがらわしい蜘蛛《くも》をはらいきれないのだった。

そして、蜘蛛はついに毒の糸をはき出した。

万八の周旋で、廓へ身を売ろうかと思うと、お縫が貞四郎にうちあけたのは、その冬が去ろうとする或る寒い日の裏の井戸端だった。

「とんでもないことを！」

と、貞四郎はさけんだ。お縫は夕顔のようにうなだれたまま、沈んだ声でいう。

「いいえ、わたしは、父を生かしてやりとうございます。その日まで。……」

「それは、むろん――」

「それから、父を達者にしてやりとうございます。その日までに。……」

武右衛門は、伜《せがれ》の死の打撃で、あれ以来いっそうひどく憔悴《しょうすい》していた。いまはただ気力でもっているようなものなのだ。「その日」を待つ気力で。――

「お医者にききますと、ここでしばらく保養にでもいって、よい薬でものめば恢復《かいふく》の見込はないことはないと申します」

「お縫どの、わしも、御存じのとおりの貧乏だが、それくらいのことは、同志にはかっても――」

「いいえ、それでなくても、みなさまの御難儀はよく存じております。みなさま、ただお心は大望をはたす日のことばかり、その日がいつくることやら、さだめないものを待つには、とぼしい蓄えはお大事でございましょう。そう申して父は、みなさまのお情けにすがってまで生きていとうはないと申します、みなさまの重荷になるようなら、いっそ兄のあとを追って腹をきったほうがましじゃと申します。わたしは、父のこの意地、一徹をとおしてやりとうございます。いまのわたしには……」

ちらっと貞四郎をみたお縫の眼に、いいようのない哀怨なさざなみがゆれた。

「父ののぞみを果してやること、それだけがいまのわたしの生甲斐でございます」

貞四郎は、ぐっと胸をつかれた。お縫の考えには、お縫自身はどこにもない。それを責めることは、彼にはできなかった。同志すべてが、あらゆる犠牲を家族に強いているのだ。

「待ってくれ、お縫どの」

ようやく彼はさけんだ。

「それはあんまりだ。……この二十日ばかり待ってくれ」

「二十日、とは？」

「父御の御養生に、無心するのにそう遠慮するにはあたらない人がある」

「どなたでございましょう？」

「太夫だ」

「御家老さま」

「そうだ。あのお方は、京伏見の色町で、湯水のごとく金をつかいはたしておられるとやら」

「貞四郎さま、けれど、さようなことは」

「いや、われわれには、それくらいのことは願える言い分がある」

貞四郎の顔に、つよい怒りの表情が浮かびあがった。彼はぐっとつるべの縄をつかみしめた。

「それに、わしは太夫におたずねしたいこともあるのだ。その日、その日はいつくるか。その日を待ちあぐねて、脱盟者は、相つぎ、太夫を信じるものも、歯をくいしばって忍従している。太夫はいつまで待たれるおつもりか。それをたしかめないで、なにが養生になろう? 御老人が待っていなさるのは、なにより太夫の断であろう。お縫どの、わしはすぐ京へいって、太夫のお心をのぞいてくる。たたいてくる。いいや、お心をかきたててくる！」

四

「ふけて廓のよそおいみれば、
　宵のともしびうちそむき寝の――」
　幇間《たいこ》が三味線にあわせて首をふり出すと、何十人かの遊女たちは華麗な蝶のようにおどり出した。浮大尽も眼をほそめて、口をうごかしている。おぼろな春灯にゆれる大座敷は、まるで虹の世界のようだった。
「夢の花さえ、
　ちらす嵐のさそいきて、
　閨《ねや》をつれ出すつれびと男。――」
　ねむたげに口ずさみつつ、浮大尽の手は決してねむそうではなく、すこぶる達者なもので、片手に盃、片手は、たわわな大輪の花にも似てもたれかかっている浮橋太夫の袖ぐちから、雪のような胸もとにさしいれて、ふとい指の快楽をたのしんでいるらしい。
　まるで富家の町人のように、肉のあつい、たっぷりした顔は、およそゆるむだけゆるみ、ギラギラとあぶらぎって、典型的な大好色漢の相だった。
　末座に、石のように、田中貞四郎は坐っている。その男らしい美貌《びぼう》に、はじめ四五人の遊女が蛾《が》のようにたかってきたが、恐ろしい眼でにらみつけられて、あとは路傍の石ぼとけみたいに無視されてしまった。こんな男の例は、浮大尽の座敷に、いままで幾人もあったから、めずらしいことでもない。

貞四郎は、太夫を信じていた。この放蕩も、敵の間者の眼をくらますためのものだと信じていた。それでも、彼の眼には、このはなやかな五彩の霧のかなたに、かなしく明滅するいくつかの影像をみた。赤貧のなかに忍苦している江戸の同志たちの姿。重病の床に、刀だけを抱いて咳に身もだえしている塩谷武右衛門の姿、冷たい風にふかれて、繊《ほそ》い手でつるべ縄をつかんでうなだれたお縫の姿。——

まるで、おなじこの世のこととは思えない。まして、身分の軽重こそあれ、おなじ目的のために盟約をかわした同志とは思えない。

もとから明るいお人柄ではあったが、こうまで羽目をはずせる人とは想像もつかなかった。おそろしくにぎやか好きなのだ。豪興をすぎて、きちがいじみてすらいる。

さわぎは、しだいに、この撞木町ぜんたいに鳴りかえるばかりになった。フラフラとたちあがった浮大尽が、眼かくしされて、鬼あそびをはじめたのである。

「浮さま、こちら」

「手の鳴るほうへ」

「鬼ぬけ、まぬけ、太鼓しょって、にげろ」

そのうち、わっと正気とは思えない喚声がもつれあったのをみると、浮大尽は、座敷じゅうヒョロヒョロしながら、ふところから小判を出して、ばらまいているのだった。

こうなっては、鬼も蛇もない。あられもない姿で、女たちがふしまろんで、たたみのうえをはいまわるのに、浮大尽はまたその上へドサリとふとったからだをなげこんでいる。そして、両腕にふれたふたりの遊女をそのまま抱きかかえて、黄金のうえをころがってうごいた。

「やるぞ、やるぞ、このからだの下の小判は、みなこのふたりにやるぞ」

すると、ほかの女たちも、欲と脂粉にむれたからだを、わっと浮大尽ひとりのうえになげ重ねた。

浮大尽の恐悦した笑い声は、たちまち豚のような悲鳴にかわった。

「重い、苦しい。だいじなからだ、おまえらつぶしてくれる気か」

そして、妙なうなり声とともに、急にしずかになったので、遊女たちがおどろいてたちあがると、彼はみぐるしくよだれをたらして、寝入りこんでいるのである。

浮橋太夫がたちあがってきて、七宝だんだらのかいどりをフワとかけた。跫音《あしおと》しのばせ、女たちが出てゆくと、まるで大嵐のあとのようだった。杯盤狼藉《はいばんろうぜき》をきわめた座敷の隅に、ポツネンと貞四郎だけが坐っている。

「このひとでも、つかれなさるとみえる」

と、貞四郎はおかしがりかけて、はっと顔をひきしめた。実際、祇園、島原、ここと、きょうで三日め、夜に日をついでのだだら遊びで、若い彼が、この人の精力にはあきれている。圧倒されて、いままで彼は一言もなく、ただひきずりまわされていただけなのだ。

「間者をあざむくためにしても、度がすぎる」

と、彼はようやくわれにかえった。彼はねむっている人の顔をみた。

なんの成心もあるとはみえない、豚のように幸福な寝顔だった。――太夫は、しんそこから、この放蕩をたのしみぬいているとしか思えなかった。どの青楼でも、このあぶらぎった中年男は、若い貞四郎がおもてをそむけ、女たちが悲鳴をあげるような、凄《すさ》じいまでに好色な悪戯《いたずら》を、衆人環視のうちでへいきでやるのである。

貞四郎は、この首領が、怪奇な人にすら思われてきた。そして、この怪奇な首領に指導されているじぶんたちの盟約さえ、だんだん怪奇的なものに思われてきた。

「もし、太夫」

彼はあたまをふって、眼をひからせて、にじりよった。相手はなかなか醒《さ》めない。

「太夫」

手ひどくゆすぶられて、浮大尽はものうげな声をたてた。

「なんじゃあ？……浮橋か」

「貞四郎でございます」

「貞四郎」

「江戸から参った貞四郎でございます」

「おお、田中貞四郎か。……いままで、どこにおったぞ。酒は存分にのんだかな」

「太夫、おうかがいいたしたいことがあります」

「女あそびの手れん手くだか。なんでもきけ」

「たわけたことを。……太夫、太夫はまさかあのことを……お忘れではございますまい」

「あのこと？　はは、仇討《あだう》ちか」

ねむげな、憂鬱《ゆううつ》げな声だった。ちょっと眉がひそめられたようである。

「忘れてはおらんぞ。こうみえてもな。……これも敵のかくし目付どもの眼をくらまさんがため、貞四郎、察してくれい」

「太夫、太夫は……二人、三人の敵のかくし目付の眼をくらまそうとして、二十人、三十人の同志を失いつつあることをお思いなされませぬか？」

貞四郎は、声をしぼった。

「太夫は、かような遊興を、ほんとうにたのしんでおられるのでございますか？」

「いや、つまらながっておるぞ」

「しかし……」

「しかし、われながら飽きないところをみると、存外おもしろがっておるのかもしれぬ」

太夫の声は、またねむりに入ってゆくようだった。

「まあ、浮世はこんなものさ。……夢だ」

「夢？　あの一挙も夢だと仰せになりますか！」

「さようさな。まあ、そんなものだろう。……」

貞四郎は、かっとした。夢といわれる。その一挙を待ちかねて、江戸の同志のもがきぬいているあの姿も夢といわれるのか？

「太夫、みんな、苦しがっております。……」

「苦しがる奴は、ばかだ。どうせのこり少ない命、たのしんだ方が利口だぞ、貞四郎。まだ若いおまえだ。いまのうち、百年分ぐらいたのしんでおくがいい」

「太夫、事はいつあげられるのでございます？」

「さての、いつにしようかの。わしはへそがまがっておるから、世間の衆が待ちくたびれたころに、ユルユル幕をあげてやろうと思っておるが」

「裏切者の高田郡兵衛が申しました。太夫はあまりにも、芝居気がおつよすぎると。……」

「なに、郡兵衛がさようなことをいったか。はははは、さすがは郡兵衛だ。うまいことを申す。……まったくじゃ、世間は芝居をみたがってござるのだ。だからによって、われわれは芝居をみせる。そのつもりで、気楽にやれ、貞四郎」

「――太夫！」

「苦しがる奴は、芝居気がないからだ。一座からぬけても、いたしかたないなあ」

「太夫、塩谷半平は質札一枚で腹をきり、塩谷武右衛門は貧窮のなかに、死にかかっておりますのに！」

「貞四郎」

と、昼行燈《ひるあんどん》に灯がともったようにボンヤリと眼をあげて、

「金がいるか？」

それも焦眉の用のひとつではあったが、なぜか怒りのために、貞四郎はのどがつまった。そのまに、太夫はゆっくりと手をたたいて、女を呼んだ。

「たんすいさまはござるか、よんでくれ」

まもなく、廓名たんすい、こと、村松三太夫が、酔った顔をのぞかせた。

「太夫、お呼びで……」

「たんすいさまよ。貞四郎に金をやってくれ」

そして、浮大尽はヒョロヒョロとたちあがり、閾《しきい》のところでふりかえって、深い声で、

「貞四郎、たったひとつの命、可愛がってやれい」

と、いったが、うそ寒い春燈のかげにうつむいた田中貞四郎には、そのくるむような
まなざしはみえなかった。ただ、千鳥足で遠ざかってゆく太夫の、ものうげな声だけが
きこえた。

「とけてほどけてねみだれ髪の
　つげの小櫛も、
　さすが涙のばらばら雨に
　こぼれて袖に
　露のよすがのうきつとめ。……」

五

田中貞四郎は、胸を大きく波うたせながら、秋葉常燈明のかげにつっ立って、廓のうえにひろがる秋の蒼空のうろこ雲を仰いでいた。
この空は、もう貞四郎にとって、見なれた空だった。
仲の町あたりから、わああ、という群衆のどよめきと、それにまじる金棒の鳴る音が

きこえてきた。その気品にみちた美しさで、このところとみに嬌名のあがった薄雪太夫が、揚屋入りの道中をしているのを、彼はいまかいまみてきたところだった。

貞四郎は、「薄雪太夫」を、これで二度みた。――最初にみたときも、この人影のまばらな水道尻へにげてきて、茫然《ぼうぜん》たる眼で空をあおいだことを、彼は思い出した。あれは夏の夕焼雲の下だった。……

いや、それよりまえに、この春のこと。

京からはせ下った貞四郎は、深川黒江町の塩谷武右衛門の浪宅へかけつけて、わが眼をうたがった。家は、空家だった。やがてとなりでそのわけをきいて、こんどは耳をうたがった。おもえば、貞四郎が京へ上ってから十日めに、お縫は廓へ身を売っていたのだ。父の病気が急にわるくなったからだった。そして、それから五日めに武右衛門は死んだ――彼は、太夫からもらった金をふところに、すぐさま廓へはしった。お縫が身を売ったという江戸町一丁目の扇屋にいったが、お縫には会えなかった。ただ禿《かむろ》から、「縫はもうにごり江に身を沈めました。どうぞ顔をみて下さいますな。かげながら、御本懐の日を待っております」――という意味のふみをうけとっただけである。

彼女のなげきの悲叫がきこえるようだった。なんたることか！　本懐の日をまえに、兄は犬一匹とひきかえに命をうしない、彼女の犠牲もむなしく老父は陋巷《ろうこう》に窮死するとは。――貞四郎は運命の悪意を感じた。

彼は、はじめてじぶんが、どんなにふかくお縫を思っていたかを知った。彼は日毎夜毎、影のように廓の中をうろついた。

お縫を遊女として買う金はもっていた。京の太夫からもらってきたあの金だ。しかし、彼はお縫を買う気にはなれなかった。「どうぞ顔をみて下さいますな」といわれたからではない。義挙に加わる壮士として、みずからにはめたストイックな戒律の枷《かせ》から、そう容易に脱し得なかったのだ。ただ、その彼を動揺させるのは、清浄なるべき運命の日々を、酒と女にけがしぬいて、その汚濁をしんそこから享楽しているらしい京の太夫の、あの肉のあつい笑顔だった。……

貞四郎の動揺する戒律が崩壊したのは、この夏のことだ。その日彼は、はじめて薄雪太夫となったお縫をみた。

夕焼にぬれ、長柄の傘をさしかけられて、揚屋からかえる花魁《おいらん》薄雪は、この世のものとも思われぬ美しさだった。ふしぎなことに、綺羅をまといつつ、彼女は人のこころを浮きたたせるより、どこかむなしい、かなしい、しみ入るようなところがあった。ひとめみて、貞四郎は仲の町をこの水道尻まではしって、銅像のように立ちつくしていた。

その夜、彼はあびるように酒をのんで、廓じゅうをわめきさまよった。そして、気がつくと、羅生門河岸の切見世で、ひとりの売女を抱いてねていたのだった。おぼえはないが、酔い狂った眼は、安雛《やすびな》のならんだような女のなかから、かなしくも或る幻をえらんでいたのか。——そのおえんという売女は、どこか薄雪太夫に似ていた。

どこが似ているのか、ちょっと見には、さびしい美しさが似ていた。が、そのさびしげな翳《かげ》は、この女が病気もちであることからきている点もあることがまもなくわかった。病気は、悪性の黴瘡だった。いちおうの上玉でありながら、こんな一ト切百文の切見世におちてきているのもそのせいだ。

羅生門河岸、またの名を、鉄砲見世。

おはぐろどぶに沿う廓の東河岸いったいの異名だが、むろん、これはそこに巣くう女が、鬼女にもまがうばかり、五人にひとりは、髪はぬけ、鼻はおち、中《あた》れば鉄砲よりも、もっと恐ろしい毒をもっているからのこと。いうまでもなく、武士のたちいるべきところではない。

しかし、貞四郎は、それ以来そこに沈淪《ちんりん》して、うめき声をあげるほどの愉楽をおぼえた。おえんは急速に頭がおかしくなってきたようだった。薬らしい薬もない時代のことだし、だいいちひどくたちが悪いらしい。それだけにひどく肉欲的な小さな唇から、白いあごに、しょっちゅうよだれをこぼしていた。この悪所に、このくされかかった女を抱きながら、貞四郎のあたまには、歯ぎしりする思いで、いつもふたつの幻影がゆれていた。

京の太夫。――太夫、これが浮世のたのしみというものでござるか。義挙の日まで、大丈夫のなすべきひまつぶしとはこれでござるか。いかにも、お教え、かたじけない。仰せのとおり、貞四郎、頂戴した金子《きんす》でとくとたのしみますぞ。

そして、もうひとつの幻は、あの薄雪太夫だった。じぶんとからみあっている女が、腐臭《ふしゆう》をはなてばはなつほど、あの京の気楽男のずぶとい顔にかみつくような快味をおぼえると同時に、貞四郎の頭の深部に、薄雪太夫は、いよいよ天上の月輪のように昇りつめてゆくのだった。貞四郎の涙は、おえんのよだれとまじりあった。そこにはいいようのない悲壮な法悦があった。……

――そして、いま、ふたたび彼は薄雪太夫をみた。

金棒を鳴らしてあるく鳶《とび》の者、定紋つけた箱提灯をさげた若い者を先導に、禿《かむろ》ふたり、新造、三味線もちの小女、夜具持ちの若者をしたがえ、雪の素足にたかい駒下駄をはき、鳳凰《ほうおう》のように八文字をふんで揚屋に入る薄雪太夫を。

ちらっとみて、貞四郎はおもてをたたかれるような思いがした。彼女は変っていた。さびしげな、むなしい翳《かげ》はきえ、そこには美と誇りにみちた遊女の顔があった。弥陀の毫光のようにさした玳瑁《たいまい》の櫛や珊瑚《さんご》の笄《こうがい》、また牡丹に唐獅子を金糸銀糸でぬったうちかけ。――孔雀のような元禄の花魁の道中姿だ。

「あれは、似ておる。――」

驚愕して、にげはしりながら、貞四郎は心にさけんだ。

「あの満ち足りた顔は、だれかに似ておる。――おおっ、京の、太夫だ！」

全身が、颶風《ぐふう》にさらわれて、足が宙に浮いているような気がした。みんな、たのしんでいる。安住している。満足している。彼は、じぶんだけが、ひろい宇宙に舞ってゆく孤独な一枚の木の葉のように感じた。

ながいあいだ、酔ったように身をユラユラさせながら、うろこ雲をあおいでいた貞四郎は、やがてニヤリと笑った。

「いまなら、薄雪は買える」

生きている人間とは思わなかったのか、赤とんぼがツイとのびた月代《さかやき》にとまった。

「ところが、もう太夫を買う金はない、ときてやがる」

しかし、彼の心は、歯ぎしりしながら絶叫していたのだ。

「おれは、武士の魂をうしなってはおらぬぞ」

どいつも、こいつも、かってに満足しろ、かってにたのしみやがれ。いまにその胆を冷やしてくれる。一代の壮挙で、あっといわせてくれる。ついに時はちかづいているのだ。

「あの薄雪の眼に、おれのための涙を」

彼は笑った。世間は、もう浅野浪人への期待をあきらめていた。しかし、いまや、あの京の昼行燈どのは、ようやく重い腰をあげて、すでに悠然としてこの江戸の舞台へ、舞台裏へ姿をあらわしているのだった。

身ぶるいして、田中貞四郎は、はっしと刀の柄をたたいた。復讐《ふくしゅう》の相手は、すでにひとりの衰死の老人ではない。見返してやりたいのは、運命であり、女だった。

ふっと、貞四郎は、柄におかれたじぶんのこぶしを見た。こぶしに、妖しい赤銅色の環がつながって、ふくれていた。彼は眉をひそめた。

「義士として、腹きるときまでに、こいつめ失せてくれればよいが。……」

六

師走十二日の夜からふり出した雪は、十三日、十四日とふりつづけて、大江戸の路も橋も甍《いらか》も、まっしろにうずめつくしてしまった。

十四日の午後、田中貞四郎は、ひどく上機嫌で、羅生門河岸へ入っていった。ふだんいつも凄《すご》いような陰鬱な顔で通る浪人が、きょうはまたきみわるいほどゆるんだ顔だから、雪をかいていた女たちが、ふしぎそうに口をあけて見送った。

彼は、おえんの切見世に入った。

この地獄河岸の見世は、長屋をしきって、幅四尺五寸、奥ゆきは九尺というから、たった一畳半ばかり、奥はすすけた腰高障子、西側はやぶれ唐紙、なかにあるのは安鏡台と敷布団だけ。泊りの客にだけはじめて掛布団を出すならいだが、なにしろこの寒さだから、おえんはもう布団をかぶって蓑虫《みのむし》みたいにしていた。

「おえん」

と、貞四郎は快活な声をかけた。

おえんは、蒼白い顔をあげて、ノロノロとおきあがった。コメカミにベッタリ黒い紙をはっている。なじみがきても、うれしそうにもせぬ痴呆の女を、はじめて貞四郎は可憐なものとみた。

ともかくも、じぶんの青春は、今夜かぎりにおわるのだ。だれもしらない、じぶんだけが知っている、かなしい、けれど、いまから思えば、底ぶかい愉楽をあたえてくれた女ではあった。

「別れにきたのだ。明夜からおれはもう来ぬ」

「え、こない？　なぜ？」

「まあ、酒をのもう、酒を買ってこい。それから、すずりと筆をどこからか。――」

彼は、ここで薄雪太夫に書置をかいて、明日おえんにとどけさせ、今夜はここから壮挙にいで立つつもりだった。それが、魂までも完全にじぶんから去ったと直感されるあの女と、じぶんを翻弄した大人物たる太夫への、ひとしれぬ、なにより皮肉な一矢なのだ。

おえんが出ていってから、彼はまたニヤニヤと笑った。なにもかもが、ひどく愉快だ。このあさましい小屋のながめすらも、愛撫《あいぶ》してやりたいほどいとおしく、なつかしい。それに、この数日、ひどく彼を苦しめたえたいのしれない頭痛も、けさから、ぬぐったようにとれているのもうれしかった。

酒はうまく、酔いははやかった。貞四郎の美しいひたいに、それまでボンヤリうすかった赤い環が、テラテラとぶきみに浮かびあがった。

彼は左手におえんを抱き、あおむけになったその肉欲的な白痴の唇に口うつしに酒をふくませてやりながら、右手に筆をとった。どうかいてやろうと思う。

おどろいたことに、さりげなく彼女を鞭《むち》うつ手紙をかこうと思っていたのに、浮かんでくるのは、仇討もそなたのためだといわんばかりの、切々たる思慕の文句ばかりだった。河岸にむいた小さな明障子が、すうっとくらくなったのは、そのときだ。

「おお、夜がきたな。――」

まちかねた一夜だった。彼は酔いにかがやく眼をむけて、

「おえん、行燈をつけろ」

しばらくして。

「おい、はやく灯をいれないか？」

もう灯をいれた、とおえんはいった。なぜか、遠い遠い声だった。そして、貞四郎の眼のまえは、黒い暈《かさ》がかかったようにくらかった。

「なに、灯を？――」

そうさけんだとき、突然、かっと頭がいたんできた。まるで、脳髄を内側からあぶられるようなはげしい痛みだ。彼は愕然とした。筆と盃をなげ、両腕であたまをかかえてつっ伏していたが、しぼるように、

「酒、酒をくれい。――」

と、うめいた。

このいたみは、夜半までにとらなければならぬ。ひとねむりして、さわやかな英気をたくわえておかなければならぬ。……彼はあたまの炎にぶちまけるように徳利を口のみ

にして、

「おえん、引け四つまでに起してくれ。八幡たのんだぞ。――」

というと、たおれるようにのめってしまった。

――ねむったとは思えない。しびれたような幾刻かだった。そのくせ、足はずっと足ぶみし、手はたえずもがきまわっているような夢から、さすがだ、田中貞四郎はがばとさめた。

「おえん、いま、なんどきだ？」

「あい、さっき、ウトウトと八つ半の拍子木がまわるのをききんしたから、もうかれこれ――」

「ばかっ、なぜ、起さぬ？」

およぐようにたちあがろうとすると、おえんはなおからみついて、

「泊ってゆきなよ、おまえさん、この雪に――」

「たわけめ！」

と、彼はけとばすと、「おえん、さらばだ」とさけんで、羅生門河岸にとび出していった。

いたみはとれなかった。あたまは依然われるようだった。それに、酔いがのこるか、手足になおしびれるような異様な感覚があった。八丁土手のあいだに、三度もふしまろんだのも、雪のせいとばかりは、いえなかった。

その雪は、いつしかすっかりはれて、深夜の空に凄いような寒月がのぼっていたが、この時刻には、もう土手に四ツ手駕籠の影もない。

討入りは七つだが、それよりまえに本所林町の堀部安兵衛の家で勢ぞろいの手はずだ。そこに装束や武器道具が用意してあるからだ。もはや一同、そこにあつまって目釘をためし、武者ぶるいしているにちがいない。いいや、すでにめざす敵の邸におし出しているかもしれぬ。……

しまった！　しまった！

歯がみしながら、宙をとび、ふしまろび、またはしる彼の姿は、この真夜中、たしかに妖異なものであったにちがいない。

「おい、待て」

と、誰かが呼びとめた。ちらっとみると、雪のなかに、黒い影がひとつ、じっとこちらをうかがっている。

月光に浮かんでいる猿のような顔は、あの御用聞の箕輪の万八だった。

「どこへゆく？」

「うぬか？　邪魔するな、どけ！」

かっとして、いらだって、貞四郎がさけびすててはしり出そうとしたとき、傍によってきた万八の唾をはくような声がきこえた。

「なんだ、あの犬殺し浪人か。またろくでもねえことをするつもりかね？」

「なにっ」

と、ふりかえると、貞四郎の手から狂的なひかりがキラめき出して、万八の顔に、小豆をたたくような音をたてた。

斬る気はなく、ほとんど発作的な行為だったが、彼の手並みなら、ただ一刀のもとのはずだった。その手がこわばっていて、狂った刃が、相手の顔はんぶんを斬りそいで、万八はいやな声をたてて、反射的にしがみついてきた。

「ひっ、人殺しい！」

「だまれ！」

ふりはらおうとして、もつれあって、ころがった。蒼白い雪のうえに、ふたりは二匹の山犬のように格闘した。不覚にも、貞四郎の手から刀がとび、ふたりの男はかみつき合い、かきむしりあった。

しばらくののち、貞四郎は、両手を鉤のようにおりまげたまま、ヒョロリとたちあがった。武士らしくもなく、相手をしめ殺したのである。満月の下に、彼の半面は、黒血と髪の毛をねばりつかせて、凄惨な幽鬼のような姿だった。

そのあいだにも、頭はいたみつづけた。全身が硬直したようなのは、いまの愚かな死闘のゆえであったか？　いや、貞四郎は、じぶんのからだに、刻々と恐ろしい変化が起りつつあるのを感じた。頭のなかが、きゅうっとねじれ、ふしぶしが、木の瘤《こぶ》みたいにかたまってゆくような恐怖すべき感覚があった。

十歩はしって、彼はまたたおれた。まひるのようだった月明が、この世の終りのような妖しい霧につつまれてきた。……

彼のあえぐ顔が、しだいにひきつったままになり、やがてピクピクと異様な痙攣《けいれん》をはじめた。すでにもはやそれは、正気の人間の顔ではない。……いつしか彼の脳髄にくいこんだ無数の虫は、彼の思考力を乱離とちらしているのだった。

それでも貞四郎は、這うようにノロノロとすすんでゆく。本所へ。敵の邸へ。——

幾刻すぎたであろう、それは暗い水底のながめとも、白光にみちた天上の光景ともみえた。

田中貞四郎は、フラリと立って、その群像をながめていた。

大石内蔵助は、黒い不動明王のようにがっしとつっ立っていた。黒い小袖に黒羅紗の羽織がいかめしく、黒革づつみの白革べりのかぶと頭巾の下から、厳粛きわまる眼をきっとなげている。

そこには、浮大尽の面影など、毫もなかった。貞四郎の狂ったあたまに、或る声が遠雷のように鳴っていた。だからによって、われわれは芝居をみせる。……

「うまく、やってらあ。太夫」

やっと、だだッ子みたいに田中貞四郎はつぶやいて、ニヤニヤ笑った。それが彼のことばの最後の能力だった。吉良家の土塀にもたれかかったまま、しかし彼のからだはうごかなかった。いや、うごかすべき脳はすでに痴呆と化していたのだ。

ただ、かっとはりさけんばかりに見ひらかれた、そのむなしい瞳のまえを、このひと夜を一期《いちご》とする鉄石の義士の群は、白雪と剣光をみだし、跫音とどろかせて、めざす門へ殺到してゆくのだった。

俺も四十七士

貝賀弥左衛門、この名を御存知ですか？

一

この夏のころから、南八丁堀湊町、平野屋十左衛門の裏店《うらだな》に住みこんだ五人の男がある。

借主は、吉岡勝兵衛という浪人で、その義弟の水木又七、友人の脇屋新兵衛、この三人だけが侍で、あと脇屋の親戚とかの田中玄貞という医者、それから、下男の喜十郎。

これが近所の女たちの評判となった。女ッ気なしの男世帯のせいもあるが、下男の喜十郎をのぞくあとの四人が、そろいもそろって、実に惚《ほ》れ惚《ぼ》れするようないい男ばかりだったからむりもない。

べつに当世風に、小袖の裏を紅《もみ》にしたり、高麗《こうらい》ざしの足袋をはいたり、伊達《だて》をかざるわけではない。浪人ぐらしで、そんなゆとりのあるわけもないが、それにもかかわらず、彼らには内部から照り透るような若さというか、精気というか、はなやかなかがやきがあった。

吉岡勝兵衛。三十五六歳、色白で、のびやかで、貴公子のようで、いちばん浪人くさくない。

義弟の水木又七は、十七八、いちじ「あれは京の万太夫座の若衆方じゃったそうな」という噂《うわさ》をたてられたくらいの美少年だ。もっともそれには、偶然姓が、其角《きかく》に「花の夢胡蝶に似たり辰之助」と詠まれた京の名女形《めいおやま》水木辰之助とおなじだったせいもある。

脇屋新兵衛は三十あまり。あごの剃りあとも青あおとして、みるからに豪快な浪人だが、それでいてどこかあかぬけしたところがある。

医者の田中玄貞は二十三四だが、これはちょっと神経質だが、それだけに凄味《すごみ》のある美男だった。

だから、吉岡には、生薬屋の姉娘と呉服屋の女房が惚れ、水木には生薬屋の妹娘と小間物屋の女房が惚れ、脇屋には、同心の娘と古道具屋の後家が惚れ、田中には、翠簾師《すいれんし》の娘と表具屋の女房が惚れ――いや、界隈のどの女もが、四人の男のだれにも惚れているかもしれない。

「ちょいト」

用足しがえりの喜十郎は、白魚屋敷の角で、なまめかしい声で呼びとめられた。ふりかえってみると、三十間堀の紺屋の女房だ。

「喜十郎さん、いいところで出会ったよ。かえったら、玄貞先生にすぐおいでをねがってくれないか。病人があるんだよ」

「病人って、だれが？」

「あ、た、し」

あかい唇から、つやつやしたお歯黒がこぼれて、

「きのうから、腰がいたんで、どうにもがまんならないのさ」

「腰のいたいくらい、按摩《あんま》を呼べばよかろう」

「ほかの按摩じゃ効かないんだよ。玄貞先生にもんでもらわなくっちゃ」

「おい……おまえさんの御亭主は、いまたしか伊勢へいってるはずだろ」

「あい。そのとおり。それがどうして？」

喜十郎はヘドモドした。

「御亭主の留守ちゅうに、そんなふしだらなまねを……」

「おや、へんなことをおいいだね。亭主の留守ちゅうにゃお医者を呼べないっておいい

なのかい。死んでも坊主を呼べないっておいいなのかい?」

「いや、そんなわけでもねえが……」

「面に似合わねえことをカンぐるんじゃないよ、このとんちき!」

「へ?」

「大きなお世話だよ、はやく呼んどいでったら、呼んどいで!」

喜十郎は、ほうほうのていでにげ出した。

真福寺橋をわたったところで、その喜十郎をまたそっと呼んだものがある。

「もし。……」

絵馬屋《えまや》の娘だ。五六歩よってきて、ちらっと喜十郎をみて急にぽうと頬を染めた。

「あ、おいくちゃんか。……なんか用かい?」

「はい、あの……」

「なんだい、おれはちっといそぐから、はやくいっておくれよ」

「あの、水木さんはいらっしゃるでしょうか」

「水木さん? さあ、おれの出かけてる留守に、死ななけりゃいるだろうさ」

「いらっしゃったら……あの、これを……」

「ほう、こいつぁ美しい小袖だな。これを水木さんに……」

「どうぞ、さしあげて下さいな。あたしの縫ったものですから。……」

娘は、蚊の鳴くような声でいった。見ていて、こちらもムズがゆくなるくらいからだをくねらせていたが、ふいに両手で顔をおおうと、バタバタとにげ出していった。

喜十郎は、あっけにとられたように見送っていたが、だんだんニガ虫をかみつぶしたような表情になってきた。

喜十郎は、もう五十をこしているだろう。小男でやせているし、眉が下がって眼が小さく、みるからに苦労のシミついた哀れな人相だ。それが仏頂面《ぶつちようづら》になると、はたから見ると、吹き出したいような顔になる。

八丁堀に沿って、三丁目あたりまでくると、彼は急にキョトキョトと不安げな眼つきをした。このあたりで、ふだんよく古道具屋のあぶらぎった後家があらわれて、酒やら魚やら、脇屋新兵衛にことづけるからである。

さっきの紺屋の女房も江戸まえの伝法肌だが、この後家のあつかましさ、口のわるさときたら、ひととおりやふたとおりのものではない。喜十郎がニガい顔をすればするほど、罵詈讒謗《ばりざんぼう》を洪水みたいに浴せかけて、彼を半死半生にしてしまう。彼がニガい顔をするのを、たんにふしだらをきらう謹直さとか頑固さのせいばかりではないと見て、彼の心魂に徹するような痛烈なことをいうのである。

「へへえ、おまえさん、ヤキモチやいてるのかい。こりゃ可笑《おか》しい、おへそが茶をわかす。いったいじぶんをいくつだと思っているんだい、イヤな爺《じじ》いだね、まああきれた、こんなイヤなクソ爺いをみたことがないよ。その御面相なら、若いころから女に惚れられたこともないだろ、ひとの女のよがり声を、しなびた睾丸をつかんで、あぶら汗をながしてきくだけだったろ、へっ、おきのどくだが、みんな生まれつきだ、あきらめるんだね。下男のくせに、御主人さまの色恋に水をさすと、馬に蹴《け》っとばさせるよ。——」

　おびえたような眼で、ぐるっと見まわすと——その後家は運よくいなかったが、堀ぶちの柳のかげに、娘がひとりブラリと立っていた。真っ赤なふり袖に、髪にも真っ赤な布きれをつけて、眼があうと、蒼白い顔をニタリとくずれさせて、

「吉岡先生とこのおじいさん。——」

　と、ソロソロとちかづいてきた。喜十郎はわっとさけんでとびあがり、あともふりかえらずバタバタとにげ出した。これは仏具屋の娘で、文字どおりの色きちがいで、見込

まれた吉岡勝兵衛も閉口しているが、見込まれない喜十郎といえども辟易《へきえき》してにげ出さざるを得ない。

湊町の浪宅にもどってくると、彼はまず水をのんだ。水木又七と脇屋新兵衛がのぞいて、

「おお、喜十郎か、もどったか、御苦労」

といいかけて、台所にほうり出された美しい風呂敷包みに、

「おや、それはなんだ」

「絵馬屋の娘のことづけで――」

喜十郎は、口をへの字にまげて、いかにも業腹《ごうはら》らしく、

「ええ。京の太夫は島原で大尽あそび、江戸は江戸でサカリのついた犬みたいな色恋沙汰《ざた》、これで大望がかなえば武士もらくじゃ」

と、そっぽをむいて、嘆息をついた。

水木と脇屋は、ゲラゲラ笑った。喜十郎のにくさげな愚痴はしょっちゅうのことだし、喜十郎にとって不本意なことに、その慷慨《こうがい》ぶりになんともいえない滑稽さがあるか

ら、かえって若い彼らのサカナになる。

「喜十郎、そうひがむな」

と、脇屋新兵衛がいった。

「おまえこそ、羨《うらや》ましい艶福《えんぷく》ぶりだ。世にも美しい女性が、東海道五十三次、はるばるおまえを追ってはせ下って参られたぞ」

「えっ」

「奥に、御内儀がお待ちかねだ」

二

大坂にのこしてきた女房のお類である。

吉岡勝兵衛は不在だったらしいが、のこっていた脇屋、水木、田中の三人も、気をきかせたつもりか、ブラリと外へ出ていったので、喜十郎はいっそうこまってしまった。

「何しにきおった？」

と、まず高びしゃに出てみたが、

「何しにきたじゃありませんよ。一向たよりもよこさないで」
と、やりかえされると、急にモジモジして、だまりこんだ。
お類は、もとから大女だったのが、中年すぎていっそうふとり出して、まるで小山の
ようだ。それがうすぃあばたがあるし、長い間の貧乏ぐらしに加えて、去年の三月以
来、禄にはなれて、五人の子供といっしょに大坂の長屋に捨てっぱなし同然にしてきた
うえに、東海道の長旅で、埃とやつれが、ふとったからだにまだらにシミついている。
しかし、喜十郎は、古女房の汗の匂いの哀れさとなつかしさに眼がうるんだ。
「うう……苦労しただろうのう」
お類の口からは、たちまち恨みつらみの瀑布《ばくふ》がたぎりおちはじめた。
「しただろうのう? のうも狂言もありませんよ。五人の子供に食べさせるのに、夜の
目もねむらず、わたしの苦労は絵にも字にもかけたものじゃああリません。それなの
に、あなたは江戸に下ったっきり、なしのつぶて。……もしかすると死んだのじゃある
まいかと、安否をみにこずにはいられないじゃありませんか。よく生きていましたね。
仕官の口をさがすなんて、エラそうなことをいって出て、あなたは年ガイもなく見栄っ

ぱりで強情なところがあるから、そのときはあきらめて出したのだけれど、あとで、ああ、出すのじゃなかったと。……」

「わかっておる、わかっておる」

と、喜十郎は閉口して手をふった。彼はわずか金十両米二石三人扶持《ぶち》ながら、この女房のうちへ婿にきた男なのである。

「いったい、この江戸にきて、何をしているんです。みれば、あきれた、町人髷《まげ》をして――」

「いや、こうみえても、やはりどこか奉公の口を――」

「まだ見つからないんですか？」

「うう……江戸へくれば、なんとかと思うてきたがな、なにしろ、この泰平な御時勢では、扶持《ふち》ばなれの侍も掃いてすてるほどあってな。……」

お類は皮肉に口をゆがめて、

「そうでござんすか。ほかのみなさまは、みんな御仕官の口がきまったとおっしゃってましたよ」

「なに、みんな、そんなことをいったか」

「いま、うかがいました。伊達さまに二百石だとか、脇坂さまに百五十石だとか、黒田さまに五十石だとか。……ほほほほう、あなたはこのうちへ下男奉公？」

喜十郎は、この女房のはしたなさと見さかいのないおしゃべりを恐れて、何もうちあけていない。ほかの連中も、お類に問いつめられて、辟易して、でたらめをこたえて糊《こ》塗《と》したものにちがいない。

「いや、この風態はさ、その、男ばかりの世帯では、葱《ねぎ》一本買うにも気がひける、まけろともいいにくい、されば、ひとり貧乏くじをひいて――」

「ホ、ホ、ホ、ほんとにまあ貧乏くじをひきそうなひとですよ、あなたというひとは――それにしても、他のお方もヒドいじゃありませんか、十六七の若い方もいらっしゃるのに、年よりひとりに苦労をかけて」

「なに、苦労でもないさ、男世帯もなかなか面白いぞ」

ちょいと本音が出た。ほんとに喜十郎には、この古女房としめッぽい、或いはトゲトゲしい世帯ばなしにあけくれたころのことを思うと、いまのくらしのほうが、たとえ色々な不平はあろうと、雪どけみたいにたのしかったのだ。たのしさの誇張が、不用意な冗談となって出た。

「はははは、こうみえてもな、男世帯に蛆《うじ》がわくというが、蛆よりも女がたかってこまるわ。きょうも用足しのかえりに、三四人女につきまとわれて往生したよ。はははははは」

お類の眼が、ギラッとひかった。

「まあ、ひとを大坂で乾し殺しにしておいて、なんて太平楽な——そんなことだろうと思っていた。もう一日も江戸にはおいておけません。……」

「おいおい、待ってくれ、いまの話は冗談だ」

喜十郎はあわてふためいた。

「いや、冗談ではないが、女がたかるのはわしではない。……」

「いいえ、信用できません。わたしはよく知っているんです。あなたはそんな顔していて、たいへんな女好きなんだから——」

「ば、ばか、わしの年をかんがえてみるがいい。わしは、その、ただ、みておるだけじゃ。……」

「みて、ヨダレをながしているんでしょう。いけません、江戸で、お若い方々と、気ままずい気ままな暮しをしていて、ロクなことはありません。そんなのんきな境涯じゃないじゃありませんか。さ、わたしといっしょに上方へかえりましょう。大坂へかえって下さい」

「な、なにをいうんだ、ばかも休み休みいえ」

「いいえ、わたしはそのつもりで江戸へ出てきたんです。もうがまんできない。……」

「そこが武士の女房というものではないか。男が、志をたてて出てきたことじゃ、もうすこし辛抱しろ、な、いまによい便りをするからの。……」

「それも、こののほほんとした暮しぶりや、そのばからしい髷を見ないまえならともかく——もう信用できません、あなたみたいな愚図で偏屈《へんくつ》で能なしの爺いに、そんないい口が見つかるものですか。奉公口なら、大坂でわたしがさがしてあげます」

「そうはゆかん。わしはかえらん。わしは江戸をうごかんぞ。……」

「うごかぬか、うごくか、さっ」

グイとふとい腕が喜十郎のえりくびにかかると、グラリと彼のやせたからだがかたむいた。

「たわけっ」

女房の怪力は身に徹しておぼえのある喜十郎は、戦慄《せんりつ》して、必死にその腕をはねのけたが、そのはずみに、あおむけにころがって、足がお類の鼻を蹴りあげた。

「あっ蹴ったね、百何十里もあるいてきたわたしの鼻を――」

彼女は、奈良東大寺の金剛力士みたいな顔になった。あとになって考えてみれば、まことに恥ずかしいことだが、その顔をみるなり、恐怖と逆上のあまり、彼は思わず傍にころがっていた刀をひっつかんではねあがっていた。

「かえれっ」

それも、喜十郎の習性に印された女房への恐ろしさと、それに死を以てしても反抗しなければならぬいまの立場が、火花をちらしてかみあった苦しまぎれの行為といえようか。


夫婦は、恐ろしい顔をして、肩で息してにらみあった。

軒に、わびしい秋の雨が音をたて出した。

突然、お類はわっという泣声とともに、両手を顔におしあてた。鯨の遠吠えみたいな物凄い号泣《ごうきゅう》だった。

そして、しばりつけられたように棒立ちになったままの喜十郎のまえで、もってきた荷物から、男物の新しい衣服をとり出し、あとを包んで胸に抱き、もとの旅支度をして、雨の中へノロノロと出ていった。

ややあって、喜十郎の眼が、ウロウロと戸口のあたりをさまよった。追おうと思ったらしい、が、足はそのまま釘づけになり、ただ、ひからびた頬に、ポロポロと涙がこぼれた。

「可哀そうに……じゃが、いまにみておれ、おまえに愚図といわれ、能なしと嘲《あざ》けられたこのわしが、ズンとおまえの肩身をひろくしてやるぞ。……」

雨の中をかけ出したお類は、むちゅうではしりつづけ、またあるいた。はじめてわれにかえったのは、山下御門をわたってからだ。雨にうたれる冷たい濠の水をまえに、彼女はうずくまって、しばらく考えこんでいたが、また大きな肩をふるわせて泣き出した。

すると――お類は気がつかなかったが、たしかに八丁堀からついてきた男が――忍笠をつけた武士が、しずかにうしろにちかづいて、その肩をそっとたたいた。

「御内儀、御内儀」

お類はふりかえって、すっとんきょうなさけびをあげた。

「何をなげいておられる？」

「はい、あの……」

ためらったのは、ほんのしばらくである。おしゃべりの相手をえらばない彼女は、たちまち堰《せき》をきったように、夫の無分別とじぶんの窮状を訴え出した。

「それは、きのどく。――」

と、忍笠の武士は、ちょっと思案していたが、すぐに、

「いや、まことにそれはおこまりであろう。拙者にちと存じ寄りがあるが、どうじゃ、ともかくいっしょに参られぬか。決して悪うはせぬつもりじゃが。……」

三

手ひどく追っぱらったつもりの女房が、思いがけず衣服をあらためて、駕籠《かご》まで用意して迎えにきたので、喜十郎はきもをつぶした。

「これは、どうしたことじゃ」

「まあ、だまっておいでなされまし」

と、笑っている。

「どこへ？」

「それが、この駕籠をまわして下されたお方のお申しつけで、申しあげられませぬ。さきへ参ってから申します」

「何をぬかす。そんな胡乱《うろん》なことで、侍一匹が――」

「ホ、ホ、ホ、その侍一匹にしてあげるんですよ」

「な、なに？」

「きのう……山下御門のところで逢ったお武家さまが、それはそれは御親切なお方で、わたしの話をきいて、あなたに御奉公の口をさがして下さるとおっしゃるんです。どうです、やっぱりわたしじゃないとだめでしょうが」

眼をぱちくりさせてこれを見ていた吉岡と脇屋と田中と水木が、爆発したように笑い出した。

「こりゃあいい。あははは、山内一豊《やまのうちかずとよ》の妻もはだしでにげよう。ゆけゆけ、いってみろ。――」

鼻のあたまにへんな皺《しわ》をよせてにらんでいる喜十郎をじっと見かえして、脇屋新兵衛はなお白い歯をみせながら、

「いや、お羨ましきかぎり」

このときすでに喜十郎の腕は、お類にグイとつかまれている。こんどはつきとばすいとまがなかった。

なぜかシブシブと腰のおもい喜十郎と、嘻々《きき》として得意満面のお類をのせた二梃の駕籠は、秋晴れの江戸の町を、矢のようにかけ出した。

どこへゆくのだろう？　女房の奴、どこの誰に口をかけたものだろう？　仕官したい、したくないは別として、狐につままれたようなきもちなのである。

駕籠の垂れのすきまから、虎ノ門あたりをはしっていると知ったとき、喜十郎は妙な顔をした。ここはなんどか通ったことがある。赤坂今井谷の南部坂に、元主君の未亡人が住んでいて、御機嫌うかがいにまかり出たことがあるのだ。

御後室さまは、まだ二十九歳だった。もともと美貌《びぼう》のきこえ高かったひとが、いま瑶《よう》泉院《ぜいいん》と名をかえて香煙のなかにたれこめている暗愁《あんしゅう》にみちた姿は、ほとんどこの世の

ものではないようなろうたけた美しさだった。

女房はおろか、天地の何ものにも――いやいや、自分自身にいいきかせてすら、身のおののくほど恐ろしいことではあるが、この五十三の貧相な男は、実はその御後室さまに惚れていた。彼がいま、彼らしくない大それた陰謀に加わった原動力の一つである。

「おや？」

駕籠は赤坂のほうへゆかず、麻布のほうへ曲ってゆく。

気がついたときは、どうやら大名の下屋敷か中屋敷らしい邸内の一室に通されていたのである。

ふたりをそこへ案内した武士が、

「ただいま、御家老がおいで遊ばす。暫時お待ち下されい」

と微笑していって去ってから、喜十郎は茫然《ぼうぜん》とお類の顔をみた。

「いまのが、わたくしを助けて下さった親切な方ですよ」

と、お類はとくとくとしていった。

「おい、ここはどこだ？」

「もう申しあげてもいいでしょう。あのね、ここは上杉さまの中屋敷なんですって」

「……ひっ」

喜十郎は、のどのおくで、風笛みたいな奇声をもらした。

あんまりその驚愕《きょうがく》ぶりがひどかったので、お類もめんくらって、まじまじと夫の顔を見まもった。

「あなた……どうなさったんです?」

そのとき、唐紙《からかみ》がひらいて、

「お待たせいたした」

と、入ってきたのは、ひとりの老人である。

「上杉家の江戸家老を承る千坂兵部《ちさかひょうぶ》でござる」

喜十郎とおなじように小柄で、やせているが、当代の名家の家老職の貫禄は争えないもので、本能的に喜十郎は居ずまいを正して何かいおうとした。

「ああいや、御姓名は存じておる」

と、千坂は手をあげて制して、沈んだ声で、

「去年の春のお家の大変は、まことに御愁傷なことでござった。主君は切腹、お家は断絶。……すべてこれ御公儀の御処置でござれば、しもじもは如何ともし難かったとは申せ、御家来衆の御心中をおもえば、武士は相身たがい、われわれとても暗涙なきを得ない。いや、武士は相身たがいなど申せば、そらぞらしいとお腹立ちであろうが、しかし、その真情だけはくんで下されい」

と、この家老は、元金十両米二石三人扶持の喜十郎のまえに両手をすべらせた。

「ところで、ただ真情だけをくんで下されと申しても、あまりに虫のよい言いぐさ、さればこそ、……当藩では、せめて御手前の御家中、ただいま浪々の身をかこっておられる方々を、何とかして召しかかえたいと存じておる。むろん、お手前をはじめとして

――」

能面のように顔ににじんだうす笑いが、世帯やつれのした夫婦の姿をくるんで、

「まえまえよりこのことは考えておったが、さればと申して、当家から公然といい出すのも、世間からみて如何なものか。また悪推量の評判などたかくなることがあれば、御浪士のうちでも、窮屈に、片意地をはられる方々も出て参ろう。……そこでじゃ、ものは相談でござるが。――」

と、兵部は身をのり出して、

「なんとか、お手前から、むかしの御朋輩のあいだに骨折っては下さるまいか？」

「えええええ、よろしゅうございますとも」

と、お類がひきとって、肘《ひじ》で喜十郎のわき腹をこづいた。

「こんなたやすい御用はないじゃありませんか。いまどき御奉公の口をみつけるのに、それくらいの骨折りはあたりまえですよ。あたりまえどころか、みんなこまっていらっしゃるんです。いまお世話してあげてごらんなさいな、孫子の代まで恩にきずにはいられませんよ。……あなた、なぜだまっているんです？」

喜十郎は、木のこぶみたいに小さくかたまって、うごかなかった。

「また愚図ですか？　こんなウマいお話はないじゃあありませんか。ねえ、何を考えているんです？　大坂じゃ、五人の子供がおなかをすかせて、燕《つばめ》みたいに口をあけてわたしたちを待っているんですよ。……」

さすがの千坂兵部も思わず破顔せずにはいられなかったらしい。白い歯をみせて、渋面つくった喜十郎と猛烈に意気ごんでいる女房を交互にみていたが、

「いや、御心中察せられぬでもない。ここはひとつ、御夫婦のあいだでトックリ御談合

ねがおう」

と、座を立った。その顔に、もう大丈夫とみた安堵《あんど》の表情が、可笑しみにまじって片えくぼをよどませていた。

が——兵部が去ると、喜十郎はいきなり恐ろしい顔をあげた。

「コレ、お類、と、とんでもないことをしてくれたな?」

「な、なんでございます?」

喜十郎はおし殺したような声で、

「いま、あの男が、この話をもち出すについて、そらぞらしかろうとか、虫がよい言いぐさとか、陰にこもった言葉を吐いたわけがわかるか?」

「そんなことをおっしゃいましたかしら? それがどうしたわけなんです?」

「いいか、この上杉家の当主は、吉良上野介どのの実子だぞ。また、いまの吉良家の当主左兵衛はここの当主の実の子だぞ。……」

「えっ?」

「左様なことも存ぜなんだか? ああ、軽輩の女房とは申せ、ものを知らぬにもほどがある。――」

お類は、アングリと口をあけたままだった。が、さすがに、いくらなんでも主家の怨敵《おんてき》吉良の子の禄を食《は》めるものではないということがわかったらしい。急にオロオロとして、

「あ、あなた、にげましょう。……」

「――にげられるかな？」

と、喜十郎は、恐怖にみちた金壺眼《かなつぼまなこ》を四方にまわしてうめいた。何やらそくそくとめぐる切迫した空気がある。……

「な、なぜ？」

「いまの家老の口ぶり……われわれの望みを感づいておるとみた。……」

「われわれの望み？　あなた、なにを望んでいるんです？」

喜十郎はお類の耳に口をあて、ひとこと、ふたこと、何やらささやいた。

お類の顔の筋肉が、音をたてるほど硬直した。

四

彼女は、ボンヤリと夫の顔をながめた。あきれて瞳孔がひろがったようでもあり、恐怖して瞳孔が小さくなったようでもある。象みたいな眼だからよくわからない。

「それじゃあ、あなたは……」

彼女はなんともいえない哀感にみちた声をだした。喜十郎は口をへの字にして、

「わしは、侍である。……」

と、うめいた。

お類はいきなり喜十郎の腕をグイとひっつかんだ。はじめて眼が感動のひかりをおびた。

「申しわけのないことをいたしました。旦那さま。……」

すっくと立った。

「ゆきましょう」

「にげられまい」

「なんの！」

ワナワナと胴ぶるいしている喜十郎を、ほとんどひきずるようにして、廊下に出る。

玄関のほうへむかって、五歩とあるかぬうち、はたせるかな、

「しばらく」

と、左右からふたりの屈強な武士が寄ってきて、

「どこへ？」

「腹が痛うて、宿へかえります」

「いや、それならここの屋敷で――」

「いいえ、他家の厠《かわや》では思うように用の足せぬ性分でございます」

堂々と、お類はあるき出した。

「待たれい」

と、両わきから手をつかんできたのをはねのけると、女だとみて油断していたのだろう、ふたりの武士はケシとぶようにしりもちをついた。

「さ、あなた！」

お類の頬は、涙の大洪水であった。涙のなかから、尊敬といとしさのひかりにみちた

小さな眼が、喜十郎をふりかえって、ダ、ダ、ダと行進する。

──が玄関までできて、さすがに心得のある喜十郎は、思わず足が釘づけになってしまった。そこに黒い影が立ちふさがっている。すぐに、さっき案内した武士とわかったが、笑顔でこちらを見まもっている姿に、別人のような名状しがたい物凄さがあった。

「悪いことは申さぬ。おもどりあれ」

と、あごをふった。

お類はとんと感じない。喜十郎を小わきにひっかかえるようにして、

「かえりまする」

おなじ速度で歩みよる。

「やらぬ」

「ごめん下さいまし」

と、傍をすりぬけるというより、ほとんどぶつかりかけたとき、武士の眼に閃光がひらめくと、ぱっと一間とびさがった。

お類は鞭うたれたように棒立ちになっていた。喜十郎が、うっとうめいたのは、その武士の片手にたれた刀身から、真紅の滴がたれるのを見たからだ。──お類の厚い左肩

から右胸にかけて、赤い紐みたいなものがにじみひろがってきた。

彼女は、一歩うごいた。

「さ、あなた！」

と、思いがけず、さっきとおなじ調子でいった。

「大事のおからだでございます。……」

そして、大きなからだで夫を覆って、ふたたびノッシノッシとあるき出した。……

武士は、何かさけんだ。また白刃がひらめき、故意に盾みたいに身をふりむけたお類の髷が、石橋《しやつきよう》の獅子《しし》みたいにみだれ散った。そのひたいから血の網目が顔を彩ってゆく。

「さ、あなた！」

しかも、彼女は、門へむかって、威武堂々と行進を続行しようとしている。秋の白い日が、その醜怪とも荘厳とも形容しがたいものすさまじい姿を、炎のようにかがやかせた。

夢魔でもみるように茫然としてこれを見送っていた武士は、このときお類が、喜十郎を毬《まり》でも放るように門のほうへつきとばしたのをみて、愕然としてまた跳躍しようとし

たとき、

「待て、平七」

とうしろから呼んだものがある。千坂兵部だ。

息をのんで、感動の眼で見まもっている兵部のまえで、お類は蒼《あお》い天をみた。もうつりあがったほそい白い眼だった。

「弥八……源太……秋……なな……新六」

子供の名であろうか、ブツブツとつぶやいた唇から、血泡があごをつたいおちると同時に、どうと地ひびきたてて彼女は崩おれた。

喜十郎は、もう門の外の狸穴坂《まみあなざか》を鉄砲玉みたいににげはしっていた。

五

元禄十六年二月四日。

まだ寒天に星影の凍っている時刻から、三田の松平隠岐守の中屋敷には、厳粛なざわめきが起っていた。去年師走十四日吉良邸へ乱入して仇討《あだうち》本懐をとげた赤穂浪士のうち、松平邸にあずけられた十人の義士の切腹が、昨日内々通達されたので、義士たちがいよいよ最期の日の身づくろいをするため、水風呂に入ったり、髪をゆったりしている物音なのであった。

彼らの名を、もとの身分の順にあげると次のようである。

大石主税《ちから》
堀部安兵衛
岡野金右衛門
不破数右衛門
木村岡右衛門
中村勘助
菅谷半之丞
千馬三郎兵衛
大高源五

もっていた。

貝賀弥左衛門

彼らは新しい麻裃《あさがみしも》をつけた。その態度は、ほとんど平生と大差はない。うす茶など

のみながら談笑している姿を、松平家の家臣たちは終始半神的群像でもみるように見まもっていた。

午前十時すぎ、検使遠山三郎左衛門、服部源左衛門が到着した。が、この両検使も、一刻でもこの義士たちの生命を惜しんだのであろう、「少しもいそぐことはありませんぞ。用意相すみ次第お知らせ下されい」といって、大書院でしずかに待った。

思いはおなじ松平家では、場所の用意はとうに終っても、容易に検使にそのむねを告げなかった。それには、午後まもなく、松平家の儒者で平田黄軒という男が、当路の大官稲葉丹後守の邸からもどってきて、

「たしかではないが、義士たちを一応首の座に出したところへ、御赦免の使者がかけつけて参るだんどりと相成るという風説がござる。これが万に一つの事実でもござったら、はやまってとりかえしのつかぬことをいたせば一大事、こと急がれては相なりますまい」などいったからで、それは諸人の希望がえがいた虚しいデマであった。

しかし、さすがにこの風説がながれたとき、義士たちの面上に声なき動揺がかすめたのは、人間として是非もない。やがて訛伝《かでん》とわかって、彼らはいっせいにゲタゲタと笑い出したが、なかで笑わなかったものがふたりある。大高源五と貝賀弥左衛門である。貝賀弥左衛門——曾《かっ》ての喜十郎は、部屋の隅で、ションボリと坐っていた。べつに切腹をおそれたわけではない。ションボリしているのは、彼のもちまえである。むしろ彼は、ときどき気づかうように、脇屋新兵衛こと大高源五のなにやら屈託した姿を見つめた。

しかし、弥左衛門は寂しかった。この一群のなかで、彼はいちばんの年よりで、いちばんの小禄者である。そのうえ、みるからに影のうすい哀れな人相のこの男に、もえるようなひとつの望みが抱かれていたとはだれが知ろう？

彼は、主君の恩義を感じていた。その忠義の念は、精選に精選をかさねた大石内蔵助の烱眼《けいがん》にも充分かなう素朴で頑固なものにちがいなかった。が——そうと意識せずして、彼のこころには、たったひとつの夢があったのだ。金十両米二石三人扶持を頂戴するこの子沢山の偏屈な老人の心に、よくいえば男らしいロマンチシズム、わるくいえばガラにない見栄が巣くっていたのだ。

いちど、立役者になりたい。いや、日のあたる山上に英雄として立ちたい！　それだった。この愛すべき稚気をひそめた老ドン・キホーテは、だから雌伏のころの苦労のなかに、若い連中の色恋沙汰を本気でヤキモチをやいた。曾て、主君内匠頭と男色関係にあったといわれる美男の吉岡勝兵衛こと片岡源五右衛門、田中玄貞こと田中貞四郎や、同志きっての美少年水木又七こと矢頭右衛門七《やとうえもしち》らと同居したことこそ、この老人の災難だった。

一挙は成った。天下に赤穂義士の名はとどろいた、それはここの屋敷にあずけられていてもよくわかる。きくともなくきく、家臣や女中たちの潮騒《しおさい》のような立ち話うわさ話に、彼らの名の出ないことはない。

しかも、貝賀弥左衛門の名がきこえてきたためしがない！　人気の中心は、むろん十六歳の大石主税《ちから》だった。その若い太陽をめぐる星のなかに、もっともしばしば語られる名は、堀部、不破、大高などで、貝賀弥左衛門の名など、義士の中に存在を忘れられてしまったかとヒガミたいようである。

仲間もあんまりふりかえってくれないような気がする。よく田中貞四郎の話が出る。

田中は、女に狂って、悪性の病毒に犯されて、ついに脱落したのだ。そのけがらわしい裏切者でさえ、彼からみれば、妖麗《ようれい》な夜空に凄惨《せいさん》な花火をうちあげたような生涯ではなかったかとうらやましい。

貝賀弥左衛門だけがむかしもいまも、日かげの中に影うすく坐っていた。五十三年の歳月をふりかえってみても、ただ茫々とした薄暮のようだった。死んだ女房のことも忘れてしまった。

時刻はうつり、もうのばすにものばせない午後四時ごろとなってきた。両検使は、ついに十人の義士のまえにあらわれた。

「上意」

波のように平伏する麻裃に、

「其方ども儀、このたび亡主浅野内匠頭志をつぎ候と申したて吉良上野介宅へ夜中押し入り、ことに飛道具などもち参り、上野介を討ち候始末、ふとどきにおぼしめさる。これによって切腹これを仰せつけらるるものなり」

「上意のおもむき、ありがたく存じ奉る」

と、凛然《りんぜん》として大石主税はこたえた。

切腹の場所は、大書院の庭にたたみ二枚をしき、浅黄の綿布団二枚をかさねて、まわりを白い幕でかこってあった。

「大石主税どの、おいで候え。――」

という厳粛な呼び声がきこえると、主税は花のひらくような微笑をうかべて、一同をふりかえり、座を立った。

「ただいま、すぐにおあとから。――」

と堀部安兵衛が笑顔でうなずいてみせた。両検使、御目付、御使番、御徒目付、御小人目付はいうまでもなく、太守松平隠岐守以下何十人かの家臣たちは、眼を見はって、まん幕のなかを注視していた。

このとき、隠岐守は、万感こもごもせまって、涙ぐんで、

「主税。――内蔵助に会いとうはないか？」

ときいた。主税は、くびをかしげて、すずしくほほえんで、

「お言葉で思い出しました」

と、こたえたという。

幕のなかで、壮烈な矢声がきこえ、それから、しーんとした静寂が日ぐれの庭を覆う。

二番めの者を呼び出しにきたとき、不安げな顔をしていた大高源五が、主税の切腹の様子をきいた。

「おみごとでござった」

答をきくと同時に、源五の顔色ははればれと明るくなった。その年少の副棟梁《とうりよう》のことのみを、彼は心配していたのである。

二番……三番……四番。

「貝賀弥左衛門どの、おいでなされ。――」

「……うう……」

うなって、起ちあがろうとして、弥左衛門はツンのめった。足がしびれていたのである。庭や、まわりの縁側で、どよめきが起った。

失笑されたのかと思って、弥左衛門はぐっとあたまをあげて、みなをにらみまわした。笑ってはいなかった。どの眼もが、畏敬《いけい》と悲愁にぬれかがやいて、こちらに集中されていた。

（おお！）

弥左衛門の胸に、生まれてはじめてひかりの噴水のようなものがたちのぼった。それは天まできらめきつつまき上ってゆくかと思われた。

（そうだ。わしも義士だぞ。見ろ！　この義士の勇姿を！）

やせた肩を水いろの裃に張って、彼はしずしずとあるき出した。が、五六歩歩いて、彼はさっきのどよめきがなおつづいていることを不審に思った。それから人々の眼がじぶんの後方に注がれていることに気がついた。後方に――いま立ったばかりの席にである。

どこかで、だれやら、うなるようなささやきがきこえた。

「おお、いまの人の次が、それ堀部安兵衛だ。……高田馬場の仇討の本人、義士中きっての達人堀部安兵衛どのじゃ。……」

視線の外を、弥左衛門はあるいていた。泣き出したいような思いを笑顔でうけとめようとすると、口がへの字にまがって、例の吹き出したいような面相になる。

（おい、わしも忘れてくれるな。……このわし、義士、貝賀弥左衛門……）

ひとり、くれかかってきた冬の日かげを、彼はトボトボとあるいていった。首の座へ、死のむしろへ。

生きている上野介

一

元禄《げんろく》十六年夏の或る夜のことである。本所相生町二丁目に住む或る老婆が、路ひとつをへだてた松坂町の吉良屋敷へ、木ぎれを盗みに入った。

あるじの上野介が、赤穂《あこう》浪士に首をとられたのは、去年のくれの十五日のことである。そのあとの屋敷はお上にお召上げとなり、松平日向守《ひゅうがのかみ》にあずけられたが、むろんなんの手入れをするわけでもない。のちに幕府でもてあまして民間に払いさげようとしたが、だれも不浄地として買い手がなかった。とうとうただ同様にもらった人間が、屋敷を解体して古材木として売ろうとしたが、薪の値ですら売れなかったという。

いかに吉良が、江戸ッ子の憎しみと蔑《さげ》すみの的となったかがわかるが、この屋敷がそれほどきらわれたのは、あの夜ここで上野介以下十七人の人間が、鮮血をまいて死んだ家だという恐怖もあったからであろう。

が、げんに、曾《かつ》ては数寄をこらした高家《こうけ》のお邸が、無人のまま眼前に放置してあるのをみては、欲に勝てない無恥な人間もいる。この老婆が、それであった。

「たしか、ここらあたりで、虫売りの吉めが、蒔絵《まきえ》の何やらを拾うたとゆうたが……」

さすがに屋内に入るのはこわいから、草の蓬々《ほうほう》と生いしげった庭を、奥へ奥へとあるきながら、キョトキョトする眼を地に這わせているのは、必ずしも木ッぱをひろうためばかりでもないようだ。

屋敷の荒れ方はものすさまじかった。縁につらなる雨戸はまだ倒れ、掛矢でうち破られた穴をあけたままくされかかり、壁も床も狐狸《こり》の乱舞するにまかせてくずれている、鬼哭啾々《きこくしゅうしゅう》とはこのことだろう。

「えらい、黴《か》びておるらしいな。……」

鼻をくんくん鳴らした老婆は、ふと、

「おや？」

と、顔をあげた。

「――線香の匂いが」

と、いいかけて、ギョッとした。

たしかに、線香の匂いがながれてくる。この夜ふけに、住む人もないはずのこの荒屋敷に。

老婆はその匂いを追って、とび出すような眼をソロソロと一方へうごかせていった。

「……ひっ」

彼女は、へんな息をひとつもらして、ペタンと草のなかに尻もちをついた。

庭のむこうに、だれやら立っている。ひとりではない。六七人はいるだろう。みな黒頭巾《ずきん》の武士だが、なかに霜をおいたようにひかる白いほそい影がみえた。

「南無《なむ》頓証《とんしょう》菩提《ぼだい》。……一学、そなたの忠死は忘れぬぞ。……」

老人らしく、しゃがれた、痛切きわまるつぶやきがきこえた。

みていると、彼らはいっせいに数珠《じゅず》をかけた掌を合わせている。その向うにかかった蒼白《あおじろ》い満月をみて、老婆は急に今夜は十四日……たしかこの屋敷の主人たちの命日が、今夜か明日かであったことを思い出し、息もつまるような恐怖にとらえられた。

――と、その一群は音もなくうごき出して、こちらにやってくる。老婆は這いにげようとしたが、腰がぬけて、草の中から立てなかった。

彼らは妖々《ようよう》とちかづいてきて、三四間むこうを通りすぎようとした。

（いってくれ……はやく、いってくれ……）

が、恐ろしいことに、なぜか彼らはそこでピタリとたちどまったのだ。老婆は草をつかんで、眼をつむったが、からだのふるえにつれて、草がガサガサ鳴るのに心《しん》ノ臓がつぶれそうだった。

「わしの死んだのは、あの炭小屋であったそうな」

また老人らしい声がきこえた。ぶきみな笑いをふくんだ声だった。

「どうじゃ、そこへ念仏となえに参ろうか。フ、フ、フ、フ」

老婆は眼をあけて、思わず化猫じみた悲鳴をあげるところだった。

白無垢《しろむく》をきたその老人の姿に身おぼえがある。二三度往来ですれちがったとき、老婆のほかに礼をしていた武家などがあって、駕籠《かご》をあけて答礼した吉良さまの顔に記憶があった。――いま、そこに立っている白小袖の品のいい老人が、あのときの――亡くなられたはずの吉良さまなのだ！

月光の中を、その恐ろしい妖《あや》かしの一群は、しかし老婆には気がつかなかったらしい。そのまま、幻のようにあゆみ去って、ふっと消えてしまった。

老婆は、なおながいあいだ、そこにペタンと坐っていた。気がつくと、小便をたれていて、その冷たさに立とうとすると、口から嘔吐《おうと》がながれ出した。

二

「なに？　奥野将監《しょうげん》どのが？」

浅野土佐守の奥家老落合与右衛門は、腰元お京の知らせにはっと顔いろをうごかせた。

「はい、そこの南部坂で、お屋敷のほうをあおぎ、お辞儀なさってそのまま立ちかえろうとあそばすのを、ただいま中間をはしらせて、お呼びとめに参らせております」

と、お京は走ってきたらしく、息をきらせている。

「うむ、よう気がついた、はやく、はやくここへお通し申せ」

と浮腰になってから、与右衛門は、対坐していたろうたきひとをふりかえって、

「ああいや、御後室さまのおんまえで苦しゅうない。いま御後室さまと、そのことについてお話し申しあげていたところじゃ」

と、あわてていった。

落合与右衛門は浅野土佐守譜代の家臣であったが、土佐守の妹阿久里《あぐり》が赤穂の浅野家

へ輿入《こしい》れしたさい、その用人として従っていった関係から、阿久里が赤穂断絶後、黒髪をおろし、名もかなしき瑶泉院《ようぜいいん》とあらためて、この赤坂今井谷の土佐守中屋敷にわびしき月日をおくるようになってからも、しばしばおとずれてその孤愁をなぐさめるのをつねとしている老人だった。

いま瑶泉院と話していたというのは——先日から与右衛門の耳に入っている巷《ちまた》の噂《うわさ》ばなしなのである。

それは、噂にしても、実に驚倒すべき内容だった。はじめそれは、信じられなかった。いや、彼はいまもとうてい信じられない。しかし、その噂はその後執拗《しつよう》に彼の耳にまつわりついてはなれないのである。

「吉良上野介は生きている」

なんたる奇怪な話だったろう。去年十二月、臥薪嘗胆《がしんしょうたん》の四十七人の義士に討たれ、満天下を衝動させ、それによって浪士たちはすでにこの二月切腹しているのに、討たれた本人の吉良上野介が生きている！

噂をたどってみると、そのもとは実に漠としてとりとめがなかった。本所界隈《かいわい》の酔っぱらい職人とか、老婆とか、子供とかが、夜、吉良の屋敷をさまよう白衣の老人を見たとか、その門からどこかへ去る立派な乗物が宙に消えてしまったとか。――それをたしかめるのは、ばかげているようにも思うし、なぜかちょっと恐ろしい感じもあって、落合与右衛門は気にかけつつ、いままで捨てていた。

ところが、それとはべつに、このごろどうもこの屋敷に不審な噂が立った。赤穂浪人のうち、討入りに加わらなかったものが、よくこの南部坂のあたりを徘徊《はいかい》し、なつかしげに中屋敷の甍《いらか》をあおぎ、そっと目礼して去ってゆくというのだ。

胸に矢の立つように、与右衛門に思いあたることがあった。それは、去年の討入り以前に、あの義士たちに同様のふるまいが見られたことである。……おお、いま、残りの浪人たちがみせる謎のような行動は、何を意味するのであろう？

落合与右衛門が侍女たちに、もしそのような浪人の姿を見たらすぐ呼び入れろ、と命じたのは、つい先日のことだった。

はたせるかな、いまその一人があらわれたという。しかもそれが人もあろうに奥野将監とは、与右衛門は、事態のただならぬことに、ドキリとせざるを得なかった。

なぜなら、奥野将監といえば、曾て千石取りの大身で、赤穂藩で彼以上のものはというと、千五百石の大石内蔵助しかいない。のみならず、さきごろの義挙に於ても、赤穂開城前後から内蔵助のもっとも信頼する相談相手として終始行をともにし、同志のうちでも、たよりになるようなならぬような、昼行燈《ひるあんどん》の内蔵助より、むしろ重きをおかれていた剛毅《ごうき》な古武士肌のひとなのである。

それが、討入りに加わっていなかった。土壇場に於て変節したのだ、といわれ、またそう見られるよりほかはないのだが与右衛門には、その人柄を知っているだけに、大石の伯父小山《おやま》源五右衛門、従弟の進藤源四郎らの脱盟とともに、いまだに釈然《しやくぜん》としない謎だった。

瑶泉院ですら、京都瑞光院の海首座《かいしゆそ》が出府して彼女に謁した際、

「大石の京での乱行を耳にしたときは、女ごころのあさはかさから、思わずしらず内蔵助をうたがいました。けれど、奥野や進藤、小山があれば、いかに大石が不義におち入ろうと、彼らがいさめて、よもや御家の恥をさらすことはあるまいと信じていたのです。……なのに、このたびの一挙に彼らが加わっていないのは、なにゆえでありましょう。御坊御帰洛《きらく》なされたら、とくと彼らにこのむねをといただし、妾《わらわ》に返答するように

ならぬくらいのものであったように記憶する。

仰せられて下さいまし」

といったくらいである。これに対する彼らの答は、実に曖昧模糊《あいまいもこ》として、返事にならぬくらいのものであったように記憶する。

吉良以上に世間から蔑まれた背盟の徒として、そのまま彼らはヒッソリと上方に住んでいる。——住んでいるはずの奥野将監が、いま江戸に姿をあらわした。そして、よそながら瑤泉院の居所に挨拶をしていたというのは、なんのためなのか?

眼を伏せ、上半身をかがめて、奥野将監は入ってきた。

内匠頭の位牌をかざった仏壇のまえに、切髪に被布《ひふ》すがたも哀艶《あいえん》な瑤泉院は、将監をひとめみると、この一年の疑いや怒りよりも、それ以前のなつかしさに心をつきうごかされたように、声をうるませて、

「めずらしや、将監。……それにては遠い、さ、近うすすみやれ」

将監は、ピタと平伏した。

「へへっ、御前さまには、いつも御健勝にて、お変りもなくと申しあげとうはござりまするが、何ごとも変りはてたることばかり……御心中のほど、御推察申しあげておりま

する。……」

「将監どの」

と、セカセカと落合与右衛門はひざをすすめて、

「昨年暮の内蔵助らの一挙のことは、御存知でござろうな」

将監はさしうつむいた。

「……存じておろうとのお言葉には、将監肺腑《はいふ》をえぐられるようでござる。いつぞやは御前さまより恐れ多きおたずねをたまわり、内蔵助どのとの義盟よりぬけおちたる将監には、慚愧《ざんき》汗顔《かんがん》、天地に身をおくところもなきありさまにて……」

与右衛門のこめかみに、血管がふくれあがった。が、おなじように顔をうすあかく染めた瑶泉院を見ると、彼はかえってはっとした。このような、いまとおなじような情景を、曾てみたことがあるのを思い出したのだ。

あの大石がさいごの別れにおとずれたとき――こちらの問いをはぐらかして、おなじようにイライラさせ、腹をたたせた記憶を。

しかもその数日後、内蔵助はあの驚天動地のしごとをやってのけたのだ！

顔いろをやわらげ、のぞきこんで、

「将監どの、このたびは何ゆえの御出府でござる?」

「されば……御存じのごとく、江戸には手前の縁辺のものも多少ござる。それが、例の大変以来、なにやかやと窮状におちいり、どうあっても手前が出府してあちこちと片づけてやらねばならぬ仕儀と相成った次第。まえまえより心にはかかっておりましたが、義士の盟約にそむいたわれら、やれ虫けらの、やれ犬畜生のと罵《ののし》られるはみずから招いたことながら、やはり当人といたしては、その悪口がとくに甚だしかろうと思われる江戸の恐ろしさに」

「だまらっしゃい!」

と、与右衛門はまた声をはりあげかけたが、急にかっと膝をつかみ、息をひそめて、

「将監どの……吉良が生きているという噂を御存知か?」

奥野将監の肩がピクッとふるえた。お辞儀した姿勢のまま容易にくびをあげないのは、彼の心がなみなみならぬ動揺と緊張に襲われているのを物語っていた。

「お手前には……」

と、異様な顔をあげて、沈痛な声で、

「もはや、おききおよびでござったか?」

三

「すりゃ、それはまことか」

与右衛門は、茫然自失した。が、すぐにはげしくくびをふって、

「いや、左様なはずはない、大石ほどのものが、やわか……」

「お待ち下さい」

と、将監は手をあげて制して、

「手前もその噂を耳にしたときは、その真偽をうたがったものでござった。……されど、よく考えてみるに……」

「将監、はよう申しや」

と、瑶泉院の顔いろも変っている。

「いや、どうぞお考え下されい。かの吉良邸に討入った四十七人のもののうち、ひとりとして以前に上野介どののお顔をみたものがござらぬ。これは手前も義挙のもくろみに、中途まで加わっておりましたから、内蔵助どのといくども案じたことでござる。

ひとりふたり、往来に土下座して、吉良どのの乗物の戸をあけさせて会釈させたことがござったが、もとよりチラとかいま見たばかりで、しかと面体におぼえのあるはずがない。討入りのさい、上野介どのの御首をあげたときの模様はおききおよびでござりましょう。炭小屋からひき出されたときは、間《はざま》十次郎の槍と武林唯七《たけばやしただしち》の刀のもとにすでに虫の息となり、問いかけてもなんの返答もなかったとやら。……上野介どのならば、亡君のつけたまいし刀痕がひたいにあるはずとくらべたがその傷なく、ただ背にはそれらしきものがみえ、また白無垢の小袖、年柄からどうやら吉良どのらしいと見込みをつけたにとどまる様子。……」

「待たれい、将監どの、さりながら、大石は吉良邸にてとらえた表門番の足軽に、その首みせてたしかめたというではないか」

「与右衛門どの、上杉家に千坂兵部と申す智慧者がいるのを御存知か？」

落合与右衛門は、愕然《がくぜん》とした。口をひっさくようにつりあげて、

「そ、そ、それは、どういう――」

「兵法に申す影武者、替玉を、用意していたと思われませぬか？」

死のような沈黙が、この持仏の間におちた。ややあって、将監のひくい声がつぶやく

ように、

「その後手前どもの調べによりますれば、吉良邸の付人のひとり清水一学と申すもの、これは当夜斬死をとげてござるが、その男に、上野介どののそっくりの老父があったと申すことでござる。その老父は、たしか吉良邸にいたはずなれど、その夜以来いずこへかその姿を消したとのこと、また死人のうちに、その老人のいなかったこともたしかです」

「ま、待て、将監どの。……吉良どのが——万が一、吉良どの御存生なれば、どうして世に出て参られぬのじゃ。四十七人の者は、その罪ですでに腹切っておるというに。——」

「あいや、上野介どのは出られませぬ」

「な、なぜ?」

「あの事変以来、御公儀の吉良家に下された御処置をごらんあれ、屋敷のみならず領地も召しあげられ、生きのこった子息左兵衛どのは鶤鶏籠《とうまるかご》にのせられて、はるばる信州高島へながされたではござらぬか。いやいやそれどころか、その流罪もまだ足れりとせず、左兵衛どのは切腹、当夜にげまわりたる吉良家の家来どもはのこらず斬罪、上杉家ですらおとりつぶしの議が、評定所で出されたと申すではござらぬか。いかに御公儀が吉良どのをおにくしみあそばしたか、これで推量できようと申すもの、……上野介どの、ウカと顔は出せぬはずでござります」

「ああ！」

と、瑶泉院と落合与右衛門はなんともいえないうめきをあげた。

「上野介は生きておる。上野介は生きておる……われらはどうすればよいのじゃ、われらはどうすればよいのじゃ？……御公儀へ訴えれば、どうであろう？」

「上杉家で出しますまい」

「あいや、上野介は上杉家にいると申されるか」

「ほかに身をかくすところはござりますまい。また上杉は、死力をしぼってこれをかくまい通すものと存ずる」

奥野将監は、このとき、ふしぎな微笑をうかべた。

「御前さま。……いまにして思いあたりまする。大石内蔵助は、千坂ごときに裏をかかれぬ恐ろしき智慧者でござりました。……」

「なに？」

「討入りのさい、万一、吉良どのをとりにがした場合をかんがえ……われわれを二番隊として、後図をはからせたものでございります。……」

「おお！」

瑶泉院と落合与右衛門は、くい入るように将監の顔をみた。やがてその眼に、感動のひかりと涙がキラキラと浮かんできた。

「さては……そなたらが義挙に加わらなんだのを不審に思うていたが、疑い、腹立て、蔑んで、すまぬことでありました。……」

瑶泉院は頭をたれた。将監はあわててまたピタと平伏しながら、やがてまたしずかな笑顔をあげて、

「落合どの、きょうは十月十四日の夜でござるな？」

「されば。……それが？」

「きくところによれば、上野介の――はははは、上野介の亡霊は、十四日の夜に松坂町にあらわれることが多いと申す。さすがに当夜斬死せし家来どもへ仏ごころがわくのでござりましょう。……九分九厘まで、たしか上野介どのとは存ずれど、まだしかとたしかめたわけでもござりませぬ。今夜もし吉良どのが現われたら、その行方をつきとめて

みるつもりでござるが……如何、お立ち合い下さらぬか？」

「おう！　それは！」

と、与右衛門はひざをうった。

瑶泉院はあたまをあげた、その眼になお涙がたまっている。

「ああ、それにしても、不愍《ふびん》なのは内蔵助。……」

そのとき、隣座敷の入口に坐っていた腰元のお京が、異様にかがやく顔をあげてなにかさけびかけたが、すぐまたうなだれた。

四

そのひとが食客をしている兄は、戸田淡路守氏成に仕えていた。

お京がそこへ駕籠をはしらせてみると、兄は在宅していて、出てきたが、

「きゃつか？　この二三日帰らぬが、ゆくさきは例によって吉原であろう、何の用かはしらぬが、あのごくつぶし、もう捨てておきなされ」

という吐き出すような返事であった。

お京はすぐに駕籠を吉原にはしらせた。

彼女はむろん廓《くるわ》へなどはじめて足をむける。そこにじぶんのような女が入れるものか、入ってめあてのひとをどう探すのか、西も東もわからない。もしこのことがお屋敷に知れたら、お叱《しか》りの程度などではすまないだろう。

しかし彼女はゆかずにはいられなかった。義挙をそのまぎわに裏切り、いまはけがらわしい女と酒におぼれはて、地獄のような暮しをしているときいているひと……お京は、そのひとにもはや二度と逢うまいと決心していた。しかし彼女はゆかずにはいられなかった。駕籠の中で、お京の胸には青白い炎のような思いが明滅している。

そのひとを憎みきれないのは、いまの堕落ぶりのもとが背盟にあり、背盟のもとがそのひとの心になく、いま会ってきた兄にあることを知っているからだった。

その兄は、戸田淡路守に仕えている。戸田淡路守は浅野内匠頭の従兄にあたり、例の刃傷《にんじょう》騒動のとばっちりをうけて、四カ月にわたって出仕をとどめられた。

しかるに、去年十二月十四日夕刻、弟が急に吉良邸へ討入るという話を、はじめて兄に告げたのである。

四角四面の事なかれ主義のまじめな兄は驚倒した。刃傷事件ですら主家があれほどめいわくをうけたのに、その家来が、御公儀の御裁きを不服として高家に乱入する！　兄は恐怖のあまり逆上して、もし弟がその大それた謀叛《むほん》に加わるならば、ただちにいまから訴えて出るといい出したのである。あまりにも意外な反撥《はんぱつ》に、弟は愕然となり、苦悶《くもん》し――ついにその夜の一挙から脱落した。

そのひとをいまの苦しみからすくう唯一の方法は、その罪をあがなわせることである。同時にそれは、彼を死なせることだった。あの四十七人の義士とおなじように。

――

「お……喧嘩《けんか》だ」

駕籠が、急にとまった、夕ぐれの日本堤のうえである。

お京は、イライラして、駕籠からくびを出してみた。ゆくてに、わっというさけびがあがり、夜がらすのように躍る七つ八つの影がみえた。その手に、キラッキラッとひかるのは匕首《あいくち》らしい。それにとりかこまれている一人は、丸太ン棒のようなものをふりまわしているが、恐ろしく強いらしく、みるまに一人ずつなぐりたおしている。

「さんぴん、おぼえていろ！」

そんなわめき声がきこえると、みんなバラバラとにげてきた。駕籠のわきを、こけつまろびつ走り去る姿をみると、刺青《いれずみ》などをした遊び人風の男たちだ。

追っぱらった男は、丸太ン棒をほうり出し、裾《すそ》をバタバタとはたいて、平然としてこちらにあるいてきた。千鳥足である。

夕ぐれのひかりを背に、丈たかい黒羽二重の着ながし、風にみだれるながくのびた月代《さかやき》、みるからに凄愴《せいそう》な頰《ほお》の蒼さ。――十歩のところまでちかづいたとき、お京はかすかなさけびをもらして、泳ぐように駕籠を出た。

浪人は、急にまえに立った美しい腰元風の娘に、へんな顔でたちどまったが、

「小平太さま！」

万感をこめた呼び声に、

「お京どの」

頰に痙攣《けいれん》がはしったが、ニヤリとして、

「めずらしや、一別以来……妙なところでお眼にかかる。まさか身売りを――」

お京の清純ではげしい眼のいろが、彼のいおうとした悪冗談を封じてしまった。

お京は、曾ての許婚《いいなずけ》のところへかけよったが、三歩をへだてて立ちどまり、

「申しあげたいことは山ほどございますが……いまさしせまって、お告げせねばならぬことが一つございます。小平太さま、吉良どのがまだ御存生ということを御存じですか？」

「な、な、なに？」——

と、毛利小平太は身をのけぞらしたが、すぐそのままの姿勢で、狂気のように笑い出した。

「ばっ、ばかな！　なにを、たわけた——」

「いいえ、左様ではございません。そのために奥野将監さまこのたび御出府あそばし、同志の方々をつのって何事かを——もしいま申したことがまことなら、おそらく二度めの討入りをもくろんでいらっしゃる御様子」

「きかぬ。そのような話、おれはきかぬぞ！」

「それでわたしが告げに参ったわけでございます。おそらく将監さまは、あなたの御乱行をお耳にあそばし、お見すてなされたのでございましょう。……」

お京は悲痛な声で、

「小平太さま、もういちど……義士にお加わりになりますか？」

小平太はこたえず、その眼が豹《ひょう》のようにかがやいたが、すぐに、

「しかし、去年十二月、太夫らはたしかに上野介の首を――」

「あれは、千坂兵部とやらのつくった影武者だったのではないかという疑いでございます。その真偽はしらず、このごろ松坂町の吉良屋敷に、上野介の亡霊があらわれるとやら――世に亡霊などのあるはずがない。それを今夜しかとたしかめてみようとの将監さまのお言葉でございます」

「なに、今夜？」

「小平太さま、いって下さいまし、いって、奥野将監さまに一味にお加え下さるよう、どうぞおねがいなさいまし」

五

本所一ツ目橋のほとり、無縁寺の裏通り、吉良屋敷の裏門は、その扉にパックリ口が

あけられている。あの夜、大掛矢でうちやぶられたあとだ。

空は夜に入って、肌にせまるような雨をそそぎはじめていた。

そのこわれた門が、ギ、ギ、ギとぶきみな軋《きし》みをたててひらいてゆき、なかから、黒頭巾にかこまれた一梃の乗物があらわれた。雨のなかに、二つ三つ、もえる松明《たいまつ》がかえって陰惨だ。

そのまま、この乗物をとりかこんだ一団は、ピタピタとしぶきをあげながら、深夜の本所を、一ツ目橋からお船蔵裏通りへぬけてゆく。

「……見られたか、落合どの」

「ウム、あの乗物に上野介がいると申されるのか?」

そのふしぎな一団のあとを、音もなく追う群は、いうまでもなく奥野将監と落合与右衛門、それから将監の密命にはせ参じたという同志の人々だった。

そのなかには、もと赤穂藩の江戸家老八百石の藤井又左衛門、四百石の旗奉行玉虫七郎右衛門や、大石の伯父小山源五右衛門、従弟の進藤源四郎などの顔がみえる。

「もしっ……奥野どの」

永代橋の手前で、奥野将監は急に傍によってきた影に袖をひかれた。将監は、同志のものと思って、

「なんじゃ?」

と、前を眼で追いながら、ふりかえりもしなかったが、

「お忘れでござるか? 毛利小平太です。……」

といった声に、はっとして足をとどめた。

「実に、思いがけないことを承わった。上野介がまだ御存生ですと?」

「おお、その声はたしかに小平太」

と、将監はうめいたが、またあるき出して、ふきげんな声で、

「何しに出て参った?」

「まえをゆく乗物に、吉良どのがのっているのでござるか?」

と、小平太の声は息も迫っている。

「まだ、わからぬ。……」

「将監どの、手前もどうぞ同志に入れて下さい。おねがいでござる!」

「たわけ、おぬし、なぜ内蔵助の手からはなれた? そのような卑怯《ひきょう》者は、声きくも

耳のけがれじゃわ、ゆけっ」

「あいや！」

と、小平太は血声をしぼって、ふりはらわれた将監の袖をまたつかんだ。知らぬまえなら、小平太以前に盟約をぬけた将監を笑うところだが、実は将監らは二番隊として大石の委嘱をうけていたのだとお京からきかされてみれば、いまはその顔もあげられない心地だ。

「それにはのっぴきならぬ仔細《しさい》がござるが、いや、それは申してはならぬこと、ただあれ以来、それがしの堕ちた地獄からどうぞ御慈悲を以て助けて下されい、おねがい申す、将監どの！」

雨のなかに、毛利小平太はペタと土下座した。

憮然《ぶぜん》としていた落合与右衛門が、傍からせぐりあげるようにいった。

「よいではないか、奥野どの、助けてやって下されや。……」

「是非もない。加われ」

と、将監は重々しい声で一語いいすてて、またはしり出す。永代橋から霊岸島へ、築地へ。――

木挽町《こびきちょう》。

汐留橋《しおどめばし》。

これはと、落合与右衛門はついに不安げな声を出した。

「このまま、どこまで追っていっても、あの乗物の中の正体がわからぬではないか？」

「いや、そのゆくえをつきとめれば、ほぼ見当がつきましょう」

と、奥野将監はこたえた。

果然、その妖しの一団は、外桜田に入った。それは覚悟し期待していたことであったが彼らはその乗物の入っていった屋敷を見上げて、茫然《ぼうぜん》とたちすくんだ。

噂はたんに根もないことではなかった。黒衣の一団は、上野介の実子、米沢十五万石、上杉弾正大弼《だんじょうだいひつ》の屋敷のくぐり門に、音もなく消えていったのである。

六

毛利小平太。世にいわゆる、四十八人目の男。

討入り前日、大石内蔵助が赤穂におくった書面に、

「このたび申し合わせ候者ども四十八人」とあるのは、この小平太も同志のうちに数えて疑わなかったことを証明している。若くて、無鉄砲なくらい勇敢な男で、曾て、某家から上野介あての書状を手に入れると、その使者に化けて吉良邸にのりこみ、返書を待つまに邸内をあるきまわって、その模様をすっかりさぐり出してくるなどの離れ業をやってのけて、みなを呆《あき》れさせた人間なのである。それだけに、内蔵助からも、「小平太、あんまり無茶をするなよ」と、苦笑とともに、とくに可愛がられた若者だった。

みずから欲したことではなかったとはいえ、結果に於てはみごとに同志を裏切って、どれほど彼はのたうちまわったことか、あの一夜、兄と争いつつ、刻々とたつ時を見送った苦悩は、それ以来、ひとときも絶えることなく彼をさいなみつづけている。

それだけに、この意外にもめぐり来た第二の機会をつかむと、もう子供みたいに熱して、まるで血ぶるいする獅子《しし》のようだった。

「なに、こうなればこの十七人、斬死覚悟で上杉邸へ討入ればよいではございませぬか！」

「いや、われわれの目的は、あくまで吉良どのを討つことにある。いたずらに斬死をいそぐは、大石どのの御遺志にそむこう」

と、将監はつよく制した。

両国矢の倉米沢町の或る家である。ここにあつまった第二の義士は、ぜんぶで十七人だった。そのほかに、浅野土佐守の家老、落合与右衛門が、オブザーバーとして席につらなっていた。

問題になっているのは、上野介が、亀のあたまのように甲羅《こうら》にひっこんだきり、姿をみせなくなったことである。とくに、二三日まえ、十一月十四日にあらわれなかったことは、それまでになかったことで、彼らを愕然とさせた。病気にでもかかったのだろうか？　それとも……？——今夜いそぎ同志をあつめたのはそのためだった。

はやりにはやる小平太は、なおいいつのる。

「むろん、吉良どのは討たねばなりませぬ。されば申して、このまま手をつかねてむなしく待ったとて……生前、太夫のよく申されたことがござる。われらはたんに吉良どののしわ首をもらうが唯一の目的ではない。片手落ちの御裁きを下された御公儀に、義士ここにあり、まことの武士道ここにありと、その御目を拭いてさしあげればそれでよい。――」

「武士道を口にできるそなたか」

と、将監は苦い顔で痛烈なことをいって、小平太を沈黙させた。が、将監はすぐにニンマリと笑って、

「いやさ、武士道をたてるほどの相手か？」

「…………」

「その太夫らをみごとだまして、またオメオメと盗人猫のように生きておるおいぼれ――また、そうと見たればこそ太夫がわしにあとをたのまれたのじゃ。犬死してはならぬ、一番手が討ちもらして犬死をし、二番手も討ちもらして犬死をとげる。たわけたことを！　よいか、上野介どのは病気ではない、おのれの出没が世間にかんづかれたらしいとさとり……またわれわれのこともかんづいたらしい様子じゃ」

「えっ？」

「されば、そこへ討入るは、とんで火に入る夏の虫、そろいもそろって、浅野浪人どもは、古今の大あわて者よ、智慧足らずよと、後世までの笑いぐさであろうよ、はははははは」

「将監どの、上野介がこちらのことを気づいたらしいとは、何か証拠でもござってか？」

と、落合与右衛門が不安げにきいた。

「左様、証人がござる」

「証人？」

「のみならず、その方は、われらのために、来月十四日、上野介どのを松坂町の吉良邸におびき出して、討たせてやろうと申されるのじゃ」

「なに……だ、だれじゃ、そんなありがたいおひとは――」

奥野将監があごをふると、月岡治右衛門という同志が起って、別室にきえた。

まもなく、オズオズと、ひとりの老人があらわれた。

「もと、上野介どのの御家老、斎藤宮内《くない》どのでござる」

と、将監に紹介されて、彼はあたまをひくくさげて坐ったが、どこやら恥じるような、おびえたような物腰だった。

「斎藤宮内……」

と、小平太はつぶやいて、くびをひねった。——思い出した。いつか偽使者となって吉良邸へのりこんだとき見たことがある。

これは、一挙のあとで「戸をあけのぞき候て、かすり傷を負い候。これによって相ひかえ、そのまま罷《まか》り出て候えば、上野介討たれおり候」と、苦しい口上書を出したが、検使に「そのかすり傷は刀傷ではないようだが」と笑われたという吉良家の三家老のひとりである。世間の評判では、彼らが下水口からどぶねずみのように邸の外へ這い出したときの傷らしい、ということだった。

「将監どの」

と、小平太は思わずさけんだ。

そんなけがらわしい、可笑《おか》しな奴に手引させるとは、この義挙をけがすような気がしたからだ。だいたい、一味でもない落合与右衛門がこんな席に出ていることでさえ彼は不平だった。それをがまんしているのは、与右衛門が、先夜口ぞえしてじぶんのことを将監にとりなしてくれた好意を感じているからである。

堂々と、筋をたてて——それが太夫の口ぐせだった。

「左様な……いわば不忠の評判たかいおひとに手引さすよりむしろ筋をたてて、堂々と——」

「不忠？　上野介どのが生きてにげられたと知っていて、死ぬ馬鹿があるか」

と、将監は斎藤宮内をかえりみて笑った。

「また、こんどは堂々と討入っても、そうは問屋がおろさぬ、おろさせぬと宮内どのは申される」

　このとき斎藤宮内はピタと両手をついて、ワナワナふるえながら、

「あいや、御一同……御忠心の御一同にひきかえ、わが殿を売ろうとするかにみえるそれがし、犬畜生にも劣るとおさげすみに相なろうが、まずそれがしの心をきいて下されい。……上野介さまはたしかに御存生でござる。それと知って、御一同が上野介さまをお狙《ねら》いなされておることも、このごろ知り申した。もとより、当方そのつもりとなれば討たせはしませぬ。じゃが……もし浪士方に、公然と上杉家に乱入されたときは、すべてが明らかになり申す。生きておるとわかった上野介さまを、御公儀がただではおかれますまい、上野介さまどころか、上杉家そのものがおとりつぶしになりましょう。……それを恐れればこそ、ふかくふかく秘密にいたしておったことではござったが、上野介

さま、去年のあの夜以来、ぶじおのがれ遊ばしたものの、恐怖のあまりか少々御乱心の気味がござってな、外に出る、松坂町に参ると仰せ出されたら、だだっ子のごとくおき入れがない。はたせるかな、ついに御一同にかぎつけられたわけで、かく相成っては是非もない、すべてを失うよりも、せめて上野介さま御一身をひそかにおわたし致すのが……これも、つらい武士の忠義と、われわれ一同かくごをきめてござる。……」

「いかがであろう？　もし宮内どののお申し出でをきかぬとあれば、われわれ吉良どのの首みるまえに、悉《ことごと》く斬死のほかはないが――」

と、将監はみなを見まわしたが、ふと首をかしげて、

「ただ、宮内どの、やわかわれわれを罠《わな》におとす御所存ではあるまいな？」

「どういたして御一同を罠におとして、事が大っぴらになれば、困惑するのは当方ではないか！」

「いや、貴殿のほうに、いま申されたことに不承知な方もあろうと申すことじゃ」

「それは……」

「たとえば、かくの如しっ」

将監が絶叫すると同時に、いきなりその鞘《さや》からすべり出した刀身が、うしろの障子をつらぬいた。

同時に、物凄《ものすご》いうめきをあげて、縁側から外へころがりおちたものがある。

障子をあけてはしり出てみると、はたして庭に断末魔の黒頭巾。宮内はとびついて、その頭巾をむしりとった。

「あっ、これは左右田《そうだ》孫兵衛！」

どぶねずみ組の三家老のひとりであった。

斎藤宮内は顔を覆って、

「ウーム、やはりわしのあとをつけて参ったな。……頑固者めが。……」

七

密盟の場に、血の香がただよう。

それまで、落合与右衛門は、なお上野介の生存に半信半疑であった。

彼が、この義士二番隊のいくどかの会合に顔を出しているのは、最初の大石一味の苦衷ぶりを知らずにすぎて後悔した瑶泉院さまが、是非とも二番隊と行をともにして、その刻々の情況を報告してもらいたいと依頼したからでもあるが、彼自身、理も非もなく、まさかまさかと思うこころがぬぐいきれず、事の実相をたしかめたい欲望にそそりたてられているからだった。

内蔵助ともあろうものが、そんな手ぬかりをとも思うし、また替玉を殺して切腹させられたとなると、あの義士たちがあまりにも不愍《ふびん》すぎるからである。しかし、これは、ほんものだ! 与右衛門は昂奮にこぶしがワナワナとふるえ出してくるのをおぼえた。とにかく、この事件のために、はや人間が一人殺されたのである。すでに吉良家のひとりを血祭りにあげて、一座の上に、凄愴な武者ぶるいに似た波が、音もなくわたった。

奥野将監は、自若として刀身をぬぐい、鞘におさめて、

「――しからば、来月十四日、ちょうど去年から一年めじゃが、当夜上野介どのを、この宮内どのにおびき出していただき、ひそかに御首頂戴して、故殿、太夫らの亡魂を弔い申そう。……これに御異存はござるまいな?」

「しばらく！」

隅ッこのほうで、思いあまったような声があがった。ふりかえってみると、以前百五十石を頂戴していた上島弥助という男だ。

「先刻よりの奥野どののお言葉のなかで、少々気にかかることがござるので、おたずねしますが、承っていて、上野介どのをひそかに討つと仰せある。ひそかに——というと、われわれは、一番隊とちがって、世に知られることもなく——」

「申すまでもないこと」

と、将監はふしんげに弥助を見やって、

「われらはあくまでも、大石どのら四十七人の義士のかげにかくれて終るのじゃ。はじめからそのつもりだが、おぬしはいままできかなんだかの？」

「きかなんだ。なぜでござる？」

そんなことは、小平太もきいたことがない。彼もすこし意外な気がして、まばたきしながら奥野将監をながめた。

「……そもそもわしは、まことをいえば、内蔵助どののあの芝居じみたやりくちは心に染まなんだ。あのはなやいだ討入りの装束も気にくわなんだ。……しかし、それはわしの頑固なむかし気質《かたぎ》のせいかもしれぬ。あの四十七人が、世間に義士よ勇士よともてはやされるのは、太夫のあのやり方が芝居じみていたゆえもあろう。……」

と、将監は苦笑いした。眼じりに、質実な皺《しわ》がよった。

「ともかく、それはあの四十七人にとって、倖せなことであったとわしは思う。わしはあの人々を、いつまでも義士として世にたたえさせたい。あの人々を、敵をまちがえた大粗忽者《おおそこつもの》として笑いものに落すのはしのびないのじゃ。彼らの名をまもってやろうではないか。彼らのかげにかくれて、その始末をしてやろうではないか。……」

小平太は、あっと思った。苔《こけ》をかぶった岩みたいな将監が名状しがたい神々しい光芒《こうぼう》をはなつかのようにみえた。曾ての愛すべき同志たちの顔々々がまぶたをよぎり、感動に眼がうるんできた。

が、これは上島弥助には、どうしても納得できないことだったらしい。

「将監どの」

「なんじゃ、おぬし、不服か？」

「不服でござる。それでは、あまりにもわれわれが、哀れではありませぬか。浮かばれぬではありませぬか？」

「ははあ、それはこまった。上島、ちょっとここに参れ、それではおぬしに見せてやるものがある」

上島弥助は、ふしんなおももちで、将監のまえにちかづいた。将監は片ひざをたてて、何やらさがすらしくうしろをかえりみた。

「将監どの、見せてやると仰せあるは——?」

と、まえに坐りかけた弥助が、突如何かに面を吹かれてとび下がろうとしたが、もうおそい。かがみかけた姿勢は、ひくのにおくれて、

「顛狂者っ」

将監の叱咤《しった》とともに、ただ一太刀で斬り伏せられていた。

一夜のうちに、敵と味方、ふたりの血しおを吸った刀身に懐紙をあてながら、奥野将監は、沈痛とも凄愴ともつかぬ眼で一同を見まわして、

「名も惜しまぬ人間のみが同志じゃ。このわしに不服の方は上島の二の舞いふまぬうちに立ち去られたがよい」

「不服どころか!」

小平太は思わずいざり出て、両手をつかえた。彼は、ここに、大石とはちがうが、大

石に寸毫《すんごう》おとらぬやりくちの、血あり涙あり、その上恐るべき第二の首領を見出したのである。

「さほどまで、あの四十七人をお思い下さるとは……かたじけのうござる！　かたじけのうござる！　これでわたしも救われましょう。……」

八

元禄十六年十二月十四日。

その夜のまぎわになって、お京は、ふいにもののけのような恐怖におそわれて、小平太の袖を、はなさなかった。

むろん小平太の兄の家ではない。本所にあるお京の叔父の家であった。

彼の苦悩をすくい、その士道をたたさせるため、みずからすすめた行動ではあるが、なぜかこのとき、わけもない本能的な恐ろしい予感にとらえられたのだ。

「どうした？　お京どの」

「小平太さま。……なぜかわたしは恐ろしゅうございます。……」

「ばかな！　そなたがすすめてくれたことではないか。ははははは、いや、わしは、そなたにどれほど礼をいってもいい足りないくらいなのだ。よく小平太を、今夜の晴すがたに飾らせてくれた！」

小平太は笑って、腕をあげて、じぶんの袖をながめた。両面黒の広袖に、「赤穂浪人、毛利小平太」とかいた白木綿の袖じるしがぬいつけてあった。一年前のあの夜のためにつくった装束だ。将監がこれをみて何といおうとも、彼はこれを着てゆきたかった。それに、ぶじ赤穂浪人をたぶらかしたと思っている上野介が、ふたたび眼前に出現したこの装束をみてどんなに驚駭《きようがい》することであろう。……

「その上、案ずることはないのだ、吉良は何もしらず、おびき出されてくる。それを知らぬ供侍が五人や六人あったとて、去年の討入りにくらべれば、子供だましのようなものだ。むしろ、わしはそれが物足らぬくらいだぞ」

「それでも、わたしは……」

「よせよせ、これでも義士の晴の門出だぞ。元気よく笑って送り出してくれい」

「小平太さま！」

哀切な眼をふりはらって、

「さらばだ!」

途中で人に見とがめられて怪しまれないうちに、黒小袖の上から合羽を羽織った毛利小平太は、颯爽《さっそう》として出ていった。

——すべてが、話にきいた去年のあの夜とおなじであった。

夕方から、雪までチラチラふり出して、あれはてた吉良屋敷を美しくまだらに彩った。

斎藤宮内が、そこまで仕くんだとみえる。勝手口の横手にある炭部屋からひきずり出された白むく小袖の老人は、グルリととりまいた浪人たちのまんなかにひきすえられた。

ちがっているのは、浪人の数が去年の三分の一に減っていることと、彼らも上野介も朱《あけ》に染まっていなかったことだ。上野介といっしょに炭小屋から出てきた斎藤宮内は、たちまちどこかに姿をけしてしまった。……とみえて、浪人たちのうしろにまわって、恐怖と好奇心にかがやく眼で、輪のなかをのぞきこんでいた。

これは、やはりそこにいたこの壮挙の介添人ともいうべき落合与右衛門も同様であしている。なぜなら、いまだ血はながされないとはいえ、これからほんとうにながされようとしているのだ。

まぶたをとじたまま、口をすこしあけて、弱々しい息を吐いている衰残の上野介のまえに、スルスルと奥野将監はすすみよった。

「吉良どのでおわすか」

と呼びかけて、ひたいをのぞきこみ、

「――ウム、傷あとがあるぞ！　亡君遺恨の太刀痕が！」

と、狂喜のさけびをあげた。みんな、どよめいた。去年討たれた上野介のひたいには、その傷がなかったときいていたからである。――まさしくこれこそ、ほんものにちがいない！

「浅野内匠頭の旧臣でござる」

上野介は、眼をあけて、一同を見まわした。ほとんど表情のない濁った眼が、ふと、毛利小平太に――小平太の装束にとまると、さすがにはっとしたようである。劇的瞬間は迫りつつある。……

奥野将監は感動にふるえる手で短刀をぬきはらって、

「亡君、ならびに、去年その志をとげ得なんだ内蔵助一党の意趣《いしゅ》をつぎ、ただいま御首級を申しうけまする！」

その首は、拙者にこそあげさせてもらいたい！　とばかりこのとき思わず二歩三歩毛利小平太はあゆみ出たが、なおふしんげに見あげている老人とはたと眼があった。

「………」

小平太の背すじに、身の毛もよだつ悪寒がはしったのはこの刹那《せつな》だ。かっと眼をむいてのぞきこみ、急によろめいて絶叫した。

「ち、ちがうっ！」

「ちがう？」

鸚鵡《おうむ》がえしに、愕然とさけびかえしたのは奥野将監。小平太をギラとにらみかえして、

「な、な、なにを申す？」

「ちがいますっ、上野介はこの老人ではない。——」

「小平太、きさま、上野介を存じておるのか？」

「知っています。拙者はいちどこの吉良邸に潜入したさい、その居間ちかくまでしのびよって、上野介どのをしかと見たのです」

「ウーム」

うなる将監をちらっと見て、その老人はなぜかニヤリと笑った。くぼんだ、ほそい眼から、不敵で皮肉なひかりが、さざ波みたいにゆれながらほとばしり出たようであった。

「ほ、これは異な奴がまじっておる」

とつぶやいて、

「将監、おかしな若造をつれて来おったのう……みんな知っておったのではなかったのか？」

奇怪なことは、将監が苦痛と狼狽《ろうばい》にひきゆがんだ表情で、

「いいや、あとから無理に仲間に入ってきた奴で、説いてもわかりそうにない頑固者には」

といいかけて、はっとしてうしろの落合与右衛門をふりかえった。与右衛門は、アングリと口をあけたままだ。

「はははは、もうおそい、この若造の面がまえを見い、ちっとやそっとで眼くらましはきかんぞよ。いっそ、やぶれかぶれだ、わしがきかせて進ぜよう」

と、老人はまた笑って、

「きけ、若造、わしは……去年赤穂浪人に殺された吉良家の中小姓清水一学の父、清水天学じゃ」

と、下唇をつき出して名乗った。

「いま見た額の古傷はもとより、この夏ごろから、夜々このお屋敷にあらわれて、わざわざ世に噂たてさせたのも、みなふかい軍略あってのことじゃ。はははは、なぜと申すに……若造、きさまも、まえの討入りにもれたか逃げたか、義士として腹切らなんだおかげで、今や生きるもつらい世間の雑言のなかにのたうちまわっていることじゃろう。そこにおるほかの連中もみなおなじ、えらい難儀をなめておる」

「なんだと？」

「思いはおなじ吉良家の家来どもじゃ。当夜生きのこった家来どものゆくところ、江戸じゅう、このところ犬猫、吉良の家来のほかは通るべからずと嘲弄《ちようろう》される。……ここに於て、おなじ苦労の敵味方が、期せずして手をにぎることになったのじゃ。難儀のもとは、去年の討入りにある。あの本懐とげた義士どもにある。あちらに光があたればあたるほど、こちらは日かげのぬかるみとなる。……じゃによって、あちらの光を消してやろうではないか。下世話に申せば、ケチをつけてやろうではないか。……」

小平太も、与右衛門も、金しばりにかかったようだ。その老人の吐く言葉も驚倒すべきことながら、皮肉な笑いをふくんで陰々たるその語りくち、青白い炎にゆれているような表情こそもの凄まじいものだった。

「すなわち、去年浪士どもが討った上野介どのは、実は人ちがいであったと世間に知らしめること」

「………」

「ただ喃《のう》、事が大っぴらになって、御公儀のお手がのびてくるほどになると、これアやりすぎで、ちと都合がわるいわさ。じゃから、今夜のようにコソコソとこの御屋敷にもぐりこんで、上野介どのを討ちたてまつる。そこのところを、あそこにいなさる南部坂の御目付にだけ御覧に入れれば、あとは南部坂から、自然に世間にひろまってゆくであろうよ。上野介どのを討ったのは、義士二番隊じゃとな。……ウフフフ、義士二番隊、その実、浅野家の臆病侍と吉良家の腰ぬけ侍どものよりあいじゃ。そこのところを南部坂に見やぶられぬよう、いやさ、ぞッこん信じてもらうよう、わざわざ松坂町から出た駕籠を外桜田にひき入れたり、仲間のなかで同心せぬ奴を、敵味方をとわず斬ってすてる。反間苦肉のはかりごと。はははは、いや、そこな奥野将監どの、なかなか大石などにひけをとらぬ大智慧者じゃて」

「——だ、だまれっ」

蒼白になって、土蛙のようにのどをふくらませていた奥野将監は、ついにたまりかねたか、刀の柄に手をかけた。

「ははあ、斬るというか」

清水天学は平然と、冷蔑《れいべつ》にみちた眼を将監たちになげて、

「斬らっしゃい、南部坂の御目付役の眼前で、上野介どのとして討たれるのは、はじめからわしの買って出た役割じゃ。わしは、うぬらのような腰ぬけ、臆病者ではないぞ。この首みやげに、うぬらのけがらわしい陰謀に一口のったは、ただ倅の敵をうちたいためじゃ。惜しや四十七人の敵は、すでに腹切ってこの世にない。せめてきゃつらの名をひきずりおとし、泥にまぶして笑ってくれよう、あはははははは！」

老いたる復讐鬼《ふくしゆうき》の眼に、涙がうかんだ。霏々《ひ》としてふる雪の中に、そのやせさらぼえた姿は、すでに鬼気にけぶる幻影のようだ。

「あっぱれ主君をまもって忠死をとげながら、いまなお吉良家の阿呆侍のごとくにいわれる伜一学へ、冥途《めいど》の土産としてくれる！」

「老いぼれ、死ねっ」

狂ったようにぬき討ちにした将監の刀が、横からのびた剣光に戛然《かつぜん》とはねあげられて、火花をちらしてふたつに折れた。

毛利小平太だ。あまりにも痛烈にだましぬかれた憤怒が、その髪を逆立て、その眼を炎にかえていた。

「ウーム、そうであったか！」

「こやつ！　最初からうぬの加担を危ぶんでいたが、さてはやっぱりこの将監に刃向うかっ、えい、はやくこやつを斬り捨てい！」

わめきながら、背をみせてにげかける奥野将監の肩へ、

「卑怯者っ」

しぼり出すような絶叫とともに、白光がのびて、一颯《いっさつ》の血けむりがたった。

おおっ——名状しがたいどよめきとともに、まわりの一味が狂乱の刃をぬきつれて、どっと小平太をとりかこむ。

「のがすな、小平太をここから出すな！」

「ばかめ！　それはこちらのいいたいことだ。うぬら一歩もこの屋敷から出さぬぞ。忠魂義胆の同志どもに、泥をぬろうとした人非人めら！」

怒ると、火の玉みたいになる毛利小平太だ。雪の中に血ぶるいして立った姿はすでに魔神であった。

「ひとりのこらずぶった斬って、あの世の義士たちへ首供養をしてくれる！」

舞い狂う雪のなかに、恐るべき死闘の幕がきっておとされた。算をみだして地に這う「義士二番隊」のなかに、小平太の晴すがたもしだいに斬り裂かれ、死神のようによろめいてゆく。しかもなお彼は、絶望と憤怒の剣を舞わしつづける。

「あはははは、これあよい、これは面白い。やあ、そこな若者、もっと斬れ、そら、うしろに廻ったぞ！　やっぱり、侍だましいのある奴が、腰ぬけどもを斬りすてる眺めはよいもの——」

血と雪のつむじ風の彼方に、はしゃぎきった清水天学老人のひっさくような高笑いを、落合与右衛門は、夢魔のようにききながら、真っ蒼になって立ちすくんでいた。

本作品中に差別的ともとられかねない表現が見られますが、著者がすでに故人であることと作品の文学性・芸術性に鑑み、原文のままとしました。

（春陽堂書店編集部）

『妖説忠臣蔵』覚え書き

初　出　行燈浮世之介「別冊読切傑作集　第12集」（双葉社）昭和30年11月
赤穂飛脚「面白倶楽部」（光文社）昭和32年5月号　※「走る忠臣蔵」改題
殺人蔵「オール讀物」（文藝春秋）昭和30年12月号
変化城「読切小説集」（荒木書房）昭和31年9月号
蟲臣蔵「オール讀物」昭和31年9月号
俺も四十七士「講談倶楽部」（大日本雄弁会講談社）昭和31年12月号
生きている上野介「読切小説集」昭和32年1月号

初刊本　大日本雄弁会講談社〈ロマン・ブックス〉　昭和32年7月

再刊本　東都書房〈山田風太郎の妖異小説5〉昭和39年10月
桃源社〈ポピュラーブックス〉　昭和42年12月
東京文藝社〈トーキョーブックス〉　昭和46年2月

講談社『山田風太郎全集11』　昭和47年5月
※「行燈浮世之介」を割愛、『おんな牢秘抄』を併録
桃源社〈ポピュラーブックス〉　昭和54年1月
集英社〈集英社文庫〉　平成3年12月
※「行燈浮世之介」「変化城」を割愛
徳間書店〈徳間文庫/山田風太郎妖異小説コレクション〉　平成16年2月
※『女人国伝奇』との合本
（編集・日下三蔵）

春陽文庫

妖説忠臣蔵《ようせつちゆうしんぐら》

2023年11月25日　初版第1刷　発行

著者　山田風太郎
発行者　伊藤良則
発行所　株式会社　春陽堂書店
〒一〇四―〇〇六一
東京都中央区銀座三―一〇―九
KEC銀座ビル
電話〇三（六二六四）〇八五五（代）
印刷・製本　加藤文明社

ISBN978-4-394-90469-4　C0193